'*Vogeleiland* is g
slepen in een ge
berder wordt. Ee
fraaie spanningsboog heeft en door de originaliteit van het verhaal zich lastig laat voorspellen.' Uit het juryrapport de Gouden Strop

'Spannend boek over raadselachtige vermissing. Pauw levert een huzarenstukje af.' *Trouw*

'*Vogeleiland* is meeslepend, donker, dreigend, bij vlagen even zonnig, doch uiteindelijk hartbrekend en beklemmend.' *De Telegraaf*

'Marion Pauw weet een bloedstollende reeks gebeurtenissen van alle kanten te belichten, waardoor je als lezer verstrikt raakt in een web. Elke stem krijgt, met minimale middelen, kleur en diepte. Pas als je *Vogeleiland* uit hebt, kun je weer rustig slapen.' Susan Smit

'*Vogeleiland* is een claustrofobisch spannende thriller alsook een pijnlijk accuraat portret van disfunctionele (familie)relaties. Maar bovenal is het een ode aan het nimmer aflatende overlevingsinstinct van de mens.' Elvin Post

'Wát een boek! Ik wil niet dat het stopt, maar kan niet stoppen met lezen.' Wendy van Dijk

'Een thriller die je aan het denken zet over vrijheid en onafhankelijkheid.' Loretta Schrijver

'Ik heb het ademloos uitgelezen, iedere keer dacht ik: nu weet ze vast niet meer hoe ze verder moet gaan, ze heeft zich behoorlijk in de nesten gewerkt met haar plot, maar ja hoor, daar komt weer een Marion-vervolg dat niemand anders kan bedenken.' Yvonne Keuls

'*Vogeleiland* heeft een enorme intensiteit die ik heel meeslepend vond. En aan het eind was ik echt ontroerd.' Roos Vonk

'Als het verleden geen verleden wil worden... Gevoelvol en in een soepele, rake stijl neemt Marion Pauw je mee in een razend spannend verhaal. Een verhaal van liefde en wreedheid, met veel inzicht in de menselijke geest geschreven. Niet weg te leggen.'
Saskia de Coster

'Ik heb *Vogeleiland* in één ruk uitgelezen. Heel bijzonder hoe je je in alle personages kunt inleven.' Hadewych Minis

'*Vogeleiland* is zo'n boek dat onder je huid gaat zitten, en waarvan je de beelden nooit meer uit je hoofd krijgt. Marion Pauw is in staat personages te creëren die eng dichtbij komen.' Elle van Rijn

'Een spannende en beklemmende mix tussen *Misery* en *Lolita*, maar dan in de Nederlandse polder.' Robert Vuijsje

Marion Pauw (1973) is schrijfster en scenariste. Ze heeft meer dan 500.000 boeken verkocht en is vertaald naar elf landen, waaronder Zuid-Korea, de VS en Italië. Ze schreef onder andere de bestsellers *Daglicht*, *Zondaarskind* en *Hemelen*. Voor *Daglicht* en *Vogeleiland* ontving Pauw de Gouden Strop.

Marion Pauw

Vogeleiland

Rainbow® wordt uitgegeven door
Uitgeverij Rainbow bv, Amsterdam
www.rainbow.nl

Een uitgave in samenwerking met
The House of Books, Amsterdam
www.thehouseofbooks.com
www.overamstel.com

Auteursfoto: © Yvette Kulkens
Omslagontwerp: bij Barbara
Druk: Novoprint, Sant Andreu de la Barca
Uitgave in Rainbow juli 2023

ISBN 978 90 417 1493 0 NUR 305

Voor Chris

Berend

We stonden naast elkaar in de ondiepe slenk jonge scheuten van lisdodde af te snijden, toen Marianne ineens in elkaar kromp. 'Is het begonnen?' vroeg ik.

Ze knikte.

'Maar liefje, dat is geweldig!' zei ik.

'Kan jij makkelijk zeggen.'

'Het komt goed, hè. Je weet dat het goed komt.'

Er verscheen een vaag lachje op haar gezicht. Ik omhelsde haar. Ondanks haar gezwollen buik voelde ze mager aan. Ik drong er altijd op aan dat ze meer zou eten, maar ze had nooit trek.

'Ik ga naar binnen.' Ze gooide het kapmes op de kant en veegde haar handen af aan haar jurk.

'Weet je het zeker? In *Veilig bevallen* staat dat je beter wat klusjes kunt doen zolang het nog niet doorzet.'

Ze wierp me een geërgerde blik toe en liep weg. Na enkele meters bleef ze staan en klapte naar voren. Na een kleine minuut liep ze weer door.

Als Marianne alleen wilde zijn, wist ik dat ik haar met rust moest laten. Het leven dat wij hadden gekozen was niet makkelijk. Ik gunde haar de momenten van chagrijn. Bovendien, die buien gingen altijd vanzelf weer over.

Ik had het boek *Veilig bevallen* van de toonaangevende verloskundige Beatrijs Smulders drie keer gelezen. In het voorwoord stond dat dit handboek de lezer vooral zou helpen om op haar eigen instincten te durven vertrouwen. Ik kon me daar helemaal in vinden: alle zes miljard mensen die op dat moment de aarde bevolkten waren ooit door een geboortekanaal gegaan en dit vond al sinds Adam en Eva plaats, dus je zou denken dat het lichaam begrijpt wat het moet doen.

Neem komodovaranen. Een baby-komodo weet zodra hij uit zijn ei komt één ding: dat hij als de wiedeweerga een boom in moet klimmen omdat anders zijn eigen moeder hem zal opeten. Het dier blijft daar twee tot drie maanden zitten totdat het smakelijke er kennelijk van af is en komt dan pas naar beneden. Iedere baby-komodo weet dat, doet dat. Mijn punt is, wat zouden wij mensen allemaal *weten* als we niet de hele tijd zulke domme dingen zouden bedenken?

De zwangerschap was voorspoedig verlopen. Mariannes buik nam gestaag in omvang toe en het kind was zeer beweeglijk. Wanneer we naast elkaar op het smalle bed in het donker lagen en ik mijn handen op haar buik legde, kwam het altijd meteen naar me toe om mij te begroeten. Ik praatte veel tegen hem. Vertelde hem over het vrije leven dat hem te wachten stond. Totdat Marianne me wegduwde en zei: 'Praat nu maar weer tegen mij.'

Ik was ervan overtuigd dat het een jongen zou worden. Bij tweedehandswinkels kocht ik kleertjes die er kwalitatief het best uitzagen, ongeacht de kleur. Onze zoon zou zowel blauw als roze dragen en bij ons in bed slapen. Een eigen kamer zat er niet in, het had al maanden gekost om de hut zoals hij was uit te graven, en het leek me sowieso veel natuurlijker als een kind veilig bij de ouders sliep.

Ik nam de tijd om nog wat scheuten te snijden, raapte donsveren van zwanen die we goed zouden kunnen gebruiken voor kussens en genoot van een paar momenten van de zon. Het was verrassend warm voor de tijd van het jaar. Er zaten zelfs al knoppen aan de wilgen.

Een tijd later daalde ik langs de ladder af de hut in, die deels onder de grond lag. Het duurde even voordat mijn ogen aan het donker gewend waren en ik Marianne ineengedoken op het oude spijlenbed zag zitten. Het bed had niet in de boot gepast. De poten hadden door het water gesleept gedurende het halfuur dat nodig was om naar het eiland te varen.

'Maak het nou toch eens wat gezelliger voor jezelf,' zei ik en ik stak de lantaarn aan.

Marianne draaide haar rug naar me toe en maakte een grommend geluid.

Ik zette een pan met water op het primusgasstel. Ze zou vast een kopje thee willen. 'Heb je bijgehouden hoeveel minuten er tussen de weeën in zitten?'

'Laat me nou, Berend.'

'Ik hou het zelf wel bij.' Even later begon ze te kreunen. Ik keek op het horloge dat ik speciaal voor de bevalling had aangeschaft. De wee duurde bijna een minuut. Een eerste bevalling kon wel vierentwintig uur duren, had ik gelezen. Het was zaak om het gezellig te maken, te ontspannen en warm te blijven. Over dat laatste maakte ik me zorgen. We waren de winter redelijk doorgekomen met het kleine gaskacheltje, maar warm was anders. Het had een keer zo stevig gevroren dat het butaangas niet meer bruikbaar was. Het enige wat we nog konden doen was al onze kleren aantrekken en dicht tegen elkaar aankruipen. We hadden de hut sindsdien beter geïsoleerd met Perzische tapijten die ik langs de weg vond of bij de kringloopwinkel in Kampen. Inmiddels lagen er drie dubbeldik op de grond en waren ook alle wanden ermee bekleed, waardoor de hut op een shishalounge leek.

Het was jammer dat we geen vuur konden maken in de hut. Er was te weinig ventilatie en bovendien zou de optrekkende rook aandacht trekken. Vuur maken deden we uitsluitend buiten en alleen als het mistte. Ik schatte de temperatuur in de hut op zo'n vijftien graden. Het zou vast lukken om het een paar graden warmer te krijgen, misschien zou het net behaaglijk worden. Ik besloot om een paar extra kaarsen aan te steken. In deze kleine ruimte van hooguit tien vierkante meter zou dat al schelen.

Vier minuten later kreeg Marianne een nieuwe wee. De thee was inmiddels klaar, maar ze weigerde te drinken. Ook weigerde ze de deken die ik om haar schouders wilde slaan.

Ik zette de spulletjes klaar die ik had aangeschaft: kraammatrassen, steriele gaasjes, alcohol en watten. Veel zorgen maakte ik me niet, Marianne was jong, sterk en had een hoge pijngrens. Zelfs toen ze een keer een vishaak in haar duim kreeg en ik een grote snee had moeten maken om hem eruit te krijgen, gaf ze geen krimp.

Drie uur later braken de vliezen. Ik nam het natte kraammatras, dat al weken op het bed had gelegen voor het geval dat, mee naar buiten om het goed te kunnen bekijken. Het vruchtwater was vaag lichtroze van kleur, precies zoals het zou moeten zijn. Kort daarna begonnen de weeën elkaar in hoog tempo op te volgen. Waar Marianne eerder zwijgzaam en op zichzelf was geweest, sloeg haar stemming nu om. Ook dit hoorde erbij. De bevalling kwam nu overduidelijk in een stroomversnelling en de endorfine zou snel zijn werk doen.

Ze begon heen en weer te drentelen in de hut. Drie stappen heen, drie stappen terug, meer ruimte was er niet. 'Weet je zeker dat het goed komt?' vroeg ze.

'Natuurlijk komt het goed,' zei ik. 'In Afrika bevallen de vrouwen gewoon in het veld. Ze bijten de navelstreng door en hup, ze lopen weer verder.' Toen ze nog niet helemaal overtuigd leek, voegde ik eraan toe: 'We doen dit samen. Jij en ik, een onoverwinnelijk team.'

'Ik weet het niet,' zei ze. 'Misschien moeten we toch naar het ziekenhuis.' Ze leek ineens jong en onzeker, zoals ze ook wel kon zijn.

Angst is een normale emotie tijdens de bevalling, wist ik uit *Veilig bevallen*. Ik had er al rekening mee gehouden dat er een moment zou komen waarop Marianne zou gaan twijfelen. Het was aan mij om het hoofd koel te houden en niet af te wijken van het plan. 'We kunnen dit. Heb vertrouwen.'

De volgende wee diende zich aan en ze had al haar aandacht nodig om die op te vangen. Ik keek op mijn horloge. Sinds de vliezen waren gebroken, waren de weeën een stuk heviger geworden.

Toen het voorbij was, ging ze hijgend op het bed zitten. 'Ik wil een dokter.' Haar stem klonk anders dan daarnet. Paniekeriger.

'Je moet volhouden, liefste.' Ik streek haar haar glad, dat alle kanten op stond. Ze had me eerder vertrouwd, ze zou het ook nu moeten doen. 'Elke wee brengt je dichter bij de baby en je doet het hartstikke goed.' Complimenten geven was belangrijk.

'Ik kan het niet. We moeten naar het ziekenhuis.'

'Je wilt nu niet een halfuur in een boot zitten en dan ook nog een halfuur achter op een fiets.' Ik nam haar gezicht tussen mijn handen. Wilde ogen en een bezweet voorhoofd. 'Het komt goed. Het zou me niets verbazen als je binnenkort al persdrang krijgt.'

Een moment van stilte. Daarna rukte ze zich van me los, greep naar haar buik en schreeuwde. Ik keek op mijn horloge. Tussen deze en de voorgaande wee zat minder dan een minuut. 'Dat het zo heftig is, betekent juist dat de baby er bijna aankomt,' zei ik.

'Je moet me naar het ziekenhuis brengen!' krijste ze. 'Nu! Hoor je me!' Ze stond op, duwde me met onverwacht veel kracht opzij en klom via de ladder naar buiten. Ik liep haar achterna, langs het aardappelveldje dat we net hadden aangelegd, over de wildwissel.

Toen Marianne bijna bij de lagune was aangekomen, bleef ze staan en ze boog voorover met haar handen op haar bovenbenen. Ze krijste zo hard dat ze het op de wal hadden kunnen horen. Ik legde mijn hand op haar schouder. 'Toe, kom mee naar binnen. Je bent er bijna.'

'Je kunt de tering krijgen!' krijste ze. 'Ik ga naar de overkant.'

Ik had gelezen dat vrouwen erg emotioneel kunnen worden tijdens de bevalling. Marianne had duidelijk veel pijn en het schelden leek me een prima manier om stoom af te blazen. Ik bleef rustig staan en zei niets.

Toen de wee in kracht was afgenomen, zette Marianne het weer op een lopen. Het was verbazingwekkend hoe snel ze voortbewoog voor iemand die aan het bevallen was.

'Probeer te ontspannen. We hebben dit uitgebreid besproken en we wisten dat het niet makkelijk zou worden. Bovendien weet ik niet eens of je het ziekenhuis wel háált!' Op mijn horloge zag ik dat de laatste wee zeker drie minuten had geduurd. 'Het zou me niets verbazen als je al bijna volledige ontsluiting hebt...'

Marianne stormde het water in en probeerde de boot uit het riet te trekken. Het was inmiddels laat in de namiddag. In de laatste stralen zon zag het water er fluwelig uit. Als het niet zo'n panieksituatie was, had ik ervan kunnen genieten.

'Marianne!' Ik ging haar achterna en pakte haar bij haar schouders.

Woest begon ze om zich heen te slaan. Haar ogen waren een en al oogwit en er stond schuim op haar mond. Ik weerde haar slagen zo goed als ik kon af, maar ik voelde dat ook ik mijn kalmte aan het verliezen was. Wat te doen als de aanstaande moeder het op een vechten zet was niet aan de orde gekomen in *Veilig bevallen.* 'Kalm aan,' zei ik, maar ze ging maar door.

Ze verloor haar evenwicht en viel. Het water was ondiep, maar diep genoeg om doorweekt te raken. Ik dacht aan hoe de baby gevaar liep nu het Ketelmeerwater vrijelijk het geboortekanaal in stroomde. Ik pakte Marianne bij haar arm en trok haar overeind. Zodra ze weer op haar voeten stond, begon ze meteen om zich heen te slaan. 'Hou op!' riep ik met overslaande stem. 'Hou op, verdomme!'

Marianne was zeker vijftien centimeter kleiner dan ik, maar evengoed presteerde ze het om me vol op mijn neus te raken. Het geluid van een droog takje dat knapt. In een reflex sloeg ik terug. Mijn vuist tegen haar jukbeen.

Ze keek me stomverbaasd aan. In de late middagzon was het donkerblauwe randje om haar irissen goed zichtbaar, haar huid had een goudachtige gloed en haar lippen waren vol door de zwangerschap. Nooit eerder had ik zoveel van haar gehouden als op dat moment. 'Sorry,' begon ik en ik wilde zeggen dat ik haar nooit pijn had willen doen, nooit.

'Haal me hier weg!' Tranen stroomden over haar wangen. 'Ik wil hier weg!'

Ik haalde diep adem. 'Liefje,' zei ik zo rustig als ik kon. Ik pakte haar bij haar schouders vast. Deze keer liet ze het toe. 'Kijk me aan.'

Ze deed het.

'We moeten naar binnen.' Ineens werd ik me bewust van de kou. Het water kon niet warmer zijn dan een graad of twaalf. Op mijn hoede, alsof ik met een niet geheel tam dier te maken had, manoeuvreerde ik haar richting de oever. Ze liet het gebeuren. Alle energie was uit haar verdwenen en ook de weeën waren gestopt. Terwijl we door de hoge begroeiing strompelden, zij met haar volle gewicht aan mijn arm, warm bloed stromend uit mijn neus over mijn mond en kin, had ik een vaag gevoel van spijt.

Gelukkig was het behaaglijk warm in de hut. Marianne liet zich als een gedwee kind door mij uitkleden. Ik trok haar een schone jurk aan en sloeg dekens om haar heen. Inmiddels was ze aan het klappertanden. 'Het komt wel goed, liefje,' bleef ik zeggen, misschien wel meer tegen mezelf dan tegen haar.

Nadat ik haar op het bed had geïnstalleerd, waste ik het opgedroogde bloed van mijn gezicht en voelde voorzichtig aan mijn neus. Een spiegel hadden we niet. Waarom zou je jezelf willen bekijken? Met mijn vinger streek ik zachtjes over mijn opgezwollen neusbrug en voelde dat er een rare hoek in zat. Ik hoorde een zacht krakend geluid, alsof iemand over verse sneeuw loopt. Een van mijn neusgaten zat verstopt.

'Wat als het er niet meer uit komt?' vroeg Marianne opeens.

'Het komt wel.' Ik deed mijn best om mijn stem geruststellend te laten klinken, al had ik een gejaagd gevoel in mijn borst en was mijn ademhaling te snel en te hoog, maar dat hoefde zij niet te weten. 'Als je ontspant, komen de weeën vanzelf weer op gang.'

Ik pakte mijn neus met twee handen vast, een aan de bovenkant en een aan de onderkant, haalde diep adem en duwde het onderste deel met een ferme beweging terug op zijn plaats. Vervolgens propte ik watten in mijn neusgat om het bloeden te stoppen.

Opeens werd het me allemaal te veel. Ik voelde me duizelig en was bang dat ik zou gaan huilen. 'Ik moet naar buiten,' zei ik.

Marianne lag als een kleine bal op het bed met haar rug naar me toe en reageerde niet. Ik klom de hut uit, liep over de wissel naar de westkant van het eiland en keek uit over het Ketelmeer. Aan de horizon kleurde de lucht inmiddels een zacht donkerpaars. In de verte hoorde ik de snelweg. Ik sloot mijn ogen en probeerde helder na te denken. Wat als de bevalling niet meer op gang kwam? Wat als het mis zou gaan met het kind? Wat als het mis zou gaan met Marianne? Was dit het moment waarop ik haar naar een ziekenhuis moest brengen?

De afspraak was dat we alleen in uiterste noodgevallen, gevallen die zo ernstig waren dat de consequenties ertegenop zouden wegen, hulp zouden zoeken. Dit was een bevalling, nota bene. Een natuurlijke gebeurtenis en beslist geen noodgeval, tenzij je er zelf een van maakte. Denk aan de Afrikaanse vrouwen, zei ik tegen mezelf. Denk aan de zes miljard mensen.

De schemer zette in. Ik draaide me om en keek naar de lucht. Aan de andere kant van het eiland, boven Haatland, het industrieterrein bij Kampen, zag ik de vuilige oranje gloed hangen. Ik had al heel lang niet meer gehuild, maar nu voelde het alsof mijn borst zou openbreken en ik zou verdrinken in mijn tranen.

Toen hoorde ik het. Een trage vleugelslag. Twee enorme vogels kwamen aangevlogen. Sinds een paar jaar overwinterde een zeearend in de hoge wilgen op het oude deel van Vogeleiland. Ik had de arend al een paar dagen niet meer gezien en was ervan uitgegaan dat hij naar het oosten was vertrokken om daar de zomer te vieren. Maar hier was hij, met in zijn kielzog een vrouwtje. Ze landden in een van de bomen, hun indrukwekkende silhouetten staken af tegen het licht van de bijna volle maan. Het kon maar één ding betekenen: de zeearenden hadden ervoor gekozen zich hier te vestigen. Ik zag het als een teken: de baby zou geboren worden. We zouden gelukkig zijn.

'Het komt goed,' zei ik hardop.

Toen ik het luik opendeed, rook ik een weeïge geur. 'Marianne?'

vroeg ik voorzichtig. Ik klom via de ladder naar beneden. Marianne lag op bed, met haar rug naar de ingang. Een enorme bloedvlek op haar billen. Ze bewoog niet.

'Marianne?' vroeg ik nog een keer.

Mijn oog viel op het Perzische tapijt. Ik schrok.

Een levenloos mensje. Eromheen lag een plas bloed, de placenta ernaast.

Ik pakte een handdoek en raapte de baby op. Het was een meisje. Ze was blauwpaars en leek niet te ademen. Om eventueel slijm eruit te halen haalde ik mijn pink door het mondje en wreef haar droog met de handdoek. 'Kom op,' zei ik. 'Kom op!' Zachtjes bleef ik met de handdoek over het lijfje wrijven. Als het goed was zou de baby vanzelf adem gaan halen. Ik wist alleen niet hoelang ze hier al op de grond lag.

'Marianne!' schreeuwde ik weer.

Ze reageerde nog steeds niet.

Toen herinnerde ik me dat ik in een film had gezien dat een verloskundige een baby op zijn kop had gehouden toen het niet op gang kwam. Ik pakte haar bij de voeten. Het lijfje bungelde slap naar beneden. En toen, als door een wonder, voelde ik met een schok het leven door het kleine lichaam trekken. Een verontwaardigde kreet volgde.

Ik nam de baby terug op mijn arm. Ze had allemaal fijne donshaartjes in haar gezicht. 'Marianne...' Ik probeerde het zo liefdevol mogelijk te zeggen, maar moest hard praten omdat de baby inmiddels was gaan krijsen. 'Wil je zien wat een prachtig meisje we hebben gekregen?'

Weer het grommende geluid. Ik bleef hulpeloos staan met de baby in mijn armen die maar bleef huilen. Ik legde het meisje tegen Mariannes rug aan, zodat ze haar moeder zou ruiken en haar warmte zou voelen. Daarna legde ik een deken over de twee heen. Er waren veel dingen die moesten gebeuren nu: water koken, een kruik maken, de navelstreng doorknippen. De baby leek iets te kalmeren, het krijsen was overgegaan in een zacht gemekker. Daardoor kon ik ook weer wat beter nadenken. Terwijl ik wachtte tot er stoom uit de ketel kwam, daalde het besef in.

De baby leefde.

Marianne leefde.

We hadden het gered.

Nicole

Ik kan het niet nog langer aan om bij mensen te zijn. Niet vanwege hén, zij kunnen er niet eens zoveel aan doen, maar vanwege mijn eigen belachelijke gedoe. Ik ben soms net een stewardess zoals ik het iedereen naar de zin probeer te maken: 'Wil je kip of wil je pasta?' Ik doe alles voor je, ben wie je wilt, wanneer je wilt, hoe je wilt, als je me maar niet verlaat. Ik zit gevangen in een patroon van me aanpassen totdat er niets meer van mij over is en ik bij het grofvuil wordt gezet. En dat moet veranderen.

'Weet je wat het probleem is? Jij kunt niet alleen zijn,' zei mijn ex Casper toen we op mijn verzoek nog een keer gingen koffiedrinken zodat hij voor de zoveelste keer kon uitleggen waarom hij niet meer met me verder wilde. Het had als een verwijt geklonken.

Ik zocht naar manieren om te bewijzen dat ik dat wel kon, heel goed zelfs, toen zich vanuit het niets een briljante oplossing aandiende: ik erfde een *finca* in Spanje. Tante Willy, een tante aan vaderskant die ik zelden had ontmoet, was een paar maanden geleden overleden en verrassend genoeg had ze mij aangewezen als erfgenaam. Een finca, zo leerde ik op Google, werd vroeger gebruikt als verblijfsruimte voor boeren om uit te rusten tijdens het werken en er desnoods een nachtje te slapen. Je hebt ook *cortijo's*, daar stonden vroeger de beesten. En heet een huis *casa* of *villa*, dan is het nieuw en waarschijnlijk gebouwd door buitenlanders, want een Spanjaard gaat niet voor zijn lol op het platteland zitten.

Het huis van wijlen tante Willy heette Finca la Soledad. Dit betekent letterlijk 'Boerderij de Eenzaamheid'. Toen ik het bericht van de notaris las, hoefde ik er niet over na te denken; het voelde of de beslissing al voor mij was genomen. Ik boekte een ticket naar Málaga.

Vanochtend in Nederland regende het en was het acht graden, maar in Zuid-Spanje schijnt de zon en dragen mensen korte mouwen. Ik rijd naar de notaris in Vélez-Málaga, een stadje aan de Middellandse Zee dat voornamelijk bewoond wordt door oude vrouwen met kleine hondjes en door mannen met lange wenkbrauwharen die om tien uur 's ochtends al hun eerste biertje drinken.

De notaris, Carmen José, overhandigt me een roestige sleutel.

'Wat is het adres?' vraag ik.

'Dat is er niet,' antwoordt Carmen José. 'Maar als je je telefoon geeft, zal ik een pin zetten.'

Ze zet de kaart in satelliet-weergave. Het duurt even voordat ze de juiste locatie heeft gevonden. Daarna laat ze haar telefoon aan haar assistent zien, die ook Carmen heet, maar dan Carmen Maria. Ze zegt iets in het Spaans als: 'Hier is het toch?'

Carmen Maria fronst haar wenkbrauwen, neemt de telefoon over, vergroot de kaart en verkleint hem weer met haar keurig onderhouden nagels. 'Ik denk het wel.'

'Als je het huis niet kunt vinden, kom je maar gewoon terug.'

Ik neem mijn telefoon weer over.

'Wat ben je van plan te doen met het huis?' vraagt Carmen Maria. 'De markt is op dit moment redelijk goed. Veel Nederlanders. Ik kan je introduceren bij een makelaar.'

'Ik denk dat ik er eerst een tijdje zelf ga wonen,' zeg ik.

'Met… je man?'

'Alleen.'

Carmen José trekt haar wenkbrauwen op en Carmen Maria barst zelfs in lachen uit. 'Het is behoorlijk afgelegen,' zeggen ze dan. 'Vind je dat niet eng?'

'Mijn tante heeft er toch ook in haar eentje gewoond?' zeg ik.

Daar kunnen ze niets tegen inbrengen. Ik meen zelfs ontzag in hun ogen te zien.

'Heel veel geluk,' zegt Carmen José en het klinkt alsof ze het meent.

Het huisje ligt in een Nationaal Park met de niet te onthouden naam Sierras de Tejeda, Almijara y Alhama. Ik rijd eerst een halfuur over een verharde weg langs enkele witte bergdorpjes, daarna sla ik rechtsaf de bergen in. Alles is groen nu. Heel af en toe staat er nog een huis, maar verder bestaat het landschap uit bomen en rotspartijen. Na een tijdje gaat de verharde weg over in een zandpad met grote gaten erin. Ik hoor een paar keer de onderkant van de auto over rotsen schrapen. Normaal zou ik in paniek raken van dit soort dingen, maar op een vreemde manier voel ik me rustig. De weg wordt steeds smaller en het ravijn naast me steeds dieper. 'Nog acht minuten,' zegt Google Maps. Ik rijd door een beekje dat vrijelijk over de weg stroomt, sla linksaf en zie iets hoger een klein huisje liggen. Ik check de pin van Carmen José. Mijn telefoon heeft geen bereik meer, maar dit moet het zijn.

Ik parkeer de auto voor het huis op de helling, controleer een paar keer of de handrem er wel goed op zit en loop het pad op. Het witte huisje heeft lavendelblauwe luiken, een lavendelblauwe voordeur en lijkt in goede staat te verkeren. Om het huis staan een paar enorme agaveplanten en aan de zijkant groeit roze bougainvillea. Het huis kijkt uit op een prachtige vallei. Geen buren te zien. Het is zo stil dat ik de neiging moet onderdrukken om te gaan schreeuwen.

Ik steek de sleutel in het slot. Het heeft iets raars om zomaar het huis van iemand binnen te gaan die weliswaar familie, maar verder een volmaakte vreemde is en dood bovendien. Ik draai de sleutel om en stap naar binnen.

Binnen is het donker. De luiken van het huis zitten allemaal dicht. Het ruikt muf in het halletje. In de hoek staat een kapstok waar een jas aan hangt. Ik voel me net een inbreker. Of in elk geval iemand die hier niet thuishoort. Ik overweeg me om te draaien en weg te gaan, maar ik moet niet flauw doen. Dit huis is nu van mij. Ik heb het volste recht om hier te zijn.

Ik doe een paar luiken open. De lentezon straalt naar binnen. Een paar gezondheidssandalen en laarzen staan tegen de muur. Via een klein opstapje kom ik in een eenvoudige keuken. Achter de gordijntjes die voor de kasten hangen staat een enorme voorraad linzen in blik. Op een plank verstoffen potjes kruiden en enkele voorraadpotten met rijst en pasta, en in de hoek staat een tafelmodel koelkast vol met beschimmelde etensresten.

Ik ga verder met mijn ronde door het huis, alsof ik door een museum loop. Er is een kleine woonkamer met een tafel met maar één stoel en een versleten leren sofa met een bijzettafeltje. Op het tafeltje ligt een opengeslagen Spaanstalig boek van een schrijver die ik niet ken. In de open haard ligt een verkoold stuk hout.

De slaapkamer: een kledingkast en een verrassend nieuw bed. Het dekbed ligt slordig opengeslagen, alsof mijn tante er nog maar net uit is gestapt. Het onderlaken is verkreukeld op de plek waar ze heeft gelegen. Ze is op eigen houtje naar een dokter gereden en vervolgens twee dagen later in het ziekenhuis aan een verwaarloosde longontsteking gestorven. Zou ze die ochtend toen ze opstond en het dekbed opzij gooide hebben geweten dat ze nooit meer terug zou keren?

Onderweg heb ik bij een grote supermarkt, zo een waar je naast levensmiddelen ook televisies, synthetische kleding en plastic tuinmeubelen kunt halen, een complete kofferbak aan spullen ingeslagen. Ik haal een emmer met schoonmaakmiddelen en een rol vuilniszakken uit de auto, trek plastic handschoenen aan en ga aan de slag.

Je leert iemand goed kennen door haar huis schoon te maken. Tante Willy was hoogstwaarschijnlijk veganistisch en leefde zeer minimalistisch en solitair. Afgezien van onze achternaam en het feit dat ik vegetariër ben (niet hetzelfde als veganist, maar het komt in de richting), hebben we weinig met elkaar gemeen. De enige uitspatting die tante Willy zich had veroorloofd was een rijk gevulde boekenkast.

Ik zie nergens een televisie, er is geen bereik en ook geen wifi. Wat deed ze de hele dag?

Mijn appartement in Amsterdam puilde uit, ik had tien vuilniszakken vol spullen weg moeten gooien om het leefbaar te maken voor de onderhuurder. En ik haatte het om ook maar een avond alleen te zijn. Nu is de mens ook niet gemaakt om alleen te zijn, we zijn immers kuddedieren. Als er niemand anders bij ons is, denken we onbewust dat er iets mis met ons is. Ik vraag me af of Willy haar huis aan mij had nagelaten als ze had geweten hoe materialistisch en behoeftig ik ben.

Wanneer ik klaar ben met schoonmaken, dek ik het bed op met het nieuwe beddengoed dat ik heb aangeschaft. Het oude beddengoed doe ik in een vuilniszak. Ik zet overal waxinelichtjes neer en een foto van mij en mijn twee beste vriendinnen: Eva en Marly. We waren samen op wintersport en vonden onszelf heel schattig met wollen mutsen op en rode neuzen van de Jägermeister. Zowel Eva als Marly heeft nu een baby. Van beiden wist ik niet dat ze 'bezig waren voor een kind', opeens waren ze allebei zwanger. Schoorvoetend hadden ze het aan me verteld, alsof ik niet blij voor ze zou kunnen zijn omdat Casper en ik nou eenmaal andere ideeën hadden over onze levensinvulling. In de maanden daarna gingen ze samen op zwangerschapsgymnastiek en spraken ze zonder mij af om urenlang over allerlei baby-gerelateerde zaken te praten. Langzaam maar zeker voelde ik hoe hun band sterker werd en ik iemand werd voor erbij. Kort nadat de baby's waren geboren, de een drie weken na de ander, maakte Casper het uit. Ik belde Marly. Ze nam niet op. Ik belde Eva. Ze nam niet op. Toen belde ik mijn moeder. Die nam wel op, maar zodra ik haar stem hoorde, verging me de moed om het haar te vertellen. Toen ze vroeg hoe het met me ging, zei ik 'goed' en dat ik haar per ongeluk had gebeld.

Marly belde me als eerste terug en vijf minuten nadat ik ophing, belde Eva. Ze had het nieuws al gehoord van Marly. Kennelijk nam Eva wel op wanneer *zij* belde.

Tussen alle borstontstekingen, gebroken nachten en eerste tandjes door probeerden Marly en Eva er voor me te zijn, maar ik had telkens het gevoel dat ik te veel was. Op mijn beurt probeerde ik een leuke tante voor de baby's te zijn. Maar mijn stem klonk nep-opgewekt, volgens Casper was dat heel vaak zo, en nu hoorde ik het zelf ook. En om een of andere reden begonnen Sterre en Max altijd te huilen wanneer ik ze vasthield. 'Nicole is niet zo goed met baby's,' zei Marly en Eva beaamde dat. Tegenover hun baby's noemden ze me Tante Merlot, terwijl ik nota bene net gestopt was met drinken.

Het is al bijna halfzeven 's avonds wanneer ik me realiseer dat ik sinds het vliegtuigontbijt niets meer heb gegeten. Ik eet twee mueslirepen en ik zie vanaf het kleine terrasje aan de achterkant van het huis hoe de zon langzaam achter een berg verdwijnt. Ook hier staat maar één stoel. Ik stel me voor hoe tante Willy hier heeft gezeten en naar hetzelfde uitzicht heeft gekeken. Wat zij kon, kan ik ook.

Zodra de zon weg is, wordt het koud. Ik trek twee truien over elkaar aan en probeer de openhaard aan te maken, maar elke keer loopt de kamer vol met rook en doven de vlammen na enkele minuten. Na een paar pogingen besluit ik het op te geven en naar bed te gaan. Ik doe de luiken dicht en draai de deur op slot. Nadat ik mijn tanden heb gepoetst, controleer ik of alles écht dicht zit.

De lakens voelen klam aan en het ruikt onmiskenbaar muf in de slaapkamer. Het liefst zou ik nog een keer controleren of alles goed op slot zit, maar ik verman mezelf. Ik haal diep adem en doe het licht uit. Het is meteen aardedonker, waardoor het nog meer opvalt dat het doodstil is. Afgezien van mijn eigen ademhaling, hoor ik helemaal niets, waardoor elk geluid dat er wel is – een krakende tak, de roep van een nachtvogel, de wind door de bomen – extra wordt uitvergroot. Ik voel me als de drie biggetjes in een huis van stro, en de wolf kan elk moment aankloppen.

Ik sluit mijn ogen en concentreer me op mijn ademhaling. Ik probeer aan allerlei dingen níét te denken: dat ik in het bed van een dode vrouw lig, dat er in de wijde omtrek niemand is, dat ik niet weet wat hier in Spanje het alarmnummer is, en al wist ik dat wel: ik heb geen bereik.

Bovenal probeer ik niet te denken aan Marianne.

Berend

De baby was inmiddels gestopt met huilen en keek verbaasd om zich heen. In het donker leken haar ogen bijna zwart.

Marianne had zich nog steeds niet bewogen.

'Wil je zien hoe ik de navelstreng doorknip?'

Geen reactie. Ik boog over Marianne heen, aaide nat, piekerig haar uit haar gezicht en kuste haar wang. 'Je hebt het goed gedaan. Ik ben trots op je.'

'Laat me.'

Ik had alleen een jongensnaam bedacht: Lucas, naar mijn opa. We hadden afgesproken dat Marianne de naam zou bedenken als het een meisje was. Ik vouwde de handdoek open en keek naar het met bloed en huidsmeer bedekte lijfje. Ze had lange dunne beentjes en de kleinste tenen die ik ooit had gezien. 'Wat ben je mooi,' fluisterde ik. Ik controleerde of de navelstreng nog klopte. Daarna plaatste ik knijpers aan weerszijden van de plek waar ik de knip zou zetten. Ik pakte de snoeischaar die ik in kokend water had ontsmet. Mijn hand trilde licht. 'Daar ga je,' zei ik en ik knipte de navelstreng door. De placenta legde ik in de koelbox. Morgen zouden we hem begraven op het eiland, zoals we hadden afgesproken.

Ik waste de baby voorzichtig met een washandje om het ergste bloed weg te halen. Het huidsmeer liet ik zo veel mogelijk zitten als extra beschermlaag. Daarna trok ik haar een katoenen luier aan en priegelde haar in een babypakje. Huid-op-huidcontact was het allerbeste, wist ik uit *Veilig bevallen*, maar daarin werd waarschijnlijk uitgegaan van een situatie met centrale verwarming. In de hut zouden we de baby zo warm mogelijk moeten aankleden. Ik ging in bed liggen, met de baby tussen mij en Marianne in.

'Zullen we haar zo aanleggen?' vroeg ik.

Marianne reageerde niet.

'Het is het best voor de binding tussen moeder en baby als je meteen na de geboorte de borst geeft. De eerste melk, colostrum, is bovendien heel voedzaam.'

Als antwoord schoof ze zo ver mogelijk bij ons vandaan zodat ze met haar neus in het tapijt aan de wand lag.

Ik besloot om haar maar te laten. In het kleine jaar dat Marianne en ik bij elkaar waren, was ik gewend geraakt aan haar grillen. Ze kon ook weer snel bijdraaien en heel uitbundig zijn.

Met de baby tegen me aan, haar bedwelmend zoete geur in mijn neus, moet ik in slaap gevallen zijn. Even later werd ik wakker van haar gekrijs. Een stoot adrenaline ging door me heen. Ik schudde Mariannes schouder. 'Ze heeft honger,' zei ik.

'Laat me met rust,' zei Marianne.

'Doe niet zo raar. Je kunt je eigen kind toch niet laten verhongeren?'

Ze antwoordde nog steeds niet.

'Je hebt een zware dag gehad, maar we moeten aan de baby denken.' Ondertussen krijste het kind maar door. Het deed iets raars met mijn zenuwstelsel.

'Ik wil dat kind niet,' zei Marianne. 'Geef het maar weg. Gooi het in het meer. Ik wil het niet.'

'Dat denk je alleen maar... Je hebt haar nog niet eens bekeken.'

Marianne richtte zich voor het eerst sinds de bevalling op, nam een teug adem en schreeuwde: 'Ik wil het niet!'

Ik schreeuwde terug: 'Maar je hebt geen keus!'

De baby begon nog harder te krijsen. Marianne mepte me in mijn gezicht, op mijn gebroken neus. In een waas van pijn sloeg ik terug en raakte haar vol op haar kaak. De klap wierp haar terug op het bed. Roerloos bleef ze liggen.

'Marianne?' Ik boog me over haar heen. De kaarsen waren inmiddels allemaal uitgegaan. Het enige wat nog licht gaf was het olielampje. 'Marianne?' Ik wapperde met mijn hand voor haar ogen. Ze was buiten bewustzijn.

Ik keek naar de baby en besloot dat ze zou krijgen waar ze recht op had. Ik schoof Mariannes bebloede jurk omhoog en ontblootte haar borsten. Ze stonden strak van alle moedermelk die erin zat. Ik bracht de baby naar haar tepel.

Het kind leek meteen te begrijpen wat de bedoeling was. Ze begon wild met haar hoofdje te bewegen. Ik pakte de borst net onder de tepel vast en duwde hem met tepelhof en al in het mondje. Onmiddellijk was het kind stil en begon het te zuigen. Ik haalde opgelucht adem. Het leek net een klein diertje zoals ze daar lag te smakken. Een puppy.

Marianne kreunde en leek bij te komen.

'Blijf maar lekker slapen, liefje,' zei ik.

Marianne opende haar ogen. Het duurde even voordat ze doorhad wat er aan de hand was. 'Godverdomme,' krijste ze en ze duwde de baby ruw van zich af. Het kind begon onmiddellijk weer met krijsen.

Hoe had ik kunnen weten dat ik in deze situatie terecht zou komen? Het enige wat ik ooit had gedaan was voor Marianne zorgen en van haar houden. Alles had ik voor haar opgegeven. Maar nu liet ze me geen keus. Misschien was het mijn komodo-instinct dat mij vertelde dat het overleven van het nageslacht vóór al het andere ging. Misschien was ik door alle stress buiten mezelf en bovendien was er de baby die me continu luidkeels aan haar bestaan herinnerde.

Ik duwde Marianne terug op haar plaats en pakte haar bij haar bovenarmen vast zodat ze geen kant op kon. Met een stem die ik niet van mezelf herkende, zei ik: 'Jij gaat die baby voeden.'

Ik zag de angst in Mariannes ogen. Een onverwachte schok ging door mijn kruis. 'Ga je doen wat ik zeg?'

Ze knikte langzaam. Aan haar trillende mond zag ik dat ze moeite deed om niet te huilen.

Ik pakte de baby op en legde haar aan. Het duurde even voordat ik de tepel in haar happende mondje had gemanoeuvreerd. Tevreden begon ze te zuigen.

Marianne zou vanzelf aan de baby wennen en ervan gaan houden. Dat wist ik zeker. 'Kijk eens hoe goed ze drinkt,' zei ik om haar op te beuren.

Ze keek me aan alsof ik een monster was.

'Het spijt me,' zei ik toen. 'Ik had niet boos moeten worden en ik had je zeker niet moeten slaan. Maar er is nu iets belangrijkers in ons leven gekomen dan jij en ik. Daar zullen we offers voor moeten brengen. Begrijp je dat?'

Als antwoord haalde ze snuivend adem.

De dagen erna waren niet veel beter. Marianne stond alleen op om haar behoefte te doen. De rest van de dag lag ze in bed, steeds afweziger. Het eten dat ik haar voorzette schrokte ze naar binnen, daarna draaide ze zich meteen op haar rug en staarde naar boven. Ik probeerde haar over te halen om zich te wassen in de lagune, maar ook dat weigerde ze. Af en toe haalde ik een washandje over haar lichaam, maar ze bleef een beetje ruiken en ik mocht al helemaal niet in de buurt komen van haar kruis.

Het kindje, dat ik voor nu Pup was gaan noemen omdat ze meer een diertje leek dan een mens, deed het goed. Ze sliep veel, dronk met volle teugen en poepte en plaste regelmatig. Het was leuk om voor haar te zorgen. Ik zong liedjes, waste luiers uit in het Ketelmeer, liep rondjes met haar over het eiland en genoot ervan om met haar tegen me aan te slapen. Af en toe deed ik een poging om Marianne erbij te betrekken, maar die weigerde elk contact. Ze liet me inmiddels Pup aanleggen zonder tegenstribbelen. Maar ik moest de baby wel vasthouden, omdat ze het anders gewoonweg van haar borst af liet glijden.

Ik had me van tevoren voorgesteld hoe Marianne als een oermoeder voor onze baby zou zorgen en hoe trots ik op haar zou zijn. Haar gedrag maakte me wanhopig en het was ook onnodig. Alles was toch goed afgelopen?

Afgelopen zomer hadden we bijna helemaal van het eiland kunnen leven. Er hadden verschillende eetbare planten gegroeid en de vissen waren happig geweest. Ook hadden we rivierkreeftjes langs de kant in het ondiepe water kunnen vangen. Ik had geopperd om ook af en toe muskusrat te eten. Het dier, in België een delicatesse die onder de naam waterkonijn menig menukaart siert, smaakte licht zoetig door de waterplanten die het at. Veel vlees zat er niet aan, hooguit twee ons, maar ze waren onbeperkt voorhanden en een goede bron van proteïne. Elke keer had Marianne 'hè, gatverdamme, nee' gezegd. Dat ze inmiddels vis at, was al een hele overwinning geweest.

In het vroege voorjaar waren er niet veel eetbare planten te vinden en ook waren we bijna door onze basisvoorraden van rijst, bloem, pasta en blikgroente heen. Ik zou naar wal moeten gaan om proviand te halen. Dat stelde mij voor een dilemma. Pup meenemen, of niet? Ik probeerde met Marianne te overleggen, maar die bleef apathisch voor zich uit staren. Honderd keer had ik mijn excuses aangeboden, honderd keer had ik op haar ingepraat. Ik had gedreigd, gepaaid, gelaten, maar niets hielp. Kon ik Pup bij haar achterlaten? In het gunstigste geval zou Marianne haar negeren, in het ongunstigste geval zou ze haar iets aandoen. Niets wees erop dat ze zich opeens als een moeder zou gaan gedragen.

Ik keek naar Mariannes rug. Een halfuur geleden had ik de baby tegen haar aan gelegd, maar Marianne had het gepresteerd om nog dichter naar de muur te kruipen, zodat er geen lichaamscontact meer was. Het was duidelijk: ik moest Pup meenemen.

Ik kleedde haar warm aan. 'Ik ga.'

'Mooi,' zei ze. Het was het eerste wat ze had gezegd in dagen.

Ik klom met de baby op de arm de hut uit en was al onderweg naar de boot, toen me inviel dat Marianne weleens zou kunnen proberen weg te lopen tijdens mijn afwezigheid. Het zou een zware tocht zijn: eerst een halfuur waden door ondiep water, dan de vaargeul over zwemmen en daarna nog een kwartier naar de dichtstbijzijnde boerderij lopen. Of ze moest het geluk hebben dat er al eerder iemand met een boot langskwam.

Ik stelde me voor hoe haar verhaal zou overkomen in de bewoonde wereld. Het zou een media-sensatie worden. Ik maakte me geen illusie dat ook maar iemand begrip voor mijn kant van het verhaal zou hebben. Ik zou worden opgepakt en lange tijd de gevangenis in gaan. Wat zou er dan met Pup gebeuren? Marianne had overduidelijk een postnatale depressie. Straks zouden haar hormonen zich stabiliseren en zou ze zich beter voelen. Dan zou ze blij zijn dat we nog samen waren op dit eiland dat ze tot voor kort 'ons magische sprookjesland' had genoemd. Was dit niet wat ze zelf had gewild?

Er zat niets anders op dan Marianne vast te binden.

Nicole

Stijf van de adrenaline word ik wakker. Mijn hart bonst en mijn keel is droog. Het is nog niet eens twee uur 's nachts. Buiten klinkt gejank. Het lijkt wel een dier in doodsnood, in het beste geval een hond. De kleine haartjes op mijn armen staan recht overeind. Hoe heeft tante Willy dit al deze jaren gedaan in haar eentje?

Angst begint klein. Je denkt iets ongelukkigs als: straks komt de moordenaar-verkrachter en dan is er niemand die mij kan helpen. Zodra dit idee per ongeluk aan je brein is ontsnapt, probeer je het weg te rationaliseren met gedachten als: de kans is zeer klein dat de moordenaar-verkrachter uitgerekend hier toevallig langskomt en stel dat hij weet dat ik hier ben en doelgericht naar mij op zoek is, zie dan maar eens de weg te vinden in het donker en stel dat hij de weg wél kan vinden, dan moet hij ook nog binnen zien te komen en dat is niet makkelijk, want er zijn overal luiken voor de ramen.

Maar het kwaad is al geschied. Je lichaam is al in lichte staat van paraatheid gebracht en omdat je die spanning voelt, denk je dat er vast iets aan de hand moet zijn, en zo versterken denken en gevoel elkaar totdat je verstijfd in bed ligt en niet eens durft op te staan om het licht aan te doen.

Als ik weer wakker word, is het nog steeds pikkedonker, dankzij de luiken. Toch voel ik dat de spookuren voorbij zijn. Op de tast vind ik mijn mobiel. Halfzeven. Normaal zou ik Instagram openen, op NU.nl kijken, googelen op angststoornis, maar ik heb nog steeds geen bereik. Daarom kijk ik maar naar foto's. Iedereen zegt dat ik de foto's van Casper moet verwijderen, maar ik kan het nog niet. Ik kijk naar alle momenten die we de laatste drie jaar hebben gedeeld en hoe belachelijk blij ik eruitzag, net zolang totdat ik misselijk word.

Wanneer ik de luiken opendoe, is het tot mijn verbazing nog steeds niet licht. De zon komt hier kennelijk later op dan in Nederland. Ik zet thee, drentel heen en weer, kijk in Willy's boekenkast en vind een paar vergeelde Nederlandse pocketboeken. Dan verschijnt eindelijk de zon. Ik loop het gangetje in en zodra ik de voordeur opendoe, schiet er iets langs mijn benen naar binnen. Ik hoor mezelf gillen.

In de woonkamer zit een hond op de bank die kijkt alsof hij er nooit meer vanaf wil. Ik heb niets tegen honden, maar ben er ook niet aan gewend. 'Wie ben jij?' vraag ik. Ik heb niets gevonden waaruit blijkt dat Willy een hond had, maar het lijkt me duidelijk dat hij zich hier thuis voelt. Het is een middelgroot beest, lichtbruin gespikkeld met een wit halsgebied, lange flaporen en lichtgroene ogen. Hij lijkt net zo verbaasd te zijn over mijn aanwezigheid als ik over de zijne.

Ik heb geen ervaring met honden en heb nooit overwogen om er een aan te schaffen. Maar opeens lijkt het me een ontzettend goed idee om er een te hebben. 'Heb je honger?' vraag ik. In de keuken zoek ik nog een keer naar hondenvoer, maar er is niets te vinden. Dan kook ik maar twee eieren, omdat ik niet weet wat ik hem anders moet geven.

De hond, die een meisje blijkt te zijn, eet de eieren enthousiast op en laat zich daarna braaf meelokken naar de auto. Ik gebruik een broekriem als halsband en ook dat lijkt ze prima te vinden. Ik rijd Cómpeta binnen, een wit bergdorpje waar een paar duizend mensen wonen. Ik kom langs een supermarkt, een drogist en een bank naar boven en parkeer op een pleintje onder een enorme johannesbroodboom. Op het terras zitten roodverbrande Engelsen bier te drinken.

Wanneer ik de wachtruimte van de dierenarts betreed, zie ik het meisje achter de balie verbaasd naar de hond kijken. Ik denk eerst dat ze verbaasd is vanwege de broekriem die inderdaad niet al te diervriendelijk oogt, maar ze komt achter de balie vandaan, zakt door haar knieën en begint de hond te knuffelen. Ze begint met een overdreven adoratie in haar stem in het Spaans te praten, maar het kan ook zo zijn dat ik gewoon jaloers ben dat niemand ooit zo tegen mij praat. 'Ben jij het, lieverd? Ben jij het?'

'Ken je haar?' vraag ik in het Engels.

'Ja! Dit is Dora!' Ze roept de dierenarts erbij, een mooie jonge vrouw die Dora enthousiast begroet. 'We dachten niet dat we haar nog terug zouden zien. Heb je haar geadopteerd?'

Ik vertel dat de hond aan is komen lopen bij het huis van mijn tante. Er wordt een telefoontje gepleegd en het blijkt dat Dora een week geleden is ontsnapt uit het asiel waar ze na het overlijden van Willy heen was gebracht. Het kan niet anders dan dat ze helemaal naar huis is teruggelopen, een afstand van zo'n twintig kilometer, dwars door de bergen. 'Dat is ongelofelijk!' roept de dierenarts uit. 'Alsof ze wist dat jij zou komen!' Ze onderzoekt haar. 'Ze lijkt in goede gezondheid. Een beetje mager misschien, maar dat was te verwachten. Je kunt haar weer meenemen.'

'Kenden jullie Willy goed?'

'Ze kwam hier elke maand voor een check-up omdat ze zeker wilde weten dat Dora niet ondervoed raakte door het veganistische dieet.'

'At ze voornamelijk linzen?'

Ze knikken. 'Een paar keer per maand kreeg ze ook vers vlees.'

'Wat voor iemand was Willy eigenlijk? Hoe zou je haar omschrijven?' vraag ik.

De dierenarts en de assistenten wisselen een blik uit. Ze weten duidelijk niet wat ze met deze vraag aan moeten. 'Gewoon een klant. Een aardige vrouw.'

Het is tijd voor de volgende patiënt. 'Volgende maand heeft Dora een nieuwe rabiësinenting nodig,' zegt de dierenarts nog.

Ik zet Dora naast me in de auto, maak een foto van ons tweeën en post hem op Instagram. In de kleine supermarkt aan het dorpsplein koop ik nieuwe blikken linzen, een hondenriem en voerbakken. Het schiet door me heen dat ik haar terug zou kunnen brengen naar het asiel, maar Dora kijkt me de hele tijd aan met haar lieve, trouwhartige ogen, alsof ze weet waar ik aan denk. Bovendien merk ik dat ik opgelucht ben dat ik iemand heb om voor te zorgen en tegen te praten. 'Wat gezellig, hè Dora, ja, soms is het een beetje spannend bij mij in de auto, Dora, wat ben je een lieve hond, Dora, wij zijn nu samen, Dora, ik ga heel goed voor je zorgen, Dora, alles komt goed, Dora, zie je die mooie berg?'

Dora lijkt het allemaal prima te vinden. Ze zegt in ieder geval niet zoals mijn ex Casper: 'Je hoeft niet de hele tijd alles te benoemen.'

Met wat geluk is ze ook nog een beetje waaks en kan ze me beschermen tegen de moordenaar-verkrachter, al is dat gezien haar slanke postuur wellicht wat veel gevraagd. Eén ding is zeker: ik ben niet meer alleen als hij komt.

De tulpen waren net uitgebloeid toen Marianne wegliep. Ze bleef wel vaker weg zonder dat we wisten waar ze uithing, maar deze keer had ze behalve een groot deel van haar kleren, ook haar paspoort en de shampoo meegenomen. Over die shampoo was ik nog lange tijd boos geweest. Het was een dure fles van een of ander ecologisch merk die we samen met ons zakgeld hadden gekocht, omdat Marianne de Timotei-shampoo van de supermarkt niet meer wilde gebruiken. Ze was tegen producten van Unilever, 'opportunistische klootzakken die de hele wereld kapotmaken', en waste nog liever haar haren 'met vogelstront'. Of dus met die dure shampoo waarvoor ik drie weken zakgeld had moeten inleveren terwijl ik aan het sparen was voor rollerskates.

Ze had een briefje achtergelaten op de keukentafel waarop stond: IK BEN JULLIE SCHIJTZAT. HAVE A NICE LIFE.

Ik was zelf Marianne ook schijtzat. We hadden de dag ervoor een stevige ruzie gehad en ik dacht dat er eindelijk rust in huis zou komen nu ze weg was. Maar in plaats van dat mijn ouders zich ontspanden en zich gingen focussen op *míj*, het brave kind, waren ze doodongerust.

Mijn vader fietste de hele stad door om haar te vinden, mijn moeder onderwierp mij aan een urenlang kruisverhoor over het doen en laten van Marianne de afgelopen paar weken en daarna hing ze de hele avond aan de telefoon om te vragen of iemand haar had gezien. Schuldgevoel bekroop mij. Was het mijn schuld dat Marianne was weggelopen?

Iedereen zei dat we rustig moesten blijven en moesten bidden voor een behouden terugkeer. Marianne spijbelde vaak, kwam soms pas 's avonds tegen etenstijd thuis en deed dan vaag over waar ze was geweest, wat steevast uitmondde in een hoop geschreeuw. In de weekenden was ze soms hele dagen weg zonder verklaring. Dat ze nu was weggelopen, paste in dat patroon en hoorde ook wel een beetje bij de leeftijd.

Toen ze de volgende avond nog steeds niet was thuisgekomen, gingen we naar het politiebureau.

'Waren er problemen thuis?' vroeg de dienstdoende agente.

Mijn moeder schoof onrustig op haar stoel en mijn vader keek weg.

'Niet meer dan bij normale pubers,' zei mijn moeder met huilerige stem. 'Marianne had zo haar buien, maar ik kan u verzekeren dat wij een stabiel, liefhebbend gezin zijn.'

De agente keek nu naar mij.

Ik wist dat het moment was gekomen om eerlijk te zijn. Er zat een vreemd, dik gevoel in mijn keel.

In de stilte die was gevallen keek iedereen gespannen naar mij. Mijn moeder had diepe wallen onder haar ogen en droeg geen makeup waardoor ze bijna onherkenbaar was.

Ik opende mijn mond. 'Uh...'

'Had jij het idee dat Marianne ongelukkig was?' vroeg de agente.

'Ze...' Weer kwam ik niet verder. Dit is jouw schuld, zong het in mijn hoofd. Jouw schuld, jouw schuld.

De agente knikte me bemoedigend toe. Ik was me bewust van de spanning van mijn ouders die aan weerszijden van mij zaten. Ik was daar goed in: voelen wat zij voelden. Als ik uit school kwam, kon ik al voordat ik de sleutel in het slot stak peilen hoe de stemming was. Een wandelende barometer.

'Ze was vaak boos. Op de hele wereld. En op Unilever en milieuvervuiling en zo.'

Mijn ouders ontspanden een beetje.

De agente maakte een paar aantekeningen en zei dat we ons op dit moment nog geen zorgen hoefden te maken. Meestal houden meisjes van vijftien het niet lang uit in hun eentje. Mijn ouders werd geadviseerd te controleren of en waar ze nog geld had opgenomen, en te blijven zoeken.

'Ik voel dat ze in gevaar is,' zei mijn moeder. 'Dat soort dingen weet je gewoon als moeder. Ze kan wel zijn meegenomen door een of andere psychopaat. Of in handen gevallen zijn van een loverboy. Je hebt geen idee hoe beïnvloedbaar meisjes van die leeftijd zijn. Jullie moeten iets doen!'

'Ik begrijp uw ongerustheid. Er is alleen op dit moment nog geen reden tot paniek. Waarschijnlijk zit ze bij een vriendinnetje. Of heeft ze een vriendje waar ze niet over durft te vertellen.'

'Ze is minderjarig! Jullie kunnen een minderjarig kind toch niet in de steek laten!' Mijn moeder was gaan staan en zwaaide driftig met haar armen. Spuug vloog uit haar mond.

'Toni,' zei mijn vader. 'Rustig nou.' Hij reikte voor me langs en pakte haar hand.

'Laten we dit afspreken,' zei de agente, weinig onder de indruk van het optreden van mijn moeder. 'We zullen onze ogen en oren openhouden. Ondertussen adviseer ik u om een logboek bij te houden van alle acties die u onderneemt, mensen die u spreekt en plaatsen waar u hebt gezocht. En dan hebben we over een paar dagen weer contact. Zullen we dat zo doen?'

Mijn moeder perste haar lippen op elkaar.

'Laat u weten wanneer ze weer terecht is?'

Buiten zei mijn moeder: 'Aan de politie heb je ook niets.'

Extra langzaam deed ik mijn fiets van het slot. Mijn ouders stonden ongeduldig te wachten. 'Ik ben iets vergeten,' zei ik. 'Ik kom zo.'

Ik rende terug het bureau in, naar de kamer van de agente. Ze was iets aan het invoeren op de computer en keek verstoord op.

Ik haalde diep adem. 'Ik had gisteren ruzie met Marianne,' zei ik. 'Daarom is ze weggelopen.'

Ze glimlachte. 'Hoe oud ben je?' vroeg ze.

'Dertien.'

'Het heeft niets met jou te maken,' zei ze. 'Meisjes van die leeftijd lopen nou eenmaal weleens weg. Maak je geen zorgen.'

Maar dat deed ik wél. Altijd wanneer mijn ouders naar bed waren, de wasmachine het nachtprogramma draaide en de thermostaat op zeventien graden stond, sloop Marianne haar kamer uit, deed geruisloos mijn deur open, en ging naast me in bed liggen. Ik zorgde ervoor dat ik op mijn linkerzij klaarlag zodat ze zo naast me onder het dekbed kon glijden. Pas als ik haar adem in mijn nek voelde en haar hand op mijn buik, durfde ik mijn ogen dicht te doen. Nacht-Marianne was anders dan dag-Marianne. Het maakte niet uit hoe dag-Marianne zich had gedragen, wat ze had gezegd, wat ze had gedaan, ik wist dat ze altijd zou komen zodra de lichten uitgingen. Dag-Marianne kon ik goed missen, maar nacht-Marianne had ik nodig.

Nooit spraken we hierover. Ik kan me niet herinneren wanneer en waarom deze gewoonte was ontstaan. Was ik als klein kind al bang en kwam Marianne daarom altijd bij me? Of ben ik pas bang geworden nadat ze verdween?

Berend

Het regende op de dag dat ik Marianne ontmoette. Ik had haar al vanuit de verte zien lopen op het fietspad langs de noordelijke oever van de IJssel. Ze had een lekke band, haar zwarte oogmake-up was in straaltjes over haar gezicht uitgelopen. Ze droeg geen regenjas. Haar dunne trui was doorweekt en ik zag kleine tepels door de stof prikken. Het was dinsdagochtend. Ik vroeg me af wat ze hier deed en of ze niet op school moest zijn. Ik remde en stapte af.

'Kan ik je helpen?' vroeg ik.

'Nee,' zei ze.

'Je hebt een lekke band, je bent doorweekt... Ik denk dat je wel wat hulp kunt gebruiken,' zei ik vriendelijk.

Ze zuchtte geïrriteerd en versnelde haar pas. 'Laat me met rust.'

Ik probeerde mezelf door haar ogen te zien. Ze dacht vast dat ik een engerd was, per slot van rekening was ik ouder dan zij en droeg ik werkkleding. Aandringen zou geen zin hebben. 'Luister,' zei ik. 'Zie je die boerderij daar? Tussen de bomen? De grote schuur ernaast is mijn werkplaats. Ik heb bandenplakspullen en warme koffie. Of thee als je dat liever drinkt. Je bent welkom.'

Nooit had ik kunnen vermoeden dat zij en ik zo'n groot avontuur zouden aangaan. Op dat moment was ze gewoon iemand die ik wilde helpen, zoals je iedereen zou helpen in die omstandigheden. Bovendien had ik een vriendin, Bettina.

Ik fietste door naar de schuur waar ik woonde. Ik had van een boer in Frankrijk een partij oude balken binnengekregen en die was ik nu aan het verzagen om er meubelen van te maken. De balken waren ondanks de hoge leeftijd nog helemaal intact, al moest ik tijdens het zagen goed uitkijken of er nog spijkers in zaten. Toen ik even later opkeek, zag ik haar in de deuropening staan. Ze leek zo kwetsbaar dat mijn hart bijna brak. Ik deed mijn best om niet te tonen dat ik aangenaam verrast was en zei op zakelijke toon: 'Rijd je fiets maar naar binnen.'

Ze had een nieuwe Gazelle met drie versnellingen en handremmen. Ik nam hem van haar over en zette hem op zijn kop zodat ik de band kon plakken. Daarna gaf ik haar een paardendeken die ze om haar schouders sloeg. 'Thee of koffie?'

Ze wilde thee. Ik liep naar het oude keukenblokje in de hoek van de schuur, zette de waterkoker op en pakte het bandenplakdoosje uit de la. Verder zweeg ik. Als ze wilde praten, zou ze vanzelf beginnen.

Terwijl het water opwarmde, draaide ik het ventiel los en plaatste ik bandenlichters om de buitenband van de velg af te halen. Marianne was ondertussen op een strobaal gaan zitten. Ze zag er verloren uit. 'Kakzooi,' zei ze toen.

Ik maakte een instemmend geluid, terwijl ik mijn handen over de buitenband liet gaan. Algauw kwam ik een spijker tegen.

'Daar is de boosdoener,' zei ik en ik hield hem omhoog.

'Tyfusding,' antwoordde ze.

Het water kookte. Ik aarzelde even en koos toen een zakje ananas-mangothee uit. Het leek me dat meisjes van zoete dingen hielden. Tenminste, Bettina vond dat lekker. In haar huis brandden altijd geurkaarsen met namen als 'Moonlight Rose' en ze had een uitgebreide collectie mierzoete parfums, hoewel ik haar vaak genoeg had verteld dat ik haar eigen geur het lekkerst vond. Ik gaf Marianne de mok aan. Hij was van een aardappelgroothandel. Grappig hoe dat soort details je later bijblijven. 'Dank je,' zei ze. Voor het eerst keek ze me aan.

Ik waagde een glimlach. 'Verzopen katje ben je,' zei ik.

Ze lachte niet terug, maar keek ook niet onvriendelijk. 'Ik heb de hele dag al een kutdag,' zei ze toen. 'Vanochtend eruit gestuurd bij

Geschiedenis. Daarna wilde ik een stukje langs het water fietsen om tot rust te komen, maar het enige wat ik zag waren stinkkoeien aan de ene kant en dat fucking lelijke industrieterrein aan de andere kant, en toen ging het regenen en reed ik in die kutspijker.'

'Haatland is iets verschrikkelijks,' beaamde ik. 'En over koeien valt te twisten. Het wordt pas mooi aan de andere kant van de IJsselbrug. Daar vind je rietkragen en doorkijkjes naar de eilanden.' Ik pompte de band weer op en hield mijn vinger naast het gat terwijl de band hoorbaar leegliep. Ik zag dat er geen schuurpapier meer in het plakdoosje zat. 'Kun jij dit even vasthouden?' vroeg ik.

Ze stond op en ging naast me staan. Onze handen raakten elkaar toen ze de binnenband van me overnam. Iets knetterde in de lucht. Ik was me ervan bewust dat ze naar me keek terwijl ik naar de werkbank liep. Bettina zei altijd dat ik behoorlijk knap was, mits ik me een beetje verzorgde. Volgens haar leefde en zag ik eruit als een holbewoner. Zij was dan ook degene die me naar de kapper stuurde en kleren voor me kocht. Sinds Bettina mij onder handen had genomen, zag ik vrouwen regelmatig naar me kijken, al maakte dat me ongemakkelijk.

Achter in de werkplaats was een kamer waar ik een bed had geplaatst. Het was niet de bedoeling dat ik er zou wonen, maar de boer, die ik sowieso maar zelden zag, zei er niets van en het scheelde me in de maandelijkse lasten. Bij Bettina was het altijd warm, rook het naar potpourri en kon ik me douchen in plaats van me aan de wastafel wassen zoals ik in de schuur deed.

Ik scheurde een stukje schuurpapier af en nam de binnenband weer van Marianne over. Zo van dichtbij zag ik dat ze sproeten op haar neus had.

'Is mijn mascara doorgelopen?' vroeg ze toen.

Ik schoot in de lach. 'Ja, behoorlijk.'

'Kutzooi,' zei ze.

'Daar is een wc met een wastafel en een spiegel.'

Ze slofte ernaartoe met een overdreven ontspannen tred, alsof ze duidelijk wilde maken dat ze zich volkomen op haar gemak voelde in een boerenschuur met een vreemde man.

Toen ze terugkwam, zonder panda-ogen deze keer, stond haar fiets netjes klaar voor vertrek.

'Ik drink nog even mijn thee op, goed?' vroeg ze.

'Je zit mij niet in de weg.'

Ik ging door met het zagen van de balken. Bettina raakte geïrriteerd als ik haar niet continu mijn onverdeelde aandacht gaf, maar ik had het idee dat Marianne er beter bij gedijde als ik haar juist met rust liet.

Ze nam hoorbaar een laatste slok van haar thee, zette hem op het aanrecht van het keukenblokje en liep naar haar fiets. Vlak voordat ze naar buiten ging, vroeg ze: 'Wat was jij daar eigenlijk aan het doen? Daarnet op het fietspad.'

'Ik kwam bij mijn werk vandaan.' Ik glimlachte weer.

Ze keek om zich heen in de schuur, waar enkele meubelstukken stonden die ik had gemaakt.

'Dit is een bijverdienste.' Ik aarzelde, meisjes konden behoorlijk gevoelig zijn en zij kwam al helemaal zo over, maar vertelde het toch: 'Ik vang muskusratten.'

'Gatverdamme,' zei ze.

'Tja,' zei ik. 'Iemand moet het doen.'

'Ik ben tegen het doden van dieren,' zei Marianne.

'Maar je wilt denk ik ook niet dat Nederland overstroomt.' Ik legde haar uit hoe een enkele muskusrat per jaar met gemak vijftien kruiwagens zand uit een dijk graaft en elk jaar twintig jongen krijgt.

'Het zijn *levende* wezens.'

'Ze zijn prachtig,' gaf ik toe. 'Ze zijn zelfs ooit in Europa geïntroduceerd vanwege hun mooie vacht.'

Ze keek me uitdagend aan. 'Ik snap niet dat je dat kunt. Er moet wel iets heel erg mis zijn met jou.'

Ze liet niet lang op zich wachten. Na die eerste keer kwam ze regelmatig langs uit school en nog vaker onder schooltijd. Als ik er niet was, liet ik de deur voor haar open en trof ik haar vaak aan onder een dekentje, lezend in een boek. Op school leerde je alleen maar 'bullshit' en aangezien ze geen moeite deed om deze mening voor zich te houden, leverde dat haar de nodige conflicten op. Toch was ze niet dom, en behoorlijk goed geïnformeerd zelfs. Volgens haar was de wereld totaal verziekt: de vervuiling was alarmerend, computers namen de boel over, binnenkort bestond privacy niet meer en niemand nam het dreigende gevaar uit China serieus. 'Straks als de grenzen opengaan, en de vraag is niet óf maar wannéér dit gaat gebeuren, zijn wij allemaal weerloos tegen het Oosten. Maar hier in het Westen doen we maar alsof wij oppermachtig zijn en we zijn te arrogant om in te zien dat we keihard gaan verliezen.'

Ik noemde haar gekscherend de Nostradamus van Kampen, maar het interesseerde me wat ze te vertellen had en in veel gevallen had ze een punt. Bettina maakte zich vooral druk over haar figuur en of haar baas wel blij was met haar. Ze werkte bij de HEMA, waar ze sinds kort bedrijfsleidster was geworden, en nam haar verantwoordelijkheden ontzettend serieus. Met haar praatte ik nooit over het milieu of kapitalisme.

Marianne vond mijn kennis van de natuur fascinerend. Als jongen was ik opgegroeid in de Noordoostpolder. Omdat de afgelegen boerderij van mijn ouders het niet makkelijk maakte om vrienden te maken, zwierf ik veel alleen rond met een verrekijker en een vogelboek. Ook had ik mezelf leren vissen en bezat ik een klein bootje in Schokkerhaven waarmee ik door het Ketelmeer voer. De laatste paar jaar had het gebied zich behoorlijk ontwikkeld. Voorheen was er slechts één eiland geweest dat in de vorige eeuw was ontstaan door de drooglegging van de Zuiderzee. Onder jagers en vissers werd het Vogeleiland genoemd, al lag er verderop in het Zwarte Meer een eiland dat officieel zo heette. Sinds kort had het waterschap een aantal nieuwe eilanden gecreëerd als 'compensatienatuur'. Er waren enkele dijken gestort van basaltblokken en daar tegenaan was zandgrond opgespoten. De eilanden hadden verschillende vormen en afmetingen, met in het midden een lagune voor waadvogels.

Staatsbosbeheer kon tevreden zijn: al snel waren er planten gaan groeien, met dank aan de vogels die een brede variëteit aan zaden boven het eiland uit poepten. En ook de wind en de stroming hadden een handje geholpen. Een paar jaar later hadden de bomen al een aardige hoogte bereikt en waren de oevers begroeid met dikke rietkragen. Het gebied was een waar vogelparadijs. De grote karekiet, rietzangers, roerdompen, rietgorzen, lepelaars en zelfs flamingo's kwamen er graag. Mantelmeeuwen en diverse waadvogels gebruikten de lagunes als broedgebied. De zeearend werd gesignaleerd.

Het was mijn taak om elke dag langs de eilanden te varen, op zoek naar sporen van muskusratten. Ook zij gedijden goed in dit nieuwe leefgebied. Op sommige dagen ving ik er wel twintig. Ik borg de ratten op in de kadaverton die ik dagelijks op de wal zette om opgehaald te worden. Het doel was dat in 2030 alle muskusratten uit Nederland verdreven zouden zijn.

'Snap je dat het niet zo'n gek beroep is?' vroeg ik. 'Ik heb alle vrijheid, hoef met niemand rekening te houden en ben de hele dag in de natuur. Het is schitterend daar. Een onontdekt stukje Nederland.'

'Mag ik een keer met je mee?' vroeg ze. 'Ik ben nog nooit op de eilanden geweest.'

Ik beloofde het haar.

Ik geloof niet dat iemand afwist van de bezoeken van Marianne, en ik praatte er ook niet over tegen anderen. Eén keer kwam ik haar tegen in de stad. Ik was met Bettina onderweg naar de bioscoop. Bettina had zich volledig uitgedost. Ze droeg een jurk met een diep decolleté en hoge hakken eronder, waardoor we maar heel langzaam konden lopen, terwijl we al laat waren. Toen we van huis vertrokken had ik al voorzichtig geklaagd over haar schoeiselkeuze. 'Je wilt toch dat je vrouw er goed uitziet?' had ze daarop geantwoord.

'Je bent mijn vrouw niet,' had ik willen zeggen, maar ik kon de woorden nog net inslikken. Bettina begon steeds vaker aan te dringen om te gaan samenwonen en zei dat ze met de pil wilde stoppen. Ik had niet het idee dat deze wensen iets te maken hadden met het feit dat ze zo gek op mij was. Ze had een bepaald leven voor ogen en daar moest ik invulling aan geven. Als ik iets anders wilde, zag ze dat als een afwijzing.

En toen was daar Marianne.

Ze stond met een groepje vrienden om zich heen die net als zij in het zwart gekleed waren en legerkisten droegen. Ze gaven een joint aan elkaar door. Ze keek me recht aan met die diepblauwe ogen, omlijnd met zwarte kohl. Ik geloof dat ik even niet kon ademen. We begroetten elkaar niet, alsof we hier van tevoren een afspraak over hadden gemaakt. Het viel me op hoe mooi ze was. Hoe rauw. Hoe puur. Marianne nam de joint aan van een jongen met acné, die er wat schaapachtig uitzag naast haar, zonder het oogcontact met mij te verbreken. Ze inhaleerde en blies de rook uit. Haar ogen knepen zich samen. Het leek of ik gehypnotiseerd was.

'Au,' zei Bettina. 'Lomperik.'

Ik realiseerde me dat ik op haar voet was gaan staan.

'Sorry,' zei ik. Met moeite maakten mijn ogen zich los van die van Marianne.

'Was dat je vriendin?' Het was maandagochtend. Marianne was niet naar school gegaan, maar meteen naar me toe gefietst.

'Jaloers?' vroeg ik.

'Mocht je willen.' Ze heupwiegde naar het keukenblok en zette water op. Thee voor haar. Koffie voor mij. Het was die dag behoorlijk koud, maar toch droeg ze een kort rokje met legerkisten eronder. Even later zette ze twee mokken voor ons neer.

'Ik had niet gedacht dat je op dat soort vrouwen viel,' ging ze verder.

'Wat voor soort vrouwen?'

'Modepopjes. Ik had toch een ander type bij jou verwacht.'

'Wat voor type dan?' vroeg ik. Terwijl ik de woorden uitsprak, veranderde er iets in de lucht.

Ze streek een haarlok uit haar gezicht en lachte verleidelijk. Ik kon bijna niet geloven dat ze dit opzettelijk deed, maar daar stond ze. Te pronken als een pauw.

'Je bent te jong voor mij.' Ik draaide me abrupt om en ging verder met het op maat zagen van de planken voor een tuinbank. Ik had vaak genoeg aan haar gedacht terwijl ik me aftrok. Altijd begon ik met een andere fantasie, maar tegen de tijd dat ik het hoogtepunt naderde, was zij het die mijn hoofd binnendrong en mijn lichaam overnam. Maar nu Marianne openlijk toenadering zocht, maakte het me boos. Al die tijd had ik gepaste afstand tot haar bewaard. Haar behandeld als een zusje. Had ze enig idee hoe gevaarlijk haar gedrag was?

'Ik bedoelde niet mij natuurlijk.' Ook zij klonk boos. 'Je bent toch geen pedo?'

Ik antwoordde niet en bleef demonstratief met mijn rug naar haar toe staan. Ondertussen voelde ik een ondragelijke spanning in mijn kruis ontstaan. Elke vezel van mijn lichaam stond op scherp. Bijna een volle minuut lang zeiden we allebei niets. Ik hoorde haar gespannen ademhaling achter me, hoog en snel.

Toen ze eindelijk de deur met een klap achter zich dichtsloeg, ritste ik mijn gulp open en kwam binnen enkele halen klaar. Het zaad spoot over de kale vloer en ik schreeuwde zo hard 'godverdomme' dat ik bang was dat ze het zou horen.

Nicole

Bij het huis van Willy hoort 20.000 vierkante meter grond, zo staat er in de eigendomsakte. Met een plattegrond in de hand probeer ik te ontdekken waar de erfgrens ligt, maar dat is moeilijk te bepalen doordat het grootste deel van het terrein bedekt is met bomen en stekelige planten en er geen afscheiding is tussen het terrein en het Nationaal Park. Tegenwoordig is het verboden om hier te bouwen, maar de huizen die er al stonden toen het gebied beschermd werd verklaard, mochten er blijven staan. Wel had Carmen met klem gezegd dat ik er geen zwembad mocht aanleggen.

Het terrein loopt zo'n vijftig meter langs de bergweg en glooit honderden meters lang naar beneden. Het land is ruw. Afgezien van een kleine tuin rondom het huis is er niets gecultiveerd. Ik zie dennenbomen, wilde olijfbomen, hellingen begroeid met rozemarijn, lavendel, tijm en een doornige struik met minuscule rode besjes. Ook staan er clusters kleine palmen en wilde oleander, en beneden in de vallei groeit riet, wat er waarschijnlijk op duidt dat daar water is.

Vanaf de achterkant van het huis gaat er een klein paadje omlaag naar de groentetuin: grote bakken met kaalgevreten en verdroogde planten. Ik heb geen verstand van tuinbouw. Ik grijp naar mijn telefoon om te googelen welke groentesoorten hier kunnen groeien en realiseer me voor de zoveelste keer dat ik geen bereik heb. Het lijkt me hoe dan ook een goed idee om alles te doen wat Willy ook deed.

In het schuurtje vind ik roestig tuingereedschap: scheppen, emmers, spades. Er hangen enkele grote spinnenwebben en het is er vochtig. Het schreeuwt om een likje verf. Hoe meer projecten, hoe beter.

'Wat zou er gebeuren als je een keer stil zou staan?' vroeg Casper eens aan mij. Hij probeerde het boeddhistisch te laten klinken, maar ik hoorde heus wel de irritatie in zijn stem. Ik ben op meditatiecursus gegaan, maar achteraf gezien was het toen al te laat. Een maand later maakte hij het uit.

Vanuit de groentetuin loopt nog een paadje verder naar beneden. Terwijl ik eroverheen loop, haal ik mijn benen open aan de doornige struiken die overal staan en die ik zeker weg moet hakken. In de verte klinkt het geluid van water en na een paar minuten kom ik bij een kabbelend beekje uit. Dora, die mij overal op de voet volgt, begint meteen te drinken en ik ga op een rots zitten in de schaduw van een grote boom en geniet van het geluid van het murmelende water.

Zie je wel, ik kan dit.

In de boekenkast vind ik een beduimeld exemplaar van *El atendado* van Harry Mulisch. Mijn kennis van het Spaans is zeer beperkt, maar ooit heb ik het in het Nederlands gelezen én ik heb de film gezien, dus het zou moeten lukken om de verhaallijn te volgen. In mijn vorige leven had ik het geduld niet om te lezen en bracht ik mijn avonden door met wijn en andere mensen. Ik werkte in de reclame als copywriter, een baan waarbij je naar hartenlust kunt overwerken en kunt borrelen tot je erbij neervalt. Soms gingen er in een week wel vijf flessen doorheen. Ik deed een online test bij Jellinek en kwam uit in de categorie 'waarschijnlijk ervaar je weleens negatieve gevolgen van je alcoholgebruik'. Toen ik dat met Casper deelde, zei hij: 'En je omgeving des te meer.'

'Wat een kutopmerking,' zei ik.

Casper trok me tegen zich aan en zei: 'Dat was een grapje.'

Een emotioneel gezond iemand zou zeggen: 'Dat was helemaal geen grap, misschien kun je uitleggen wat je bedoelt.' Maar ik lachte dommig met hem mee.

Het resultaat is wel dat ik meteen ben gestopt met drinken nadat hij me verliet en ik daarmee de enige persoon ter wereld ben die stópte na een relatiebreuk. Ik wilde voor eens en altijd aan hem bewijzen dat ik geen alcoholist ben. Alsof dat opeens heel relevant was.

Ik lees de bladzijde waar ik aan ben begonnen opnieuw. Dora zit dicht tegen me aan met haar hoofd op mijn schoot. Af en toe maakt ze een smakkend geluid. Ze lijkt mij al volledig als haar nieuwe baas te hebben geaccepteerd. Als ik had geweten hoe makkelijk dit gaat, was ik meteen aan honden begonnen in plaats van aan mannen. Dan staat ze plotseling op, loopt het halletje in en staart gefixeerd naar de voordeur alsof ze hem met telekinese probeert te openen.

Ik begrijp wat ze wil: naar buiten. Dat betekent dat ik de voordeur open moet doen, haar eruit moet laten, in de deuropening moet wachten tot ze terugkeert en dan eindelijk de deur weer dicht kan doen.

Mijn hartslag gaat omhoog. Moet dit? Wanneer Dora aan de deur begint te krabben, weet ik dat ik geen keus heb. Ik sta op, draai de sleutel om en open de deur. Het is pikkedonker buiten. Boven me zie ik de Melkweg, ontelbare sterren in een wazige veeg. Dora rent mijn gezichtsveld uit. Ik probeer oprecht te genieten van de hemel, maar word afgeleid door de geur van mijn klamme oksels. Angst stinkt, vraag dat maar aan een willekeurige tandarts. Ik hoor takken kraken en ik weet dat het Dora moet zijn, maar toch is het zachte geritsel nauwelijks te verdragen. Het is niets, zeg ik tegen mezelf, maar mijn lichaam zegt: jawel, het is wel degelijk iets. Doe de deur dicht nu het nog kan.

Even later komt Dora weer aangerend. Ik haal opgelucht adem en draai achter haar de deur op slot. Ze springt op de bank en valt in slaap. Zij wel.

Door de twee minuten in de deuropening is mijn lichaam in een staat van paraatheid gebracht, en als mijn lichaam eenmaal aanstaat, krijg je het bijna niet meer uit. Het duurt achtenveertig uur om het stresshormoon cortisol af te voeren. En zolang het nog actief is, is de kans op een nieuwe stressreactie extra groot. Misschien zou ik mezelf achtenveertig uur moeten drogeren om uit dit perpetuum mobile te komen.

Ik ga in bed liggen, met de rug van de stoel onder de deurklink. Het licht is nog aan, misschien moet ik maar zo in slaap vallen, want het uitdoen durf ik niet. Ik zucht een paar keer diep, doe een van de meditatieoefeningen die ik heb geleerd. En net zoals de cursus me niet heeft geholpen om Casper bij me te houden, helpt het nu ook niet om rustig te worden.

Ik denk aan Dora die rustig op de bank ligt te slapen en besluit haar bij me te nemen. Tenslotte is dit ook een beetje haar schuld. Ik schuif de stoel opzij, open de deur en doe het licht in de woonkamer aan. Dora kijkt verbaasd op.

'Kom,' zeg ik en klop uitnodigend op mijn bovenbenen. Meestal is dat genoeg om haar in beweging te krijgen: het lijkt wel of het enige wat ze wil in haar leven is dat ik haar lief vind, maar nu blijft ze liggen. 'Kom,' zeg ik nog een keer. Ze kwispelt zenuwachtig. Een dof kloppend geluid op de bank dat wordt versterkt door de kale muren en de vreselijke stilte om ons heen. Nadat ik haar voor de derde keer heb geroepen, ben ik het zat. Ik loop naar de bank en til haar op. Ze verstijft in mijn armen, haar nageltjes klauwen in mijn onderarm. Ik leg haar op het bed, maar zodra ik haar loslaat, rent ze met de staart tussen de benen terug naar de woonkamer.

'Kom op, Dora. Wil je niet lekker op het zachte bed?' Ze kijkt me verschrikt aan, Willy was kennelijk erg strikt met bepaalde regels. Ik kneed haar lange zachte oren. 'Wil je echt niet?'

Ze slaakt een lange zucht als antwoord.

Ik pak mijn kussen en dekbed en ga naast haar op de bank liggen. Ze legt haar hoofd op mijn buik. Ik ben niet meer alleen.

Negentig procent van alle vermisten is binnen vierentwintig uur weer boven water. En van de mensen die dan nog steeds weg zijn, is tachtig procent binnen een week terug. Marianne hoorde bij de andere twintig procent. Nadat de eerste dagen waren verstreken, startte de politie een grootschalige zoekactie. De politie informeerde bij collega's op de Wallen of er een nieuw meisje was gesignaleerd, ze checkten of er pedofielen in onze buurt woonden en Mariannes gegevens werden doorgegeven aan de marechaussee. Misschien was ze via Schiphol naar het buitenland gegaan, wat niet onwaarschijnlijk was omdat ze haar paspoort had meegenomen.

Mijn moeder bleef ervan overtuigd dat Marianne iets ergs was overkomen. Plichtsgetrouw ging ik met haar mee wanneer ze haar ronde maakte langs snackbars, de coffeeshop en andere plekken in Kampen waarvan ze dacht dat Marianne daar zou kunnen rondhangen. We fietsten door het park, de uiterwaarden, elk klein steegje dat Kampen kent en we spraken iedere willekeurige voorbijganger aan. We maakten posters met de tekst *We houden van je. We missen je. Kom terug.* en plakten ze op lantaarnpalen, elektriciteitskastjes, in winkels, doktersprakijken, apotheken en op welke lege plek we maar konden vinden.

We wisten inmiddels een paar dingen. Dat Marianne op de dag van haar verdwijning al haar spaargeld (360 euro) had opgenomen en ze vijftig euro uit de portemonnee van mijn moeder had gestolen. Dat ze een week ervoor in een kampeerwinkel in Zwolle een slaapzak en een primusgas had gekocht. En dat ze op de fiets was. Daarna liep elk spoor dood. Ze zou ergens aan geld moeten komen, was de redenatie. Het vermoeden was dat ze naar het buitenland was gegaan. Naar Frankrijk om druiven te plukken, wat de aanschaf van de slaapzak en de primus zou verklaren. Naar Duitsland waar jonge meisjes in gogoclubs konden werken, wat de aanschaf van de slaapzak en primus níét zou verklaren.

Een andere mogelijkheid was dat ze zich bij iemand verborgen hield. In dat geval was de kans groot dat ze vroeg of laat weer zou opduiken. Weglopers verlangen op een gegeven moment toch naar dat patatje speciaal bij hun favoriete snackbar of gaan winkelen voor een nieuw rokje. Daarom bleven mijn ouders de buurt uitkammen en ervoor zorgen dat er niemand in Kampen en wijde omgeving was die Marianne niet zou herkennen.

Dan was er ook nog de fiets. Als we Marianne zelf niet konden vinden, dan maar haar fiets. We keken bij de stationsstalling van Kampen, die van Zwolle, die van Deventer en daarna in de stalling van elk station in Nederland. 's Nachts droomde ik over rijen fietsen. Herenfietsen, damesfietsen, nieuwe fietsen, oude fietsen, fietsen met versnellingen, fietsen met fietstassen, fietsen zonder zadel, fietsen met door de regen afgesleten stickers op de jasbeschermers. In mijn dromen bleef ik al deze fietsen afgaan in de hoop de donkerblauwe Gazelle van Marianne te herkennen. We keken bij supermarkten, bij winkelcentra, in steegjes; als er fietsen werden opgedregd uit de IJssel waren wij er altijd bij. Er zijn veel donkerblauwe Gazelles in Nederland en regelmatig laaide de hoop op dat we de juiste te pakken hadden. Al snel kende ik het serienummer uit mijn hoofd.

Maar ook haar fiets bleef spoorloos.

De kerk startte een gebedsestafette, zodat er op elk moment van de dag wel iemand voor de terugkomst van Marianne aan het bidden was, behalve 's nachts. Onze koelkast en vriezer stonden vol met maaltijden die onze buren en mensen van de kerk hadden langsgebracht. Zelfs mensen die we niet kenden kwamen aanzetten met bakjes soep, stamppot, hartige taarten en gehaktballen. Het bezorgde mijn moeder veel stress. Hoe zou ze ooit al die Tupperware bij de rechtmatige eigenaar terugkrijgen? Ze wilde niet dat mensen dachten dat we ondankbaar waren.

Mijn ouders gaven een interview aan de plaatselijke krant waarin ze vertelden dat Marianne 'een creatief meisje was dat graag de wereld wilde verbeteren'. Ook hier deden ze de bekende oproep: *We houden van je. We missen je. Kom terug.* Het was belangrijk om dat te blijven herhalen, had de politie ons ingeprent. Naarmate weglopers langer van huis waren, werd de drempel om terug te keren steeds groter. Het was nodig om te benadrukken dat ze nog steeds van harte welkom waren.

Door er niet te zijn, leek Marianne die dagen meer aanwezig dan ooit. Waar ik ook keek, overal zag ik leegtes. Haar fiets die niet tegen de heg aan lag gesmeten. De luide muziek die niet meer door de dunne muur heen kwam wanneer ik huiswerk probeerde te maken. De plek aan de eettafel waar ze niet meer zat. Haar leren jasje dat niet meer aan de kapstok hing. De legerkistjes die niet meer op een willekeurige plek in de huiskamer slingerden.

Nog erger waren de spullen die er nog wél waren. De beker die ze ooit had meegenomen van een schooluitje naar Brussel, haar haarborstel met lange bruine haren erin (die later gebruikt werden voor DNA-onderzoek), post die maar op haar naam bezorgd bleef worden, een bibliotheekboek over eetbare planten dat opengeslagen op het bijzettafeltje lag en dat we nooit terug zouden brengen.

Maar zelfs als er werkelijk helemaal niets was wat me aan haar kon herinneren, zat ze nog in mijn lichaam. Een misselijk gevoel, een dichtgeknepen keel. Samengebalde woede in mijn maag omdat ze mijn leven had verpest, die 's nachts plaatsmaakte voor angst.

Marianne was overal. En nergens.

Na anderhalve maand leek de kans dat Marianne uit zichzelf terug zou keren nihil en leken de dood of het buitenland de enige overgebleven opties. We werden 'dat gezin'. Ik zag mensen meewarig naar me kijken en fluisteren. Soms kwamen ze op me af met in hun ogen een mengeling van sensatiebelustheid en medelijden (ik weet niet welke erger is) en zeiden ze: 'Jouw zus is vermist, toch?' Ik vertelde braaf het hele verhaal, van het briefje, de fiets, de primus en de slaapzak. Ze knikten ernstig en zeiden dingen als 'wat erg voor jullie' en 'hopelijk komt ze snel weer terug'.

Ook als mensen niet uit zichzelf op me afkwamen, had ik het gevoel dat er een bord boven mijn hoofd meezweefde waarop stond: ATTENTIE: VERMISTE ZUS. Wanneer ik in de spiegel keek, zag ik de doffe ogen van een wanhopige.

De gebedsestafette werd opgeheven en teruggebracht naar het noemen van Marianne in het wekelijkse gebed in de kerk op zondag. Ook werd er elke maand over haar in het kerkkrantje bericht. 'We bidden voor een veilige terugkeer van Gods kind Marianne.'

Natuurlijk waren er geruchten. Marianne zou vermoord zijn door iemand uit het asielzoekerscentrum aan de andere kant van de Roggebrug. Marianne zou zich bij een sekte hebben aangesloten. Marianne zou als hoer op de Wallen werken. Marianne zou op de bodem van de IJssel liggen. Paragnosten belden ons op en zeiden dingen als: 'Ze leeft nog, maar ze zit vast in het donker en kan niet naar boven komen.' Er was een verkrachter actief in Almere die Marianne te pakken zou hebben gekregen.

Ik probeerde ondanks alles te geloven dat er niets ergs met haar was gebeurd. Dit was *Marianne.* Ze zat vast ergens op een warm strand met een stel ukelele spelende jongens en lachte zich helemaal gek bij het idee dat wij radeloos waren achtergebleven. Waarschijnlijk vond ze het nog onze verdiende loon ook.

Berend

Marianne bleef lange tijd weg. Ik verbrak mijn relatie met Bettina en concentreerde me op het werk. De ronde langs de oevers. Het plaatsen van vallen. Het verzamelen van kadavers. Langzaam maar zeker werden de dagen kouder. De wielewalen vlogen naar warmere oorden. De zeearend keerde terug naar Vogeleiland voor het winterseizoen en nestelde zich in de hoogste populier.

De bomen kleurden in prachtige roodtinten, maar toch leek alles grauw. Ik was onrustig en twijfelde aan alles. Op een dinsdagochtend stond ik op het punt om naar de boot te gaan. De zon scheen en ik at buiten een saucijzenbroodje. Achter me hoorde ik haar stem: 'Je moet die teringtroep niet eten.'

Ik draaide me om en moest me inhouden om haar niet te omhelzen. 'Hey.' Ik probeerde niet al te verheugd te klinken. Ze was wat magerder geworden en had zware wallen alsof ze in geen weken meer had geslapen, maar haar ogen waren helder en intelligent als altijd.

'Hoi,' zei ze met een klein glimlachje.

'Ik stond net op het punt om naar de eilanden te gaan,' zei ik.

'Ik ga met je mee.'

We fietsten samen naar het natuurlijke haventje tussen de rietkragen waar mijn boot lag. Marianne ging op het voorste bankje zitten met haar rug naar me toe. Haar donkere haar wapperde in de wind en het viel me op hoe smal haar schouders waren. Ze zat rechtop, als een koningin liet ze zich door mij varen. De hele tocht stond er een glimlach op mijn gezicht.

Ik voer meteen door naar Vogeleiland, omdat dit als enige een volwassen vegetatie had. De andere eilanden bevonden zich nog in een beginstadium. Er waren flink wat jonge bomen, maar het zou een paar jaar duren voordat ze zouden zijn uitgegroeid.

Zoals altijd was er niemand anders op het water. Omdat de slenken tussen de eilanden zeer ondiep waren, kon je er alleen met een platbodem of een kano varen. Het was verboden om de eilanden zelf te betreden. Alleen op de Ramspolplaat was een pad aangelegd waarover gelopen mocht worden, maar ook daar kwam bijna niemand. Het leek of niemand in Kampen in de gaten had dat er een prachtig natuurgebied recht onder hun neus lag.

Het eiland lag er op zijn allermooist bij, alsof de natuur extra haar best had gedaan voor de komst van Marianne. De struiken en bomen waren in herfstkleuren gehuld, spinnen hadden fijne raggen tussen de takken geweven en de zon scheen aangenaam.

'Mogen we aan wal?' vroeg Marianne.

'Eigenlijk niet, maar...' Ik vertelde haar over een plek waar ik af en toe illegaal kampeerde. Wanneer je via de lagune, waar het water slechts enkele centimeters diep was, het eiland betrad, was het via een wildspoor een kleine tien minuten lopen naar het midden van het eiland. Daar was een horst ontstaan doordat zand zich tegen een omgewaaide boom had opgestapeld. Ik had het een klein beetje uitgegraven en er een zeil tegenaan gespannen om onder te slapen. Als ik daar dan lag, de geur van hondspeterselie in mijn neus, het geluid van de koekoek en de tjiftjaf in mijn oren, had ik het gevoel dat ik alleen op de wereld was.

'Laat zien!' riep Marianne meteen.

'Alleen als je dit aan niemand vertelt, je schoenen uitdoet en op de wissels blijft.'

'Wat is een wissel?'

'Een spoor dat gemaakt is door vossen en reeën.'

'Zijn die hier dan?'

'En of. Ze zwemmen hiernaartoe vanaf het vaste land en hebben alles wat ze maar willen.'

'En zwijnen?'

'Die kunnen niet zwemmen.'

Ik voer het riet in op de plek waar eerder een bever een burcht had gemaakt, maar inmiddels had verlaten. Het was essentieel om geen menselijke sporen te maken. Als het waterschap erachter zou komen dat ik hier weleens kampeerde, zou ik mijn baan kwijtraken.

Aan weerszijden van de verlaten burcht lagen afgeknaagde stukken hout. We deden onze schoenen uit en ik trok de boot het land op. Marianne sprong van boord en slaakte een indianenkreet. Zo had ik haar nog niet eerder gezien.

'Dit is helemaal te gek!' riep ze. 'Zo mooi!' Ze spreidde haar armen en draaide enkele rondjes om haar as alsof ze zo alles nog beter in zich op kon nemen.

'Kijk,' wees ik haar een plek op een boom aan. 'Zie je hoe een ree aan het mos heeft geknabbeld?'

Verrukt keek ze ernaar. 'Het lijkt wel een sprookjesbos.'

'Het heeft inderdaad iets magisch,' beaamde ik. 'Kom, deze kant op.' We liepen over het smalle wildpaadje door de dichte begroeiing.

'Hoe kan het dat ik hier nog nooit ben geweest?' vroeg Marianne.

'Omdat het illegaal is om hier te zijn.'

'O ja,' zei ze giechelend. 'Het ruikt hier naar fluitenkruid.'

'Ik geloof niet dat dat hier groeit.'

'Toch ruikt het ernaar.'

We kwamen aan bij mijn kampeerplek. Ik waakte er altijd voor om geen rommel achter te laten of op een andere manier de natuur te verstoren. Het enige souvenir aan mijn verblijven was de kleine uitgraving. Marianne slaakte een enthousiaste kreet. 'Dus hier gaan we wonen.'

'Natuurlijk,' zei ik.

'Ik ben serieus,' zei Marianne. 'Je bent hier helemaal alleen in je eigen paradijs. Je hoeft nooit meer rekening te houden met eikels en je leeft met de natuur.'

'Klinkt een stuk romantischer dan het is.'

'Het hoeft ook niet *romantisch* te zijn.'

Marianne had me tot dan toe weinig verteld over haar thuissituatie, maar na ons bezoek aan het eiland veranderde dat. Haar moeder, de uit Dordrecht afkomstige Toni, had Mariannes vader Willem ontmoet tijdens de Nijmeegse Vierdaagse. Willem kwam uit een streng gereformeerd gezin, Toni ging slechts sporadisch naar de kerk. Haar schoonouders moesten haar om die reden al van begin af aan niet: een losbandige vrouw met een luide stem die een duivelse invloed op hun zoon leek te hebben. 'Als je met haar doorgaat, hoeven we je nooit meer te zien,' had Willems vader gezegd. Willem koos voor zijn toekomstige vrouw. Toni drong erop aan dat ze naar Dordrecht zouden verhuizen, maar Willem wilde niet weg uit Kampen en het jonge stel ging vier straten verderop wonen. Wanneer ze zijn ouders tegenkwamen op straat, en dat gebeurde geregeld, wendden de ouders hun hoofd af.

Willem en Toni vonden een andere, gematigde kerk. Toni ging parttime werken bij Van Dijk's Boekhuis en kreeg twee dochters, maar toch voelde zij zich nooit echt thuis in Kampen. Ze vond de mensen bekrompen en bemoeizuchtig.

Marianne vond vooral haar moeder bekrompen en bemoeizuchtig. Als ik haar moest geloven zat Toni overal bovenop, had overal commentaar op, vond niets goed en werd om het minste of geringste boos. Haar vader liet het allemaal gebeuren en koos nooit de kant van zijn dochter.

Ik dacht aan mijn eigen ouders. Zwijgzame, hardwerkende mensen. Mijn vader was drie jaar daarvoor overleden. Ik kon me niet herinneren dat ik ooit op schoot had gezeten of dat mijn ouders iets aardigs tegen me hadden gezegd. Het was aardappels voor en aardappels na. Afgewisseld met uien als de grond moest herstellen. Voor iets frivools als affectie was geen ruimte.

Op zijn sterfbed had mijn vader plotseling zijn ogen geopend en tegen me gezegd: 'Je bent een beste jongen.' Ik had gewacht of er nog meer zou komen, maar hij had zijn ogen gesloten en nog een paar keer rochelend ademgehaald. Mijn moeder had er zwijgend naast gezeten en nadat mijn vader zijn laatste adem uitblies, zei ze: 'Dat was dan dat.' Na de begrafenis nam ik me telkens voor om haar te bellen, maar het kwam er niet van en zelf belde ze ook niet.

Mijn hele leven had ik verlangd naar betrokkenheid. Mijn ouders hadden me nooit gestimuleerd om mijn best te doen op school, laat staan te gaan studeren. Toen de meester van de lagere school bij ons thuis langskwam om de uitslag van de CITO-toets te bespreken, had mijn vader gezegd dat hij het vwo maar onzin vond. Hij was er altijd van uitgegaan dat ik de aardappelteelt over zou nemen. Mijn vaders vader was ooit uit vele boeren geselecteerd om de Noordoostpolder te ontginnen en daar was hij bijzonder trots op. Toen bleek dat ik geen behoefte had om het familiebedrijf voort te zetten, had mijn vader gezegd: 'Je opa zou zich omdraaien in zijn graf.' Daarna was er nooit meer een woord over gewisseld.

'Misschien is dit de manier waarop ze hun liefde tonen,' zei ik tegen Marianne. 'Dat ze zich met je bemoeien, betekent in ieder geval dat het ze iets kan schelen.'

Marianne had me alleen maar woedend aangekeken.

Het leek in eerste instantie een kinderlijke fantasie, maar Marianne kon niet ophouden over haar droom om een leven op te bouwen op Vogeleiland. Ze wilde er met me gaan wonen in een hut die we deels zouden uitgraven en deels zouden bouwen van natuurlijke materialen. Ik zou mijn werk blijven doen als rattenvanger, alleen wóónde ik nu in mijn werkgebied. 'Scheelt een hoop heen en weer varen,' zei Marianne opgewekt. 'Beter voor het milieu.'

We zouden vissen vangen, kruiden plukken, paddenstoelen oogsten en wat we niet op het eiland konden vinden, zou ik kopen aan wal. 'Je weet dat het illegaal is. Als de boswachter het ontdekt...' zei ik.

'Die komt hier nooit.'

'Maar wat wil je de hele dag doen?' vroeg ik. 'Je gaat je rot vervelen.'

'Met jou mee natuurlijk. En boeken lezen en eten maken en...' Ze pauzeerde even. 'Weet ik veel, rieten manden vlechten.'

'Rieten manden vlechten?'

'Waarom niet?'

Op een dag zei ze: 'Wanneer gaan we?' Marianne was al een kwartier binnen en zat nog steeds te rillen van de kou, ondanks de deken die ik haar had gegeven. De grote schuur was moeilijk warm te krijgen. Ik droeg zelf een jas en vingerloze handschoenen.

Het leek het minst geschikte moment om een verhuizing naar het eiland te overwegen. Ik schoot in de lach.

'Lach niet zo stom,' zei ze. 'Ik ben bloedserieus.'

'Zei zij bibberend.'

'We kunnen tegen elkaar aankruipen...' Ze lachte verleidelijk.

'Niet doen,' zei ik.

'Wat?'

'Wat je nu doet. Ik wil geen problemen.'

'Vind je mij een probleem?' Ze stond op en kwam heel dicht bij me staan. Nog steeds met die deken om zich heen. Haar haren roken naar iets kruidigs. Ze richtte haar gezicht naar me op alsof ze wilde dat ik haar zou kussen.

Ik duwde haar zachtjes van me af. 'Niet doen.'

Ze leek beledigd. 'Het is heel simpel. Als jij niet met me meegaat naar het eiland, ga ik er in mijn eentje wonen.'

'Dat kan toch niet? Hoe wil je er komen, waar wil je wonen, hoe kom je aan voldoende eten?'

Tranen sprongen in haar ogen. 'Ik kan zo niet meer leven. Zie je dat dan niet? Ik word helemaal gek thuis. Mijn ouders háten mij. En op school leer ik alleen maar de verkeerde dingen!'

Het was de eerste keer dat ik haar zag huilen. Als een zoutpilaar stond ik te kijken hoe haar schouders schokten en ze haar handen voor haar gezicht sloeg. 'Marianne, alsjeblieft,' zei ik. Maar daar leek ze alleen meer overstuur van te raken.

Ik haalde diep adem, een stem in mij zei nog 'doe het niet', maar de beslissing was al genomen. Ik stapte naar voren en sloeg mijn armen om haar heen. Ze drukte haar lichaam tegen me aan. Ik aaide haar over haar rug en zei dat alles goed zou komen, wat ik daar ook maar mee mocht bedoelen.

'Beloof je het?' vroeg ze.

Ik beloofde het.

Natuurlijk was ik niet van plan om met haar op het eiland te gaan *wonen*. Maar het was duidelijk dat ze behoefte had aan een veilige plek. Daarom had ik voorgesteld om er een vakantieverblijf van te maken waar we naartoe konden gaan als ze daar zin in had.

Zodra de vorst uit de grond was, groeven we vanaf de bestaande uitholling een eind de grond in. Zo ontstond er een ruimte van een kleine negen vierkante meter en anderhalve meter diep. Dieper dan dat konden we niet gaan omdat de bodem te vochtig werd.

We struinden het eiland af op zoek naar grote takken en omgewaaide bomen. Daarvan maakten we stutten voor de muren. We bouwden een schuin afdak dat we bedekten met een groot stuk landbouwzeil. Daaroverheen legden we een laag aarde. We groeven gewone engelwortel uit dat overal op het eiland groeide en plantten het op het dak. Niet alleen was de hut zo perfect gecamoufleerd, de aarde zorgde eveneens voor een geweldige isolatie. In mijn schuur maakte ik een deurtje van vergrijsd hout. Hopelijk zou daar mos op gaan groeien, zodat ook de ingang zou wegvallen in de omgeving.

Ik stak al mijn vrije uren in de hut en in het weekend kwam Marianne helpen. 'Vragen je ouders zich niet af waar je bent?' vroeg ik.

'Die zijn alleen maar blij dat ik weg ben,' was haar antwoord.

'Maar ze willen toch weten waar je uithangt?'

'Het enige wat zij willen is ruzie. En hoe minder ik er ben, hoe minder ruzie er is.'

We richtten de hut in met eenvoudig meubilair en kochten basale dingen om te overleven, zoals een vishengel en kapmessen om riet mee te snijden. Op de vloer legde ik houten planken, daaroverheen tapijt. Ook al werden de dagen warmer, comfortabel werd het nooit. Het was er altijd koud en vochtig, maar Marianne vond het prachtig.

Op een dag begin april kwam ze aangefietst met een slaapzak, een tas met kleding en een primusgasstel. 'Vandaag is de dag,' zei ze.

'Hoe bedoel je?'

'We gaan verhuizen.'

'Doe niet zo raar,' zei ik.

Ze stroopte haar hemd omhoog en liet me een grote blauwe plek op haar ribben zien. Al die tijd keek ze me doordringend aan.

Ik deed mijn best om niet te laten merken hoe geschokt ik was. 'Misschien kunnen we beter maatschappelijk werk inschakelen. Of de Kinderbescherming.' Ik raakte voorzichtig de plek aan. Ze kromp in elkaar van de pijn. 'Ben je ermee naar een dokter geweest? Misschien is het wel gebroken.'

'Of het nou gebroken is of gekneusd, je kunt er niets aan doen. Het moet rusten en dan heelt het vanzelf. Ik wil naar het eiland. Al is het alleen maar om een tijdje uit te rusten. Het is niet meer veilig thuis. Wie weet wat ze me de volgende keer aandoen.' Ze sloeg haar armen om mijn nek. In mijn oor zei ze: 'Please, Beer. Je moet me helpen. Ik ben niet meer veilig.' Nooit eerder had ze me zo genoemd. Het klonk als de naam van degene die ik mijn hele leven al had moeten zijn.

Meer was er uiteindelijk niet nodig.

Nicole

Anders dan wat Casper beweert, dat stilstand en acceptatie de enige manieren zijn om dingen te verwerken, weet ik uit ervaring dat het beter is om in beweging te blijven. In de stralende ochtendzon, het is een graad of twintig, rijd ik naar het tuincentrum net buiten Cómpeta. De Engelse eigenaresse vraagt of ik hulp nodig heb. Het is kennelijk duidelijk dat ik wanhopig ben en overal 'ja' op zal zeggen, want ik eindig met een auto vol zakken grondverbeteraar, jonge tomaten-, paprika-, courgette-, aubergine- en watermeloenplanten, kruiden en enkele slasoorten die tegen het mediterrane klimaat bestand zijn. 'Ja' zeggen is zoveel makkelijker dan 'nee'. Het ziet ernaar uit dat ik hier maanden zal moeten blijven tot de groente klaar is om te oogsten.

Wanneer ik terug ben, spit ik de grond om en meng er wormenpoep doorheen, een tip van de eigenaresse van het tuincentrum.

Ik schrik van het geluid van een toeterende auto. Dora begint te blaffen. In de paar dagen dat ik hier ben, zijn er nauwelijks auto's langsgereden. Af en toe fietsen er mensen voorbij op mountainbikes en elke keer ben ik opgelucht wanneer ze uit mijn gezichtsveld zijn verdwenen.

'Niets aan de hand,' zeg ik tegen mezelf. Toch neem ik voor de zekerheid het pikhouweel mee dat ik heb gebruikt om de grond los te maken. Dora rent achter me aan.

Aan het begin van het paadje staan twee mannen. 'Hola,' zegt er een.

'Hola,' zeg ik terug. In rap Spaans en met een flink doorrookte stem begint de oudste te praten. De enige woorden die ik opvang zijn 'coche', wat auto betekent, en 'señora Van Dijk'.

Al die tijd staat de andere man, een jongeman eigenlijk, ik schat hem begin twintig, me aan te staren. Ik probeer zijn blik te ontwijken. Het bevalt me niet zoals hij zonder terughoudendheid mijn lichaam bekijkt. Ik ben me opeens erg bewust van mijn korte broek en T-shirt dat nat van het zweet tegen mijn lichaam plakt. Ik wil tegen hem zeggen dat hij op moet houden met kijken, maar dat doe ik natuurlijk niet. Stel je voor dat ik iets zeg waar de ander ongemakkelijk van wordt.

Ondertussen ratelt de andere, oudere man maar door. Het lijkt wel of hij zich geen seconde realiseert dat ik hem misschien nauwelijks versta. Aan het einde van zijn betoog, drukt de man mij een stel autosleutels in de handen en het kaartje van een garage. Ik moet langskomen, zegt hij nog, met mijn paspoort en rijbewijs.

Wanneer hij weggaat, moet hij de jongeman met zich meetrekken. 'Hij houdt van mooie meisjes,' zegt de oudere man tegen mij. 'Sorry.' Met tegenzin draait de jongeman zich om en laat zich meevoeren. Hij heeft al die tijd geen woord gezegd, alleen mij een onveilig gevoel gegeven. Ik vind het een onprettige gedachte dat deze mannen weten dat ik hier in mijn eentje ben en vraag me af hoeveel mensen eigenlijk weten dat ik hier woon. Cómpeta is een klein dorp en ik stel me zo voor dat er wordt gepraat. Een vrouw alleen in een afgelegen huis. Een prooi. Ik ben opgelucht wanneer ze eindelijk zijn weggereden.

Aan de kant van de weg staat achter mijn huurauto nog een auto. Het is een oud Suzuki-jeepje. Ik open het portier met een van de sleutels die ik zojuist heb gekregen. Wanneer ik die ook in het contactslot steek, komt de motor rammelend op gang. Er staat ruim tweehonderdduizend kilometer op de teller. In het dashboardkastje liggen de autopapieren, tuinhandschoenen en een rol pepermuntjes. Ik neem er eentje en kauw erop.

We hadden nooit contact met de ouders van mijn vader. Heel soms kwamen we ze tegen en dan zei mijn moeder op haar luide, botte manier: 'Kijk, daar lopen je lieve schatten van een opa en oma.' Het waren grauwe mensen, altijd gekleed in het zwart. Beiden liepen krom, hoewel ze nog niet eens zo heel oud waren. Snel keken ze weg, alsof onze blik hen zou besmetten met een vreselijke ziekte.

Op een dag zei Marianne: 'Kom, we gaan bij ze op bezoek.' Tussen ons zat maar anderhalf jaar verschil, maar toch leek ze in alles lichtjaren van mij verwijderd. Natuurlijk ging ik mee. Ik was blij dat ze weer eens iets samen met mij wilde doen. Met Marianne viel er altijd wat te beleven.

Mijn grootouders woonden in het centrum, in een smal zijstraatje van de Ebbingestraat met arbeiderswoningen. 'Kleine huisjes voor kleingeestige mensen,' zei Marianne. We belden aan en hoorden geslof in de gang. Door het matglas naderde een donker silhouet. De deur ging open. De vrouw die mijn oma was schrok zichtbaar.

'Wij zijn uw kleinkinderen,' zei Marianne.

Oma keek schichtig langs ons heen. 'Kom snel binnen,' zei ze toen. We werden een kleine woonkamer in geleid waar een donkergroene bank stond en enkele mahoniehouten meubelen. Op de vensterbank tikte een ouderwetse klok. Marianne en ik namen plaats op de bank. Mijn oma ging in een lederen fauteuil tegenover ons zitten. Ze droeg een lange donkerblauwe jurk die te groot leek voor haar magere lichaam.

'We dachten, we komen even langs,' zei Marianne. Het viel me opeens op hoe kort haar rokje was en dat ze wel heel veel zwarte eyeliner droeg. 'Misschien leuk om kennis te maken.'

De vrouw zei niets terug. Ze bood ons ook niets te drinken aan.

'Leuk huis heeft u,' probeerde Marianne.

Oma draaide zenuwachtig met haar duimen. De klok tikte door.

'Is opa er niet?'

'Die is vissen,' zei oma. Ik meende aan haar te zien dat ze heus wel wilde, maar oprecht niet wist hoe ze met ons moest praten. Ik dacht na over dingen die ik zou kunnen zeggen om haar op haar gemak te stellen. Misschien kon ik iets vertellen over school. Daar vroegen de opa en oma van mijn moederskant ook altijd naar. Ik opende mijn mond om iets te zeggen, maar het leek niet het juiste moment. Ik plukte zenuwachtig aan mijn trui.

Oma hield haar ogen gericht op een plek op de grond.

De enige die zich op haar gemak leek te voelen was Marianne. Zij liet vrijelijk haar ogen door de woonkamer gaan. Er zat een zekere minachting in haar blik.

Nog steeds zei niemand iets.

'Het was leuk om met u gesproken te hebben,' zei Marianne na een tijdje. 'Volgende keer nemen we onze schoolrapporten mee. Van onze andere opa en oma krijgen we dan altijd een rijksdaalder.' Ze ging staan, oma en ik volgden haar voorbeeld. We liepen de kamer uit, de smalle gang in.

'Dag,' zei oma. Ze deed de voordeur net iets te snel achter ons dicht. Toen Marianne en ik elkaar aankeken, begon zij hysterisch te lachen. Ik wist vrij zeker dat oma dat moest horen en probeerde haar mee te trekken buiten gehoorsafstand. Het resultaat was dat ze alleen maar nog harder begon te lachen. 'Ssst,' zei ik.

'Waarom? Vanwege dat mens?' Tranen rolden nu over haar wangen. 'Welke oma draait haar hoofd weg wanneer je haar tegenkomt op straat?' Ze praatte heel hard. 'Welke oma wil haar eigen kleinkinderen niet zien? Ze heeft ons niet eens iets gevraagd!'

'Toe, Marianne. Alsjeblieft.' Ik keek door het raam of ik mijn oma zag, maar de dikke vitrage zat dicht. 'Ze liet ons toch binnen?'

'Dat deed ze alleen maar zodat we geen drama op straat zouden schoppen. Nou, dan heeft ze het mooi mis.' Marianne nam een grote teug adem en schreeuwde toen keihard door de straat: 'Godverdomme!' Een merel vloog verschrikt op. Een oude man die de stoep aan het vegen was, keek boos over zijn schouder.

Een moment keek Marianne tevreden om zich heen. Daarna vroeg ze: 'Waarom ben jij altijd zo schijterig?'

Na haar verdwijning werd er voor Marianne gebeden in de Bovenkerk, de grootste kerk van Kampen. Mijn ouders hadden hier een vurige discussie over gevoerd, maar deze keer hield mijn vader voet bij stuk. Mijn moeder was gewend om altijd haar zin te krijgen en had er dagenlang over gesteggeld. Hoe meer mensen op zoek waren naar Marianne, hoe beter, bracht mijn vader in als argument.

'Je wilt een wit voetje halen bij je ouders,' zei mijn moeder. 'Je ouders die nog nooit naar hun kleinkind hebben omgekeken en nu opeens vinden dat alles om hen draait.'

Mijn vader had daar niet op geantwoord. Sinds Marianne was verdwenen, was hij kilo's afgevallen. Op zijn werk had hij zich ziekgemeld. 's Nachts dwaalde hij door de straten van de stad, voor het geval Marianne zich zou vertonen.

Op de raarste tijden werd ik wakker van mijn vaders sluipende voetstappen op de trap. Het maakte me angstig, alsof er iemand in ons huis liep op zoek naar het volgende slachtoffer. Overdag zat hij op de bank uit het raam te staren. Er moest immers iemand thuis zijn voor het geval Marianne terug zou komen.

Op de bewuste zondag had mijn moeder onder protest een donkere jurk aangetrokken, 'alsof ik naar haar begrafenis ga' en ook ik droeg een rok tot ver over mijn knieën. Normaal vonden wij de stoet van 'de strengen' die op zondagochtend door het stadje trok bespottelijk. Strengen mochten niet fietsen op zondag, dus kwamen ze van heinde en verre aangelopen in hun donkere kleding en met rare hoedjes op. Nu maakten we zelf deel uit van die stroom. Ik hoopte maar dat we niet gezien zouden worden door een bekende.

Bij de ingang van de kerk werden we begroet door een oude dominee met de venijnige ogen van een roofvogel. Mijn vader gaf hij een hand, mij en mijn moeder knikte hij slechts toe. 'Welkom,' zei hij met een weinig uitnodigende toon in zijn stem. 'Het is nooit te laat om naar het rechte pad terug te keren.' Ik hoopte maar dat mijn moeder haar mond zou houden en dat deed ze gelukkig ook. Wel maakte ze een kort snuivend geluid.

We liepen de enorme kerk in met twaalfhonderdvijftig zitplaatsen. Mijn opa en oma zaten al klaar op de eerste rij en knikten ons zwijgend toe. Het was stil. Af en toe kuchte er iemand, maar het was verbazingwekkend hoeveel mensen zo weinig geluid konden voortbrengen. Die stilte werd doorbroken door gehaaste voetstappen in het gangpad. Een magere vrouw met woest krullend haar met grijze plukken erdoorheen streek naast mij neer. Ze droeg als enige vrouw in de kerk geen rok, maar een spijkerbroek. Mijn ouders bleven strak voor zich uitkijken. Alleen mijn opa blikte chagrijnig opzij. Nog steeds zei niemand iets. De vrouw naast me schuifelde onrustig op het kerkbankje. Eén keer raakte haar stakerige heup de mijne. Het orgel begon te spelen en als één man ging iedereen staan.

Wat volgde waren vele gezangen, een gebed waarin Marianne werd genoemd en een lange preek over hel en verdoemenis. Ik had moeite me op de woorden van de dominee te concentreren. De vrouw naast me, in gedachten had ik haar al de vogelverschrikker genoemd, stootte me aan. 'Wil je een pepermuntje?' fluisterde ze net iets te hard. Weer die woedende blik van mijn opa. Ik nam het pepermuntje aan en ze knipoogde naar me. Haar gezicht was gebruind en gerimpeld. En dat viel nog het meest op: ontspannen.

Toen de kerkdienst na ruim twee uur eindelijk voorbij was en iedereen zwijgend door het pad naar buiten liep, pakte ze mijn arm vast. 'Vergeet je niet nog een beetje voor jezelf te leven?' vroeg ze.

Ik mompelde iets, bang om te veel geluid te maken, bang om het verkeerde antwoord te geven.

'Je moet goed voor jezelf leren zorgen,' zei ze. 'Niemand anders gaat het voor je doen.' Ze keek nadrukkelijk naar mijn ouders die voor ons liepen en mijn grootouders dáárvoor. 'En deze mensen al helemaal niet.'

Berend

Elke keer dat ik de briefjes zag hangen, aan bomen, lantaarnpalen, in winkels, werkelijk overal, voelde ik een knoop in mijn maag. *We houden van je. We missen je. Kom terug.*

Had ik er goed aan gedaan om Marianne te helpen? De meeste mensen zouden mij zien als een crimineel. Dat begreep ik ook wel. Maar dan dacht ik aan de blauwe plek op Mariannes borstkas die groen was geworden en daarna geel, en wist ik dat ik er goed aan had gedaan. Bovendien, het was Mariannes eigen beslissing geweest. Ik was slechts een meewerkend voorwerp. Toch knaagde het aan me.

Ik begon plekken te vermijden waar de briefjes hingen. Ik fietste zelfs om naar Genemuiden om boodschappen te doen. Maar ook daar hingen op een gegeven moment briefjes.

Ik had Marianne verteld over de briefjes, maar het leek haar niets te kunnen schelen. Ik had er zelfs een meegenomen om haar te laten zien dat dit een serieuze zaak was. Ze had schamper gelachen. 'Wat een stelletje hypocrieten. Bovendien haat ik deze foto.'

'Je zult toch een keer naar huis moeten,' zei ik. 'Er is vast een andere plek waar je kunt wonen en je school af kunt maken.'

'Het is al bijna zomervakantie,' zei ze.

We hadden afgesproken dat als ze naar huis zou gaan, ze zou zeggen dat ze door Europa had gelift en ergens in Frankrijk was blijven hangen. Ik had haar een gedetailleerde beschrijving gegeven van een dorpje in de Dordogne waar ik vroeger een paar zomers had doorgebracht. Niemand zou het verhaal controleren. Mijn naam zou nooit genoemd worden. Dit was de enige voorwaarde die ik had gesteld.

Van tevoren had ik niet gedacht dat Marianne het lang zou volhouden. Ze was erg intelligent en ik was bang dat ze zich zou gaan vervelen. Algauw zou ze de behoefte hebben aan meer uitdaging, andere mensen, het journaal. Bovendien was ze een meisje en zou ze willen douchen, jongens ontmoeten en naar de disco gaan. Ons verblijf zou hooguit enkele dagen duren, meende ik.

Maar Marianne bloeide helemaal op. Ze vond het heerlijk om de hele dag buiten te zijn, ging op zoek naar eetbare planten, leerde vissen, las liggend in de boot boeken die ik tweedehands voor haar kocht en ontwikkelde zich tot een verdienstelijke kokkin van eenpansgerechten. Ook ging ze regelmatig mee wanneer ik mijn ronde maakte langs de rattenvallen. In het begin wendde ze haar hoofd af wanneer ik de dode dieren verzamelde en in de kadaverton deed, later werd ze fanatieker dan ik. 'Ik zie een ingang!' Na een paar weken had ze de gezonde kleur van iemand die veel in de buitenlucht is; en haar blauwe ogen, die voorheen al opvallend waren, straalden. 'Mensen horen niet in een stad,' zei ze. 'Dit is leven.'

Zelfs toen het barstte van de muggen en buiten zitten bijna onmogelijk was, ze onder de schrammen zat van de bramenstruiken en ernstige diarree kreeg, wilde ze niets horen over een eventuele terugkeer naar de buitenwereld. Toen de zomervakantie voorbij was, begon ik een paar keer over school, maar werd meteen afgekapt. 'Eindelijk voel ik me mijzelf,' zei ze. We besloten ons verblijf te verlengen tot het te koud zou worden.

Het was me opgevallen dat ze wat voller was geworden in haar gezicht. Ook rondom haar taille leek ze wat te zijn aangekomen. Een angstig gevoel zette zich in me vast. Ik probeerde er met Marianne over te praten, maar ze zei: 'Je bent toch voor het zingen de kerk uit gegaan?'

In de maanden op het eiland waren we fysiek vertrouwd geraakt met elkaar. We sliepen tegen elkaar aan en vaak sloeg Marianne spontaan haar armen om me heen en knuffelde me. Nog steeds was ons contact niet seksueel en al vond ik haar de aantrekkelijkste vrouw die ik ooit had gezien, ik onderdrukte elk verlangen.

Maar op een dag stond ze naakt voor me en zei ze: 'Ik wil je.'

Ze was nog mooier dan ik me had voorgesteld. Haar lichaam was zo onschuldig, met haar kleine borsten en stakerige heupen. Ik wilde het vasthouden, beminnen, strelen, verzorgen. 'Kleed je aan,' zei ik.

'Pas als jij seks met me hebt gehad.'

'Je bent minderjarig.'

'Ik ben heus geen maagd meer.'

'Maar nog steeds ben je minderjarig en ben ik twintig jaar ouder.'

'Vind je mij niet mooi?'

'De allermooiste.'

'Dus...' Ze zette een stap dichterbij en wilde zich tegen me aandrukken. Ik kon haar nog net ontwijken.

'Nee,' zei ik ferm.

Maar toen we die avond in bed lagen, gebeurde het toch.

Ik reisde met de trein naar Zwolle om bij een grote anonieme drogist een zwangerschapstest te halen. Zwijgend wilde ik hem aan Marianne overhandigen.

Ze zette een stap naar achteren. 'Ik ben niet zwanger,' zei ze. 'Hou op met die onzin.'

'Als je toch niet zwanger bent, kun je net zo goed die test doen.'

'Je moet niet zo vervelend doen.'

'Hier,' zei ik ferm.

Ze rukte het staafje uit mijn handen, trok haar broek naar beneden, zakte een beetje door haar knieën en piste eroverheen waar ik bij stond. 'Tevreden?' vroeg ze.

Volgens de gebruiksaanwijzing zou het minimaal drie minuten duren voordat de uitslag bekend was, maar na een minuut begon het tweede blauwe streepje al te tonen. Ik bleef maar naar die test staren en vroeg me af hoe ik zo stom had kunnen zijn.

'Kakzooi,' zei Marianne.

'Je moet terug naar de buitenwereld,' zei ik emotieloos. 'Het sprookje is voorbij.'

Ze keek me onthutst aan. 'Je wilt gewoon van me af,' zei ze toen. 'Zeg eerlijk.'

'Nee, natuurlijk niet, liefje.' Ik pakte haar beide handen beet en kuste haar op haar voorhoofd. 'Ik wil niets liever dan altijd bij jou blijven hier op ons eiland. Maar je begrijpt toch wel dat we geen baby kunnen krijgen?'

Ze rukte zich los. 'Je bent me zat, geef maar toe. Je zit al van begin af aan te zeuren dat ik terug moet gaan, maar weet je wat? Ik ga niet terug! Nu niet en nooit niet. Je kunt de tering krijgen.'

Ze liep weg.

Ik liep achter haar aan, maar ze ging steeds harder lopen, over het reeënpaadje, door het struikgewas, langs de omgevallen wilg, net zo lang tot we allebei renden en de andere kant van het eiland bereikten waar de dijk van basaltblokken lag. Bij het water bleef ze staan en begon met grote uithalen te huilen. In de verte raasde het verkeer over het Ramspolviaduct.

'Liefje.' Ik sloeg mijn arm om haar heen. 'Je weet toch dat ik van je hou?' Het was de eerste keer dat ik dat ooit tegen iemand zei.

'Meen je dat echt?' Ze keek me aan. 'Hou je van me?'

'Je bent de eerste en de enige van wie ik ooit heb gehouden en ik zal dat altijd blijven doen.'

De tranen stroomden nog steeds over haar wangen. 'Ik ook van jou.'

Het is verbazingwekkend hoe snel je went aan zelfs het meest onwaarschijnlijke idee. De herfst ging over in de winter en we wisten ons telkens wonderwel aan te passen. Ik kocht leren sloffen die we droegen wanneer we over het eiland liepen, omdat het te koud was voor blote voeten en schoenen te duidelijke sporen achterlieten. Bij de campingwinkel schafte ik een butaangaskacheltje aan. Ik investeerde in een duur vierseizoenendekbed.

'Nog geen honderdvijftig jaar geleden leefden bijna alle mensen in dit soort omstandigheden. Waarom zouden wij dit niet aankunnen?' zei Marianne. 'Zo snel evolueert de mensheid nou ook weer niet.'

Ze leek er plezier in te hebben: het verbeteren van onze woonomstandigheden, het verzamelen van eten, het schoonmaken, wassen, koken. Ze had zich ontpopt tot een ijverig huisvrouwtje.

Haar buik groeide gestaag en wanneer ik achter haar lag op het ijzeren bed en mijn hand op haar buik legde, kwam de baby altijd naar me toe. We maakten plannen om in het voorjaar aardappelen te planten, tussen de bestaande begroeiing in, zodat het niet op zou vallen. Ik maakte een wiegje van een houten krat, en op een dag dwaalde ik verwonderd door de schappen van een babywinkel in Lelystad en kwam ik terug met allerlei zaken waarvan ik nog nooit eerder had gehoord: kraammatrassen, hydrofiele doekjes, navelbandjes. Ik was gelukkig.

Sinds Marianne zwanger was, was haar eetlust toegenomen en wilde ze de hele tijd dat ik Kamper Slof voor haar haalde, al kostte het minstens drie uur om heen en weer te gaan naar Kampen. Ook in Bakkerij Smit hing het briefje met *We houden van je. We missen je. Kom terug.* aan de muur. Ik probeerde er niet naar te kijken, maar toch werden mijn ogen er telkens naartoe getrokken. Waarom Marianne deze foto haatte, begreep ik niet. Ze lachte breed, iets te veel tanden misschien, iets te geforceerd. Maar het was onmiskenbaar dat ze heel knap was.

Het was druk in de bakkerij zo vlak voor de kerst. Er speelde melige kerstmuziek en de winkelmedewerksters droegen kerstmutsen. Ik wachtte tot ik aan de beurt was en bestelde een slof met bosvruchten en extra veel slagroom.

'Dat wil Marianne ook altijd,' zei een stem.

Ik schrok en draaide me om. Achter me stond een magere vrouw met het getekende gezicht van iemand die niet veel slaapt en ongezond eet. Haar opvallend blauwe ogen met een donker randje eromheen keken me doordringend aan.

'Mijn dochter Marianne is verdwenen. Misschien heb je het gelezen in de krant. Of een van deze gezien in de stad.' Ze wees naar het briefje aan de muur.

'Wat erg,' zei ik. Wat moest ik anders zeggen?

'Mocht je haar ergens tegenkomen...'

'Ik zal mijn ogen en oren openhouden,' zei ik.

Ondertussen had de winkelmedewerkster de slof ingepakt en aan mij overhandigd. 'Ja, Marianne kenden we allemaal goed,' zei ze.

'Kénnen,' zei de vrouw. 'Tegenwoordige tijd alsjeblieft.'

Ik probeerde zo neutraal mogelijk te kijken, doodsbang dat mijn gezicht iets zou verraden. Zou ze iets vermoeden? Had ze me daarom aangesproken? Dat kan niet, prentte ik mezelf in. Zij kan niets weten, niemand heeft ons ooit samen gezien, Marianne heeft nooit iemand over mij verteld. Toch trilden mijn handen toen ik de doos met de slof erin aannam. Ik zag dat de vrouw ernaar keek.

'Sterkte.' Mijn stem klonk geforceerd, ook dat moest haar opvallen. 'Hopelijk komt ze snel weer terug.'

Weer keek ze dwars door me heen. Een blik die ik maar al te goed kende. 'Dat hoop ik ook.'

Eenmaal buiten zorgde ik ervoor dat ik zo snel mogelijk uit het gezichtsveld van de mensen in de bakkerij was verdwenen. Ik nam een andere route naar de plek waar de boot lag en keek telkens om of ik niet werd gevolgd. Ik dacht aan de consequenties als mensen erachter zouden komen dat ik met Marianne op het eiland woonde.

Er was niemand op het water, toch nam ik een omweg en voer helemaal om de Kamperplaat heen. Pas toen ik de lagune in sloeg waar een groep krakeenden op de kant lag met hun kopjes diep weggestoken in hun verendek, kalmeerde ik. Ik borg de boot extra goed op in het riet. Nu het winter was en het eiland kaal, was het lastiger om onopgemerkt te blijven. Buiten adem kwam ik aan bij de hut. Het was al aan het schemeren. Marianne had de kaarsjes aangestoken en er stond soep te pruttelen op het primusgas.

'Hey,' zei ze. 'Wat is er?'

Terwijl ik haar over haar moeder vertelde, begon ze geërgerd te zuchten. 'Zie je wat ze doet?' zei ze toen ik klaar was met vertellen. 'Ze heeft gewoon een nieuwe manier gevonden om aandacht te trekken. Nu kan ze lekker overal het slachtoffer spelen, bij de bakker, bij de slager, in de kerk, bij de buren. Ze heeft eindelijk het podium dat ze altijd al wilde.'

Ik dacht aan het ontredderde, uitgeputte gezicht in de bakkerij en zei voorzichtig: 'Ik had niet de indruk dat ze ervan genoot.'

'Jij kent haar niet,' zei Marianne.

Nicole

Mijn moeder werd steeds manischer in haar zoektocht. Ze had haar pijlen gericht op een groepje gothics waar Marianne veel mee omging. Alle andere scholieren keken tegen hen op. Ze blowden, hadden een air van intellectualiteit en hielden zich aan geen enkele regel.

Sinds Marianne met hen omging, was ze zich net zoals zij gaan gedragen: nooit luisteren, nooit doen wat haar werd gezegd, altijd te laat en altijd een grote mond. Hoe lastiger zij werd, hoe meer ik me gedroeg als de perfecte dochter. Mijn ouders hadden immers aan één moeilijk kind al genoeg. Bovendien leerde ik door haar recalcitrante gedrag dat meebewegen een beter resultaat opleverde.

Ik had gehoopt dat mijn ouders mijn gedrag zouden belonen, maar dat deden ze niet. Wie het wel leek op te merken, was Marianne zelf. Ze noemde me 'mama's schoothondje' en verscheurde de posters van Shakira en Pink die op mijn kamer hingen, die volgens haar uitingen waren van mijn gebrek aan een eigen identiteit. Mijn moeder schreeuwde dat Marianne van haar zakgeld nieuwe posters voor mij moest kopen, maar dat deed ze niet en daarna hoorde ik er nooit meer wat over.

Na de verdwijning was mijn moeder bij alle gothics op huisbezoek geweest en had hen uitgehoord over Marianne. Er was één jongen in het bijzonder die haar aandacht had, Bastiaan, al noemden zijn vrienden hem 'B', alsof ze geheim agenten waren voor de CIA. Bastiaan was zeventien jaar oud, en de knapste jongen van de school. In de agenda van Marianne die minutieus was doorzocht, had hier en daar in de zijlijn M HARTJE B gestaan. En één keer in het groot de letter B op een zaterdag.

Ik had ze een keer met z'n tweeën bij de Broederpoort gezien, een van de vijftiende-eeuwse stadspoorten die tussen het centrum en het stadspark in lag. Marianne stond met de rug naar me toe, maar ik herkende haar meteen. Bastiaans hand lag losjes op haar heup. Ze leken in een heftig gesprek verwikkeld. Snel fietste ik door in de hoop dat Marianne me niet had gezien.

Toen ik even later op mijn kamer zat, kwam ze zonder kloppen binnen. 'Zit je mij soms te bespioneren?' vroeg ze.

'Natuurlijk niet. Waarom zou ik?' antwoordde ik.

'Je moet je niet met mij bemoeien.'

'Dat doe ik toch ook niet?'

'Dan begrijpen we elkaar.' Zonder nog iets te zeggen sloeg ze de deur achter zich dicht. Die nacht toen ze bij me kwam liggen, zei ik: 'Het was echt per ongeluk.'

'Ssst,' zei ze.

Volgens mijn moeder klopte er iets niet aan Bastiaan. Een van de vragen die de politie altijd stelde was: 'Wat denk je dat er zou kunnen zijn gebeurd met Marianne?' Iedereen kwam, de een wat sneller dan de ander, met een verklaring. Bastiaan niet. Hij bleef stug volhouden dat hij geen idee had.

Ik maakte de fout om mijn moeder te vertellen wat ik had gezien bij de Broederpoort. Het was volstrekt onschuldig geweest, maar ze zag het als hét bewijs dat Bastiaan iets met de verdwijning te maken had. We hadden inmiddels onze vaste contactpersoon bij de politie, Christine, een vrouw van in de veertig met een rustgevende uitstraling. Ze hoorde het verhaal kalm aan en zei: 'We gaan het uitzoeken, Toni. Laat dat maar aan ons over.' Maar iedereen die mijn moeder een beetje kende, wist dat ze dat niet zou doen.

Een week voor de zomervakantie stond Bastiaan in de kantine opeens voor mijn neus. 'Kan ik je spreken?' vroeg hij. Omdat ik niet meteen reageerde, voegde hij eraan toe: 'Het gaat over Marianne.'

'Oké,' zei ik, terwijl ik het bloed naar mijn wangen voelde stijgen. 'Na schooltijd dan.'

Hij stelde voor om af te spreken onder de Broederpoort. Toen ik daar arriveerde, was hij er nog niet. Zenuwachtig drentelde ik heen en weer. Het rook onder het gewelf naar oude stenen en vocht. Nadat ik een kwartier had staan wachten, was ik ervan overtuigd dat Bastiaan me voor de gek had gehouden. Toch durfde ik niet weg te gaan, voor het geval hij nog zou komen. En dat deed hij. Op zijn dooie gemak kwam hij aanfietsen en hij verontschuldigde zich niet voor zijn late komst. Zijn oogwit was aan de rode kant en hij sprak op lijzige toon.

Bastiaan stak een sigaret op. 'Jij ook een?' Hij hield een pakje blauwe Gauloises voor mijn neus.

Ik pakte er een uit, mijn eerste sigaret ooit.

'Je moeder...' zei hij. 'Je moeder is gek.' Hij blies langzaam een rookwolk uit, alsof hij in een film uit de jaren vijftig speelde.

Ik stond nog steeds met die sigaret in mijn handen. Bastiaan had er niet aan gedacht om mij een vuurtje te geven.

'Ze stalkt me,' ging hij verder. 'Ze staat me op te wachten bij mijn werk, ze komt bijna elke dag langs, laatst was ze zelfs op school.' Hij nam weer een trek van zijn sigaret. Pas toen merkte hij dat de mijne nog niet aangestoken was. Hij graaide in zijn broekzak, haalde zijn aansteker tevoorschijn en stak hem aan. Ik nam voorzichtig een trekje.

'Ze heeft zich in het hoofd gehaald dat ik meer weet over Marianne, maar dat is niet zo.' Er zat een snik in zijn stem. Ik was zo afgeleid geweest door de sigaret en door de hele situatie, dat ik me nu pas realiseerde dat hij op het punt stond om te gaan huilen.

'Het spijt me,' zei ik toen maar.

'Die vrouw is een pitbull.' Hij stopte met praten omdat het hem nu echt te veel werd. Hij verborg zijn gezicht in de mouw van zijn trui en zijn schouders schokten.

Ik vroeg me af wat hij van mij verwachtte. Ik nam nog maar een trekje en verslikte me in de rook. Een lelijke hoestbui volgde.

'Mijn ouders willen dat ik aangifte doe,' ging hij verder, zonder acht op mij te slaan. 'Ze vinden dat de maat vol is. Maar dat doe ik niet. Uit respect voor Marianne.'

Hij wierp zijn sigaret achteloos in de bosjes. 'Dat wilde ik tegen je zeggen. Ik weet echt niet waar Marianne is.'

Een week later meldde zich iemand die Bastiaan met Marianne had zien praten op een bankje langs de IJssel. Drie dagen voordat ze was weggelopen. Mijn moeder was niet meer te houden. Christine verbood haar op eigen houtje met Bastiaan of met wie dan ook te praten. Er werd besloten dat mijn moeder aanwezig mocht zijn bij het gesprek met Bastiaan, maar dat mijn vader en Christine het woord zouden voeren. Ook zouden zijn ouders erbij zijn.

Toen ze naar het huis van Bastiaan waren voor het gesprek, realiseerde ik me dat ik sinds de verdwijning van Marianne geen moment meer alleen was geweest. Ik zette het nummer 'Crazy in Love' op, van Beyoncé, dé hit van dat moment, en even was alles normaal. Niemand verdwenen. Niemand in paniek. Ik zong luidkeels mee, maar toen bedacht ik me dat de buren het zouden kunnen horen en zouden denken dat ik een harteloos kreng was. Snel zette ik de muziek uit.

Toen mijn ouders die avond thuiskwamen had Bastiaan alles ontkend en was mijn moeder in tranen. 'Hij liegt, je ziet toch dat hij liegt,' bleef ze maar zeggen.

Mijn vader stond er verslagen bij. Christine, die nog even mee was gekomen, zei rustig: 'We weten niet of hij liegt.'

'Hij heeft eerder gelogen, en nu liegt hij weer. Eenmaal een leugenaar, altijd een leugenaar!' schreeuwde mijn moeder.

'Ik snap heel goed dat u geëmotioneerd bent,' zei Christine. 'Het is vreselijk om in deze onzekerheid te verkeren. Maar toch moet u proberen het hoofd koel te houden. Hoe moeilijk dat ook is.'

Ik vond het knap hoe rustig en invoelend ze het zei. Ik wilde dat ik alleen nog maar omringd was door mensen zoals zij: beheerst en empathisch.

'Hoe gaat het met jou?' vroeg ze opeens aan mij, alsof ze mijn gedachten kon raden.

'Wel oké,' zei ik.

Ze keek me onderzoekend aan. Ik kon me niet herinneren dat iemand ooit eerder zo naar mij had gekeken, alsof ik van belang was. 'Als je behoefte hebt om met iemand te praten, kan ik je het nummer geven van een goede psycholoog,' zei ze.

'Dank u wel,' zei ik.

'Want het is niet niks waar je doorheen gaat.' Toen ze naar me keek, voelde het alsof ze Jezus zelf was met haar zachte, allesbegrijpende ogen.

Ik begon te huilen.

'Je mist je zus natuurlijk heel erg,' zei Christine.

Ik knikte.

Maar het was niet waar.

Ik huilde niet om Marianne, ik huilde om mijzelf.

Die zomervakantie gingen we niet naar onze vaste camping in Frankrijk. Mijn moeder en ik hingen in heel Nederland posters op. Je wist immers maar nooit of iemand Marianne tegen zou komen en haar zou herkennen. In een moordend tempo bezochten we elke stad, elk dorp, elke uithoek van Nederland. Eén keer stelde ik voor om tussendoor een ijsje te eten, maar mijn moeder keek me vernietigend aan. 'Je zus is vermist, misschien wel dood of in levensgevaar en jij zeurt om ijs?'

Om de zoveel dagen bleven we thuis en maakten we onze rondes door Kampen. We keken of alle posters er nog hingen, informeerden bij de coffeeshop en fietsen door het park. Mensen keken ons meewarig aan.

'Is ze nog steeds niet gevonden?' vroegen ze.

'Nóg niet,' antwoordde mijn moeder fanatiek.

Mijn vader bleef de hele zomer thuis bij de telefoon zitten. Waar bij mijn moeder alle emoties naar buiten sloegen en zich vertaalden in een manische daadkracht, keerde mijn vader in zichzelf. Zijn werkgever had gezegd dat ze ervan uitgingen dat hij voorlopig niet terug zou komen. Soms zat hij wanneer we thuiskwamen nog op precies dezelfde plek als waar we hem hadden achtergelaten. En 's nachts begon het spoken weer.

Na de vakantie, ik ging inmiddels naar de derde, benaderde Bastiaan me opnieuw in de kantine. Hij was diepbruin en leek nog gespierder geworden. 'Ik wil je spreken,' zei hij. 'Je weet de plek.' Mijn vriendinnen begonnen te giechelen. Sinds Marianne was verdwenen, inmiddels vijf maanden geleden, had ik er veel bij gekregen. Net zoals tienermeisjes van zielige zeehondjes houden, hielden ze nu van mij.

Bastiaan bood me weer een Gauloise aan en leek net zo nerveus als de vorige keer. Ik nam de sigaret aan, weer vergat hij om hem aan te steken, terwijl hij zelf driftig aan het roken was. Ik stak de sigaret in mijn mond en keek hem vragend aan. Het duurde even voordat hij de hint begreep.

'Sorry.' Hij haalde zijn aansteker tevoorschijn. 'Ik ga je een geheim vertellen. Iets wat niemand anders weet.' Hij keek nerveus om zich heen, inhaleerde hoorbaar. 'Je moet me alleen beloven dat je dit aan niemand anders vertelt. En al helemaal niet aan je moeder of aan de politie.'

Ik knikte.

'Ik vertel je dit omdat ik jou vertrouw.' Hij keek me strak aan. 'En omdat ik weet dat Marianne jou vertrouwde.' Dat laatste vond ik moeilijk te geloven, maar ik knikte alsof Marianne en ik elkaars beste vriendinnen waren.

'Marianne is weggelopen met een man. Een oudere man. Dat heeft ze me zelf verteld.'

'Wie is hij dan?'

'Dat weet ik ook niet. Ze wonen nu samen en ze wil niet gevonden worden.'

'Heb je contact met haar?'

'Nee…' Hij haalde een paar keer snuivend adem. 'Ik was gek op haar, weet je. Ik zou alles voor haar doen.'

Ik raakte voorzichtig zijn arm aan. 'Weet je waar ze nu is?'

'Was dat maar waar. Dan stond ik nu niet hier… Sorry, hoor.' Hij tilde een punt van zijn poloshirt op en snoot zijn neus. Ik ving een glimp op van zijn blokjesbuik. 'Wat ik wilde zeggen is dat jullie kunnen stoppen met zoeken, want ze wil niet dat jullie haar vinden. Ik vind het zo erg… Al die posters in de stad…'

'Wanneer heeft ze dit verteld?'

'Vlak voordat ze verdween.'

'Dus je was wél met haar bij de IJssel?'

Hij sloot zijn ogen en zuchtte. Ik nam aan dat dat een 'ja' betekende.

'Waarom heb je dat niet aan de politie verteld?' Mijn stem sloeg over. 'We zoeken ons helemaal gek en jij zit te liegen. Waarom?'

Hij begon te huilen. 'Dat had ik haar beloofd. Het is allemaal zo'n kutzooi.' Hij pakte weer een punt van zijn shirt en veegde zijn gezicht droog. 'Sorry. Sta ik te janken als een klein kind, terwijl het jouw zus is.'

'Geeft niet,' zei ik automatisch.

'Het geeft wel.' Hij zuchtte weer. 'Kom, we roken er nog één.' Hij gaf me een sigaret en stak hem deze keer meteen voor me op.

'Weet je echt niet méér over die man?' probeerde ik nog een keer. 'Waar heeft ze hem ontmoet?'

'Daar wilde ze niks over zeggen. Ze zei alleen…' Ik zag dat hij zich weer vermande, 'dat dit haar grote liefde was en ze nooit meer terug zou komen.'

Berend

Ik was ervan overtuigd dat Marianne op zou knappen van haar postnatale depressie. Het was inmiddels al volop voorjaar, er zaten bladeren aan de bomen, de vogels hadden eieren gelegd, het weer was aangenaam. Ik probeerde haar over te halen om buiten in de zon te gaan zitten, een boek te lezen, te helpen de baby in bad te doen, iets lekkers te eten, haar haar te wassen of naar de zonsondergang te kijken. Het antwoord was altijd hetzelfde: ze draaide de rug naar me toe. Het was om wanhopig van te worden. Ik kocht tijdschriften voor haar met vrolijke baby's op de voorkant en teksten als 'doorslapen in vijf stappen' en 'de leukste babykamers'. Ik waagde het zelfs om weer naar Bakkerij Smit te gaan – deze keer vermeed ik het om naar de poster met de lachende Marianne te kijken – en haalde een Kamper Slof met bosvruchten en extra veel slagroom. Toen ze zelfs dáár niet op reageerde, verloor ik de moed. Volgens de boeken die ik in de bibliotheek las, kon een postnatale depressie enkele maanden duren. Bij Marianne zou het ongetwijfeld iets langer zijn, gezien het gebrek aan prikkels, therapie en medicatie. Maar ooit zou de hormonale balans hersteld zijn.

Inmiddels had ik een ketting om haar enkel gedaan, zodat ik zeker wist dat ze niet weg zou lopen. De ketting gaf haar genoeg ruimte om zich redelijk vrij te kunnen bewegen door de hut. Maar toch bleef het een vreselijk gezicht. Elke keer dat ik ernaar keek, brak mijn hart.

Gelukkig was Pup een makkelijke baby. De eerste weken vervoerde ik haar in een grote sjaal, daarna kocht ik een draagzak in de babyspeciaalzaak in Lelystad. Pup en ik werden zodra we binnenstapten meteen omringd door kirrende meisjes. 'Wat een schattige baby heeft u, meneer. Hoe oud is ze? Hoe heet ze?' Allemaal keken ze met begerige ogen van de baby naar mij en terug. Ik moet eerlijk bekennen dat ik genoot van al deze aandacht. Maar het stemde me ook droevig, omdat de enige die zich echt om Pup zou moeten bekommeren dat niet deed.

De draagzak was een succes. Met een slapende Pup tegen me aan voer ik door de IJsselmonding en controleerde de vallen. Soms was ze wakker en keek ze met heldere ogen om zich heen. Huilen deed ze bijna nooit. Natuurlijk kwam ik weleens mensen tegen op het water. Palingstropers, kanovaarders en een heel enkele keer iemand van Staatsbosbeheer. Ik was erop getraind om elk geluid van naderend verkeer op te vangen en Pup dan op de bodem van de boot te leggen. Als ze begon te jammeren, en dat deed ze zelden, gaf ik haar de speen.

Ik dacht niet na over hoe het verder moest wanneer Pup ouder zou worden. Later was als de dood: we weten allemaal dat we er niet aan ontkomen, maar toch doen we alsof het niet bestaat. Ik dacht vaak aan een citaat uit de Bijbel, een van de weinige dingen die ik had onthouden van mijn christelijke opvoeding: 'Kijk naar de vogels in de lucht: ze zaaien niet en oogsten niet en vullen geen voorraadschuren, het is jullie hemelse Vader die ze voedt.' Met dat vertrouwen probeerde ik ook te leven. Elke dag die ik doorkwam, elke dag dat Pup at, dronk en groeide, elke dag dat Marianne zichzelf niets aandeed, was er een.

Op een dag kwam ik moe thuis van mijn werk. Het eerste tandje van Pup stond op doorkomen, waardoor ze 's nachts niet meer doorsliep en zich overdag moeilijk liet sussen. Daarnaast was tijdens de laatste weekvergadering benoemd dat mijn kadaveraantallen waren gedaald, terwijl die van de anderen gelijk waren gebleven. Ik moest deze baan behouden. Ik zou immers nooit meer werk vinden met zoveel vrijheid, bovendien moesten we niet hebben dat iemand anders de eilanden zou inspecteren. Een getraind oog zou zien dat de plek waar we aan wal gingen allang niet meer alleen door bevers werd gebruikt.

Uitgeput klom ik de hut binnen. Tot mijn verbazing lag Marianne niet in bed. Het leek er zelfs op dat ze zich had gewassen, vaag rook ik de lucht van ecologische shampoo. Er pruttelde iets op het fornuisje.

'Hey, Beer,' zei ze opgewekt. 'Heb je honger?'

Ik kon deze plotselinge ommezwaai bijna niet geloven. Natuurlijk, op een dag is de hormonale balans hersteld en voelt de patiënt zich beter. Maar ik had verwacht dat dat een geleidelijk proces zou zijn.

'Zeg je niks terug?' vroeg ze.

Mijn keel werd dik en ik voelde dat ik zomaar zou kunnen huilen. Ik slikte een paar keer voordat ik kon praten. 'Hoe voel je je?'

'Beter,' zei Marianne. Er speelde een geforceerd lachje op haar gezicht. 'Veel beter.'

'Zomaar opeens?'

'Zomaar opeens.'

Ik keek haar eens goed aan. Ze had kleur op haar wangen en haar ogen stonden helder. Ze leek zowaar weer op haar oude zelf, maar toch was er iets veranderd.

'Het heeft lang genoeg geduurd, vind je niet?' Marianne gaf me een kus op mijn wang. Om een of andere reden schrok ik daarvan en deinsde achteruit.

'Nou, zeg.' Ze leek oprecht gekrenkt.

'Ik moet even wennen. Sorry.'

'Ik voelde me kut en nu voel ik me weer goed. Zo simpel kan het zijn in het leven.' Marianne vouwde haar armen over elkaar en keek me uitdagend aan. 'Ben je niet blij?'

'Jawel...'

'Wat sta je dan moeilijk te doen?'

'Je hebt gelijk.' Ik haalde Pup uit de draagzak. 'Neem jij haar?'

Marianne leek te aarzelen maar nam de baby aan. Een beetje onwennig stond ze ermee in haar armen.

'Ze lijkt op jou,' zei ik.

Ik verwachtte een cynische reactie. Of misschien wel dat ze het kind op de grond zou smijten. Maar weer was er die geforceerde glimlach. Het viel me op dat het dezelfde was als die op de posters in de stad. Ze opende haar mond en zei simpelweg: 'Dank je.' Even bleef ze roerloos met het kind in haar armen staan, daarna gaf ze het aan mij terug. 'Even de macaroni afgieten.'

Terwijl ze de pan van het vuur haalde, bestudeerde ik haar achterkant. Haar billen waren nagenoeg verdwenen en haar benen leken wel lucifershoutjes. 'Het is klaar,' zei ze een paar minuten later. Haar stem klonk vermoeid.

Ik schepte de macaroni op de borden en terwijl we in stilte aten, probeerde ik de situatie te begrijpen. Was het een tevreden stilte? Een gespannen stilte? De stilte van mensen die elkaar niets te vertellen hebben? Of de stilte van mensen die iets voor elkaar verborgen houden? Ik probeerde oogcontact met Marianne te maken, maar ze vermeed mijn blik. Na het eten ging ze in bed liggen en viel meteen in slaap. Ik gaf Pup een flesje en las bij het licht van de lantaarn een boek met Pup op mijn borst.

Toen ik de volgende dag wakker werd, met het kleine lichaam van Pup tegen me aan en aan de andere kant Marianne, durfde ik bijna niet te bewegen. De hoop dat ze inderdaad aan het herstellen was verlamde mij. Wat als ze terug zou vallen in haar eerdere apathische gedrag? Tot mijn verbazing draaide ze zich om en zei opgewekt: 'Goedemorgen.'

'Goedemorgen,' zei ik terug.

'Je hoeft niet zo verbaasd te klinken. Mag het weer goed gaan met een mens?'

'Het mag zeker weer goed gaan met een mens.'

'Nou dan.' Ze kuste me kort op mijn wang en klom over me heen uit bed. 'Zal ik het brood opbakken? Het lijkt wat oud.'

Voordat ik kon antwoorden, haalde ze het brood al uit de trommel en stak het fornuisje aan.

'Laat mij dat maar doen. Dan kun jij Pup voeden,' zei ik.

'O ja,' zei ze.

Weer bestudeerde ik haar bewegingen, maar er was niets vreemds aan te ontdekken. Ze ging in bed liggen, ontblootte haar borst en legde Pup aan die meteen luid smakkend begon te drinken. Marianne maakte kirrende geluidjes en aaide over haar wang. Ik hoorde mezelf zuchten van opluchting.

Die dag deed ik neuriënd mijn werk. Ook Pup had een goede dag, tevreden lag ze tegen me aan terwijl de bruinrode vachten van de muskusratten glansden in de zon. Ik had het er al eens met Marianne over gehad dat we er dekens en kleding van konden maken. Tenslotte waren ze ooit voor dat doel door een Tsjechische graaf naar Europa meegenomen uit Canada. Als Marianne weer actief deelnam aan ons leven hier, zouden we dat allemaal op kunnen pakken. Alles zou zoveel aangenamer worden.

Toen we thuiskwamen, had Marianne gekookt en de hut opgeruimd. Uit zichzelf nam ze Pup aan om haar te voeden en ze praatte opgewekt over haar plannen: we zouden de hut nog iets kunnen vergroten. Misschien kon ik naald en draad voor haar kopen en stof, dan zou ze zelf kleertjes maken. Ik kon er niet genoeg van krijgen om naar haar levenslustige gezicht te kijken. De fonkelende ogen. De opgewekte manier van praten. Dit was het meisje op wie ik zo verliefd was geworden. Voor het eerst sinds de bevalling durfde ik eindelijk weer aan de toekomst te denken. De liefde die we zouden delen voor ons paradijselijke eiland en ons kind.

Na het eten kleedde Marianne zich uit en ging naakt voor me staan. Haar toch al kleine borsten waren geslonken, maar nog steeds was ze prachtig.

'Weet je het zeker?' vroeg ik.

Ze knikte.

Ik kleedde me ook uit en ging tegen haar aan staan. Zo hield ik haar een hele tijd vast, onze buiken tegen elkaar, onze ademhaling synchroon, totdat ik haar op het bed tilde en teder de liefde met haar bedreef. Daarna vielen we in een diepe slaap met de armen om elkaar heen.

De volgende ochtend werd ik opgewekt wakker. Ik drukte me tegen haar rug aan en ze zei: 'Kom maar.' Weer bedreven we de liefde. Daarna bleven we lang in elkaars armen liggen en ik kuste haar magere lichaam overal. Het was verleidelijk om de hele dag in bed te blijven liggen, maar ik moest aan het werk. De vallen wachtten op me.

'Ik wil me vandaag uitgebreid baden,' zei Marianne. 'En kruiden plukken. Er is vast een heleboel te vinden nu het zo warm is.' Ze hield haar enkel omhoog met een vragende blik.

Ik keek naar de ketting en aarzelde.

'"Ons verblijf hier is gebaseerd op wederzijds vertrouwen." Waren dat niet jouw woorden, Beer?' Haar stem klonk scherp.

Ik keek haar nog een keer aan. Zoals ze zich de afgelopen twee dagen had gedragen, dat kon niet gespeeld zijn. Nooit eerder had ik haar op een leugen kunnen betrappen. Ik vroeg me zelfs af of ze er wel toe in staat was. Ik haalde de sleutel uit mijn portemonnee.

'Daar ga je,' zei ik en ik maakte haar los.

Op de plek waar de ketting had gezeten zat een rode striem. Ze legde Pup neer en wreef erover. 'Blij dat die er weer af is,' zei ze.

'Ik ook,' zei ik. 'Het moest... snap je dat?' Ik hield mijn adem in terwijl ik op haar reactie wachtte.

'Je bent een totale klootzak zoals je mij als een hond hebt vastgelegd,' zei Marianne met een ouderwetse felheid. 'Maar ik ben bereid om dat achter me te laten.'

Voor de zekerheid vertelde ik haar hoe laat ze Pup moest voeden en wat ze moest doen als ze last had van haar tandjes. Ze had tenslotte nog nooit op haar eigen baby gepast. Ik beloofde dat ik een korte ronde zou maken en vroeg terug zou zijn.

Terwijl ik de lagune uit voer, keek ik steeds achterom. Marianne was met me meegelopen en stond op de oever tussen de rietkragen te zwaaien, met de baby op haar arm. Het was een prachtig plaatje, maar toch drukte een onrustig gevoel op mijn borst. Heb vertrouwen, bleef ik maar tegen mezelf zeggen. Was dit niet waar je al die tijd op had gehoopt?

Toen ik de slenk in voer tussen de Schokkerplaat en de Kamperplaat, merkte ik dat mijn hartslag hoog was. Mijn keel was droog en ik voelde me misselijk. Heb vertrouwen, zei ik weer tegen mezelf. Je kunt niet verwachten dat ze jou vertrouwt als je niet hetzelfde doet bij haar.

De Ramspolkering was al in zicht toen de zeearend opdook. Het dier vloog ongewoon laag en cirkelde een paar rondjes boven mijn hoofd alsof ze me iets wilde vertellen. Eén keer vloog ze zelfs rakelings langs me heen. Ik kon de ring om haar klauw zien zitten, zo dichtbij was ze. Haar alwetende gele ogen priemden in de mijne. Normaal gesproken was het vrouwtje erg schuw en vloog ze zelfs weg wanneer ze mij zag aankomen. Dit gedrag had ze nooit eerder vertoond. 'Verdomme,' zei ik hardop en maakte rechtsomkeert.

Ik voer op maximale snelheid terug naar Vogeleiland. Inmiddels klopte mijn hart zo hoog in mijn borst dat ik bang was dat ik een infarct zou krijgen. Ik nam niet de tijd om de lagune in te varen, maar smeet de boot op de kant en rende dwars door het struikgewas naar de hut, waarmee ik alle regels brak die ik anders zo streng naleefde.

In de hut trof ik een paarse Pup aan die overstuur in haar slaapkistje lag. Marianne was nergens te bekennen. Ik gaf het kind een speen, in de hoop dat ze daar voorlopig zoet mee zou zijn en ging snel weer naar buiten. 'Marianne!' schreeuwde ik. 'Marianne!' Er kwam geen antwoord. Misschien was ze aan het baden en hoorde ze me niet. Misschien was ze flauwgevallen tijdens het kruiden zoeken. Misschien dacht ze dat dit een leuke grap was. Vogeleiland is niet groot, op het breedste deel meet het 400 meter, maar als je de basaltdijk meetelt, is het een kilometer lang en Marianne kon overal zijn. Maar ik wist dat ze niet meer op het eiland was.

Ik probeerde rustig na te denken. Ze zou eerst een kleine kilometer door het ondiepe water moeten waden en daarna de vaargeul over zwemmen naar de wal. Ik keek op mijn horloge. Het was halftien 's ochtends, begin juli. Het was niet ondenkbaar dat er zich al enkele recreanten op het water bevonden.

Ik stapte in mijn boot. Ik ging ervan uit dat Marianne de kortste route naar de wal had genomen in tegengestelde richting van waar ik vanochtend vertrokken was. In het kleine halfuur dat ik weg was geweest, kon ze nooit ver zijn gekomen. Toen ik de bocht omging bij de Kattenplaat, zag ik haar al.

'Marianne!' brulde ik.

Ze keek om. Ik zag de angst in haar ogen. Op een of andere manier wekte dat een ongekende woede in mij op. Hoe zij mij had verraden. Hoe zij haar kind had verraden. Hoe zij feilloos mijn zwakke plek had gevonden en mij had bespeeld met haar schijnheilige gedrag.

Marianne begon harder te lopen. Het water kwam tot halverwege haar bovenbenen. Terwijl ze voortploeterde, bleef ze omkijken met paniekerige ogen. Binnen enkele minuten was ik bij haar. Ik sprong uit de boot.

Ze begon te gillen en wild om zich heen te slaan. 'Laat me met rust, klootzak!'

'Hou op,' zei ik. Ik keek om me heen of ik nog steeds geen andere boten zag. Ondertussen bleef Marianne maar doorgaan. Ik pakte haar bij haar bovenarmen vast. Dun als twijgjes. 'Hou op!' zei ik nog een keer dringend. 'Vergeet niet dat jij me in deze situatie hebt gebracht. Ik wilde niet op het eiland wonen. Jij wilde dat! Ik wilde geen seks. Jij wilde dat! Ik wilde dat je terug zou gaan toen je zwanger werd, maar jij wilde blijven. En nu doe je alsof jíj het slachtoffer bent?'

Marianne was Marianne. Niet voor rede vatbaar. Nooit in staat om te doen wat haar werd gevraagd. Ze bleef zich uit alle macht verzetten.

Geluid op het water draagt ver. Dit moest stoppen. En wel meteen. Ik nam haar in de houdgreep zodat ze naar voren viel en duwde haar hoofd onder water. Haar lange haar vormde een krans op het wateroppervlak. Ze klauwde woest om zich heen, maar ze had simpelweg de kracht niet. Het kostte niet eens veel moeite om haar onder water te houden en om een of andere reden maakte me dat verdrietig. 'Stop nou, liefste,' zei ik tegen haar, al wist ik dat ze het niet zou kunnen horen. 'Waarom maak je het altijd zo moeilijk?'

Toen haar bewegingen wat rustiger werden, liet ik haar boven water komen. 'Hey,' zei ik zo liefdevol mogelijk, maar zodra ze een teug adem had genomen, begon ze weer te schreeuwen.

Een plezierjacht kwam aanvaren vanaf de IJssel. We waren nog zeker honderd meter van de vaargeul verwijderd en ik hoopte maar dat het geluid van de motor het geschreeuw had overstemd. Ik duwde Marianne weer onder water. Weer schopte en sloeg ze woest om zich heen, maar ze maakte geen schijn van kans.

Het was een Pikmeerkruiser, een geliefde boot onder zestigplussers met iets te veel geld die van de natuur wilden genieten, maar er gemakshalve niet bij stilstonden hoe vervuilend hun boot was voor diezelfde natuur. Op de voorplecht zat een wat oudere vrouw die ondanks de bewolking een grote zonnebril op had. Ze keek mijn kant op. Ik moest een inschatting maken. Zou ze ons hebben gezien? Ik stak aarzelend mijn hand op en zwaaide. Ondertussen bleef ik met mijn andere hand Marianne onder water houden. De vrouw zwaaide terug. Er was niets ongewoons in het gebaar te ontdekken.

Het duurde eindeloos lang voordat de boot was gepasseerd. Inmiddels stribbelde Marianne niet meer tegen. Ik tilde haar uit het water. Alle kleur was uit haar gezicht getrokken en haar lippen waren blauw. Haar ogen stonden wijd opengesperd en ondanks de situatie was ik betoverd door de pracht ervan. Ik legde haar in de boot op haar zij en luisterde of ze ademde.

Niets.

Dit kon niet gebeuren.

Dit mocht niet gebeuren.

Ik boog voorover en paste mond-op-mondbeademing toe. Ik had geen EHBO-cursus gevolgd, maar had wel een handboek en een uitgebreide verbandtrommel aangeschaft. Ik legde haar hoofd ietsjes naar achteren, kneep haar neus dicht en blies een paar keer krachtig in haar mond. Vervolgens hield ik mijn oor bij haar mond en luisterde ingespannen.

Niets.

Ik herhaalde de procedure.

Weer niets.

Uit onmacht begon ik met mijn vuisten op haar borstkas te beuken. Dit kun je me niet aandoen, zei ik in gedachten tegen haar. Je mag me niet zo laten zitten, hoor je me?

Opeens hoestte ze een grote teug water op. Haar ogen knipperden heftig.

Ik nam haar in mijn armen. 'Meisje, toch,' zei ik. 'Lief meisje toch, waarom doe je zulke gekke dingen?' Ik aaide haar over haar natte haar. Heftig haalde ze adem, terwijl haar ogen alle kanten op schoten.

'Kom, we gaan naar huis.' Met haar lichaam tegen me aan geklemd, voeren we terug naar Vogeleiland.

In de hut liet Marianne zich droge kleren aantrekken en in bed leggen. Pup lag vredig in haar kistje en keek nieuwsgierig om zich heen. Ik trok zelf ook droge kleren aan en ging tegen Mariannes trillende lichaam aan liggen met mijn armen om haar heen. Het duurde een hele tijd voordat ze rustig werd en in slaap viel. Op dat moment besefte ik dat ze altijd mijn gevangene zou blijven.

En ik de hare.

Nicole

De planten in de groentetuin hebben wortel gevat. De tomatenplant is enkele centimeters gegroeid en ik heb de eerste sla geoogst. De gereedschapsschuur is opgeruimd. Dora durft bij mij in bed te slapen. En mijn adem zit niet meer zo hoog.

Ik lees elke dag en heb een postbus gehuurd in het dorp, zodat ik online nieuwe Nederlandstalige boeken kan bestellen. Elke dag plak ik een lijst met nieuwe Spaanse woorden op de spiegel en leer ze uit mijn hoofd. Mijn nagels zijn kort en hebben rouwranden, ik ben gestopt met het dragen van make-up, mijn haar was ik alleen als het echt heel vies is en ik draag het altijd in een paardenstaart. In mijn korte broeken en T-shirts komen steeds meer vlekken die ik er niet meer uit krijg. Ik draag uitsluitend nog bergschoenen of teenslippers. Een nieuwe, niet-gemodificeerde versie van mij is tevoorschijn gekomen en het lijkt erop dat ik met deze beter kan opschieten dan met de vorige.

Een of twee keer per week rijd ik in het jeepje de berg af naar Cómpeta. Ik haal boodschappen, check mijn berichten, drink een cappuccino bij een restaurant met lavendelplantjes op tafel en maak soms een praatje met andere gasten. Er wonen hier veel Engelsen, en een enkele Nederlander. Iedereen is een stuk ouder dan ik. Vitale zestigplussers met praktische kleding en wandelschoenen. Niemand weet iets of verwacht iets. Niemand heeft medelijden. Niemand om tevreden te houden. Niemand om te troosten. Niemand om me op af te stemmen.

Verder dan Cómpeta ga ik nooit. De kust trekt me niet, het bezoeken van een stad al helemaal niet. Ik vind het fijn dat mijn leven zich maar op een paar vierkante kilometer afspeelt. Soms maken Dora en ik een wandeling door het Nationaal Park. We komen zelden iemand tegen en als dat wel zo is, volstaat een korte begroeting.

Slapen blijft lastig. Elke dag zie ik op tegen het moment dat ik het licht uit moet doen en van elk geluidje word ik wakker. Soms word ik zelfs wakker van de stilte. Je zou denken dat mijn lichaam met elke nacht dat ik niet word vermoord of verkracht leert dat het veilig is, maar mijn systeem is hardnekkig. Jarenlang leven onder hoogspanning schud je niet zomaar van je af. Ik vertel mezelf duizend keer dat alles oké is, maar ik trap daar niet in. Het enige wat helpt is dat Dora strak tegen me aan ligt. Met mijn armen om haar heen lukt het heel soms om een nacht door te slapen.

Wanneer ik op een middag met mijn lunch naar buiten kom, staat de jongeman van de garage op het pad. Zijn auto heeft hij langs de weg geparkeerd. Ik heb hem niet aan horen komen rijden. Achter mij komt Dora kwispelend naar buiten gelopen. Ik hoop dat ze zal blaffen of grommen, maar ze blijft rustig naast me staan en kijkt belangstellend naar de jongeman.

'Hola,' zeg ik kortaf.

'Hola,' zegt hij. Hij heeft een rare manier van praten, alsof zijn tong te groot is voor zijn mond. Ik denk aan de bijl die beneden in het tuinhuisje ligt. Of aan de messen in de keuken. En aan de beha die ik niet draag.

Er verschijnt een glazige glimlach op zijn gezicht waar ik de rillingen van krijg.

'Wat doe je hier?' vraag ik. Toen ik bij zijn vader in de garage was, had hij gezegd dat ik de papieren binnenkort kon ophalen. Ik bedenk me dat ik dat nog steeds niet heb gedaan. Misschien komt de jongeman ze nu brengen en ben ik voor niets zo op mijn hoede.

'Eres muy linda.' Je bent heel mooi. Weer die rare manier van praten, alsof hij een enorme homp voedsel in zijn mond heeft zitten.

Hij zet een stap dichterbij en kijkt nadrukkelijk naar mijn borsten.

Mijn impuls is om het huis in te gaan, de deur achter me dicht te gooien en alle luiken te sluiten, maar ik wil hem niet laten zien dat ik bang ben. 'Ik wil dat je weggaat,' zeg ik. Ik zou hem ook willen vertellen dat mijn man elk moment thuis kan komen of dat ik een pistool heb of iets anders om hem mee af te schrikken, maar ik kom niet op de Spaanse woorden. 'Jij moet weggaan,' zeg ik daarom nog maar een keer. Woorden die ik wél ken. 'Nu.' Ik voel het bordje in mijn hand trillen. Ik zou het kapot kunnen slaan en hem met een van de scherven in zijn nek steken.

Nog steeds staat Dora naast me te kwispelen alsof er niets aan de hand is. De jongeman reageert niet, maar laat zijn hand in zijn joggingbroek glijden, haalt zijn pik tevoorschijn en begint zich af te trekken, terwijl hij me aan blijft kijken met die glazige glimlach.

Ik knipper een paar keer met mijn ogen, maar het verandert niets aan de situatie. Iedereen heeft een *fight-or-flight response*. Die van mij is *freeze*, wat alleen handig is als je oog in oog met een beer komt te staan. In alle andere situaties: ren voor je leven. Ik sta naar hem te kijken en probeer te bedenken wat ik moet doen. Mijn hersenen lijken op slot te zitten, mijn lichaam voelt als een strakke lege huls en mijn keel wordt dik. Nog beangstigender dan de situatie zelf is het gevoel dat ik niet in staat ben om mezelf te beschermen. Dat ik niet op mezelf kan rekenen als het erop aankomt.

De jongeman lijkt mijn gebrek aan reactie als een aanmoediging te zien. Hij smakt met zijn lippen. Zijn hand gaat snel op en neer, terwijl hij iets door zijn knieën zakt en zijn heupen naar voren duwt. Een hebberige blik in zijn ogen.

Vaag ben ik me bewust dat het broodje van mijn bord op de grond valt en dat Dora het meteen gretig naar binnen werkt. Doe iets, zeg ik tegen mezelf. Het lijkt wel of ik buiten mijn lichaam ben getreden en als van een afstandje op mezelf neerkijk. Doe iets, zeg ik nog een keer. En dan maakt er eindelijk iets contact in mij.

'Rot op!' schreeuw ik in het Nederlands. 'Wat denk je wel niet!' Ik gooi het bord naar zijn hoofd, het valt een kleine meter voor hem op de grond in stukken uiteen. De jongen zet verschrikt een stap naar achteren. Hij haalt zijn hand uit zijn broek. 'Rot op!' schreeuw ik weer zo hard als ik kan.

Het werkt. De jongeman stapt in zijn auto en rijdt weg.

Zodra hij uit het zicht verdwenen is, vlucht ik het huis in. Wanneer de deur achter me dichtgeslagen is, begin ik een gierend geluid te maken, iets tussen huilen en hyperventileren in. Mijn benen houden het niet meer en ik laat me zakken totdat ik met mijn blote benen de koude tegels raak.

Dora loopt onrustig om me heen. Ze likt mijn gezicht, bijt zelfs zachtjes in mijn oor wanneer ik niet reageer. 'O Dora,' zeg ik en ik trek haar tegen me aan, nog steeds liggend op de vloer. Haar lichaam is warm en zacht. 'Hoe moet het nou?' Dora legt haar kop op mijn gezicht en likt mijn tranen weg.

Het idee dat Marianne vrijwillig wegbleef was onverteerbaar. Misschien dat daarom de moordenaar-verkrachter zijn intrede deed. We hadden hem nodig zodat het niet aan ons zou liggen. Mijn moeder zag hem in iedereen. De slager van twee straten verderop die volgens haar altijd al naar Marianne zat te loeren. Een buurjongen die volgens haar de hele tijd bij ons naar binnen keek. Een man bij de bakker die Mariannes lievelingsgebak bestelde, met bosvruchten en extra slagroom, precies zoals zij het ook altijd wilde. Twee mannen uit het asielzoekerscentrum die een fietsketting kochten bij de HEMA en 'raar uit hun ogen keken'. Je hoefde niet veel te doen om de argwaan van mijn moeder te wekken.

Christine bleek ook nu weer een engel. Elke keer dat mijn moeder op hoge poten naar het bureau kwam, hoorde ze het relaas geduldig aan en zei: 'Dat gaan we natrekken, Toni. Goed dat je je ogen en oren openhoudt, wij nemen het nu van je over.'

Maar mijn moeder was niet het type om dingen te laten. Ze fietste achter wildvreemden aan, postte bij huizen van 'verdachten', achtervolgde mensen in supermarkten, belde om twaalf uur 's nachts bij iemand aan, schopte scènes in het openbaar. 'Ik wil dat Marianne weet dat ik er alles aan heb gedaan om haar terug te krijgen,' zei ze.

Ik schaamde me voor haar. Naast 'zusje van Marianne', was ik nu ook 'dochter van dat gestoorde wijf'. Na een eerste golf van populariteit begonnen mensen mij nu te mijden. Iedereen kende wel iemand die door mijn moeder op een agressieve manier was aangesproken. Vriendinnen hadden geen zin om bij me thuis te komen, en op mijn beurt was ik niet meer welkom bij hen, omdat mijn moeder meer dan eens was langsgekomen om 'te kijken of alles goed ging'. Om diezelfde reden ging ik niet meer naar schoolfeesten, en oudjaarsavond bracht ik alleen op mijn kamer door, terwijl mijn moeder beneden zat te huilen en mijn vader als een zombie naar de televisie staarde. Zoals altijd werd er een grote hoeveelheid illegaal vuurwerk afgestoken, maar ik had de luide knallen niet nodig om het gevoel te hebben dat ik in een oorlogsgebied was beland.

Ik durfde mijn moeder niet te vertellen dat Marianne er met een oudere man vandoor was. Ik wilde niet dat ze weer achter Bastiaan aan zou gaan. Het vrat aan me, en ik wist dat hoe langer ik wachtte, hoe lastiger het werd om het te vertellen. Dus vertelde ik het maar niet.

Soms dacht ik dat Bastiaan me leuk vond. Ik betrapte hem er een keer op dat hij naar me zat te staren in de kantine. En een andere keer zag ik hem bij ons door de straat fietsen, terwijl ik toch vrij zeker wist dat hij daar niets te zoeken had. Vlak na de kerstvakantie vroeg hij of ik zin had om bij hem te chillen. Ik zei 'ja'. Het antwoord kwam mijn mond uit voordat ik erover na had gedacht.

Bastiaan woonde in de Flevowijk, een jarenzestigwijk, niet ver van het centrum. Zijn huis bleek opvallend normaal te zijn, met twee houten ganzen in het raamkozijn en een koelkast behangen met familiekiekjes en boodschappenlijsten. Bastiaan verdeelde een zak bolognesechips over twee schaaltjes. Daarna pakte hij een pak melk uit de koelkast.

Met de chips en de melk gingen we naar zijn kamer. Die leek meer bij hem te passen: posters aan de muur van bands met doodshoofden en tekens waarvan ik bij de jeugdgroep van de kerk had geleerd dat ze satanisch waren. In een hoek van zijn kamer stonden dumbbells van verschillende gewichten. Op zijn twijfelaar lag een dekbed met een pas gestreken lichtblauw gestreepte hoes, zorgvuldig opgemaakt door een ijverige moeder. Bastiaan zette een agressief muziekje op waardoor het lastig was om nog met elkaar te praten. Hij plofte op zijn bed neer. Ik aarzelde en koos voor zijn bureaustoel.

Hij rommelde in zijn nachtkastje. Een blikje waar bandenplakspullen in hadden gezeten kwam tevoorschijn. Bastiaan haalde er twee vloeipapiertjes, shag en een beetje hasj uit en begon omslachtig een joint te rollen. Al die tijd zei hij geen woord. Ik vroeg me af of Marianne weleens hier was geweest. Was dit waar ze al die middagen had doorgebracht wanneer we niet wisten waar ze was en ze te laat thuis was gekomen? Bestond die oudere man eigenlijk wel? Misschien had Bastiaan wel degelijk iets te maken met de verdwijning van Marianne. Tegelijkertijd vond ik hem ontzettend knap. Toen de joint klaar was, stak Bastiaan hem op. 'Wil je?'

Ik knikte.

Bastiaan nam eerst zelf een trekje, inhaleerde diep en kneep zijn ogen samen terwijl hij uitblies. Daarna gaf hij mij de joint aan en opende het raam. Zijn arm streek langs mijn schouder en veroorzaakte een elektrische schok. Ik nam voorzichtig een trekje. Het was smeriger dan de Gauloises, maar ik liet niets merken. Ik wilde dat hij zou denken dat ik net zo cool was als Marianne.

We namen allebei nog een hijs. Bastiaan liet zich achterover op het bed vallen met zijn ogen dicht. Ik wachtte tot ik een effect zou merken van de joint, maar het enige wat ik voelde was misselijkheid.

'Waarom kom je niet naast me liggen? Plek zat.' Bastiaan schoof een stukje op en klopte naast zich op het gestreepte dekbed.

Ik aarzelde.

'Geen zorgen,' zei Bastiaan. 'Ik doe je niks.'

Ergens wist ik natuurlijk dat er wel degelijk iets zou gebeuren op het moment dat ik naast hem zou gaan liggen en misschien wilde ik dat ook wel.

'Kom,' zei Bastiaan. Hij produceerde een verleidelijk bedoeld lachje. Ik trok mijn schoenen uit. Met mijn hoofd zo naar beneden, werd ik een beetje duizelig. Toen ik weer overeind kwam, werd het zelfs even zwart voor mijn ogen. Daarna ging ik naast hem liggen.

Bastiaan zuchtte een keer diep en draaide zich op zijn zij. Vanuit mijn ooghoeken zag ik dat hij me bestudeerde. 'Je bent best mooi, weet je dat?'

Mijn gezicht werd warm. Ik staarde naar het plafond.

'Je hebt een andere kleur ogen dan Marianne, maar toch kun je zien dat jullie zusjes zijn.' Bastiaan aaide over mijn wang en keek nog eens aandachtig naar mijn gezicht. 'Dezelfde mond, denk ik.' Zijn vingers gleden van mijn wang naar mijn lippen. Het kietelde. 'Ik zou je wel willen kussen.'

Het zweet brak me uit. Inmiddels hing hij met zijn gezicht boven me. Net boven zijn neus zat een puist, precies tussen zijn wenkbrauwen in.

Ik liet toe dat hij zijn mond op mijn lippen drukte. Bastiaan glimlachte en aaide weer over mijn wang. Daarna kuste hij me opnieuw, deze keer duwde hij zijn tong naar binnen.

Het was niet aangenaam, niet onaangenaam. Sowieso voelde ik me loom door de joint, alsof alles in slow motion ging: een tong die rondmaalde in mijn mond. Een hand op mijn wang. Bastiaan die op me ging liggen.

Bastiaan schuurde een paar keer met zijn kruis langs het mijne. Zijn ademhaling versnelde. Het voelde alsof ik toekeek, alsof dit niet met mij gebeurde.

Na een tijdje rolde hij van me af, ging op zijn zij naast me liggen, stroopte mijn trui omhoog en legde zijn hand op mijn borsten. Ik droeg pas sinds een paar weken een beha. Eigenlijk had ik er al eerder een gemoeten, maar door de verdwijning van Marianne was dat erbij ingeschoten.

'Lekkere tieten.' Hij trok de cups naar beneden. Nog steeds leek de tijd te zijn vertraagd. Pas toen ik me echt realiseerde wat er gebeurde, leek het te laat om er nog iets van te zeggen. Ik vond het niet prettig, die graaierige handen die hard in mijn tepels knepen en mijn borsten kneedden alsof hij er brood van moest bakken. Maar ik zei niets. Ik dacht: dit gaat weer voorbij.

Hij pakte mijn hand en legde die op zijn kruis. De zwelling was duidelijk voelbaar. Ik wist niet wat ik moest doen. Mijn hand bleef roerloos liggen, als een dode vis.

'Je mag hem wel een beetje aaien,' zei hij. Toen ik niet reageerde, pakte hij mijn hand en wreef hem hardhandig over zijn geslacht. 'Zo, ja.'

Mijn keel kneep zich dicht, de eerdere misselijkheid kwam weer opzetten. En toch deed ik precies wat hij zei. Bastiaan begon zwaarder adem te halen, kneep nog woester in mijn borsten, het deed echt pijn nu, en zei: 'Ga door, ga door.'

Ik bleef over zijn kruis wrijven, al vond ik het stom en haatte ik mezelf erom dat ik het deed, totdat hij ruw mijn hand opzij duwde, zijn gulp openritste, zijn pik tevoorschijn haalde en er een aantal ferme halen aan gaf. Bastiaan kreunde. Het zaad spoot – nog steeds in slow motion – over het gestreepte dekbed, maar er kwam ook een goed deel op mijn bovenbeen terecht.

'Godverdomme,' zei Bastiaan. 'Wat lekker.' Op het nachtkastje naast zijn bed stond een doos tissues. Hij haalde er een paar uit en maakte zichzelf en het dekbed schoon. Ik wachtte even en pakte toen maar zelf een tissue om mijn broek schoon te maken. Daarna bleef ik zitten op de rand van het bed.

'Ik heb best nog wel veel huiswerk,' zei Bastiaan toen. 'Examenjaar.'

Ik stond op, pakte mijn tas en liep zonder iets te zeggen zijn kamer uit.

Graag zou ik willen zeggen dat ik daarna nooit meer met hem ben meegegaan.

Maar dat is niet zo.

Berend

Zodra Pup begon te kruipen, had ze niet meer het geduld om zoveel uren in een draagzak tegen me aan te hangen. Ze was vaak onrustig, begon te dreinen en had de gewoonte ontwikkeld om hard in mijn schouder te bijten wanneer het haar niet zinde. Soms liet ik haar in de boot rondkruipen. Maar dat verveelde haar al snel en dan zette ze het weer op een huilen.

Na haar ontsnappingspoging was Marianne weer erg in zichzelf gekeerd. Het grootste deel van de dag lag ze met haar gezicht naar de wand op het bed en was ze nauwelijks aanspreekbaar. Ik moest haar dwingen om te eten en te drinken. Het leek wel of ze het leven had opgegeven.

Ik merkte dat ik steeds meer gespannen raakte. Mijn spieren stonden altijd strak en ik begon pijn in mijn kaken te ontwikkelen omdat ik in mijn slaap op mijn kiezen knarste. Soms overwoog ik om alles op te geven, Pup te vondeling te leggen, Marianne vrij te laten en zelf te verdwijnen naar de andere kant van de wereld. Er was vast een land waar ik anoniem een nieuw bestaan kon opbouwen.

Maar dan keek ik naar het gezicht van mijn dochter en barstte mijn hart bijna uit elkaar van liefde en wist ik dat ik haar nooit in de steek kon laten.

Het was bijna onmogelijk om de zorg voor haar te combineren met mijn verplichtingen. Elke week was er een bijeenkomst van het Waterschap Drents Overijsselse Delta waarin de laatste cijfers werden doorgenomen van de muskusrattenstand en wat er verder nog ter tafel kwam. Deze vergaderingen duurden onnodig lang, vooral omdat mijn collega's, Johan en Gerrit, nogal van gezelligheid hielden. Ik mocht hen in principe graag en had voordat mijn avontuur op Vogeleiland begon geregeld een borreltje met hen gedronken. Nu stoorde het me dat ze de tijd maar bleven rekken, allerlei onnodige vragen stelden en ook nog eens allerlei privézaken inbrachten.

Ook boodschappen doen was een probleem. Ik wilde niet met Pup in de supermarkt worden gezien. Op die dagen bracht ik haar naar de schuur die ik nog steeds van de boer huurde. Ik legde haar in bed, gaf haar een slokje jonge jenever vermengd met een rijkelijke hoeveelheid limonadesiroop, bouwde een muur van kussens om haar heen en wachtte net zo lang tot ze in slaap viel. Meestal sliep ze nog wanneer ik terugkwam. En als ze wakker was, lag ze verbaasd naar de mobiel van door mijzelf gezaagde en geverfde vogeltjes te kijken die ik boven het bed had opgehangen.

Op een dag, toen ik met volle tassen aan kwam fietsen, stond de boer mij op het erf op te wachten. Het was druk geweest in de supermarkt, door een probleem met het kassasysteem waren de rijen nog langer geworden, en Pup was een uur en een kwartier alleen geweest. Naast de boer stond een jongeman met een pak aan. Het was precies het type mens waar ik een hekel aan had, zo iemand die er een punt van maakt om joviaal te doen tegen 'eenvoudige mensen'.

'Mogge,' zei de boer. Hij leek een stuk ouder geworden sinds de laatste keer dat ik hem had gezien. Zijn wangen waren meer ingevallen en zijn ogen stonden dof.

De jongeman stak zijn hand uit, gaf mij een overdreven stevige handdruk en stelde zich voor als Roger van Laarhoven. 'Makelaar,' zei hij erachteraan.

Ik wist meteen wat dat betekende. Vooral omdat de boer angstvallig oogcontact vermeed.

Roger wachtte totdat de boer iets zou zeggen, maar die bleef langs mij heen over de IJssel uit staren, dus stak hij zelf van wal. 'Meneer Kolk hier wil de boerderij verkopen en ik heb begrepen dat u de schuur van hem huurt.'

Ik vroeg me af of Pup al wakker was, of ze zou gaan huilen en of je dat buiten kon horen. 'Kan dit een andere keer?' vroeg ik.

'We kunnen het kort houden,' zei Roger. 'Bij oplevering zult u de schuur moeten verlaten. U heeft geen huurcontract.'

'Koop breekt geen huur,' zei ik.

'U heeft de huur altijd contant betaald.'

Op dat moment meende ik iets te horen. Mijn kaken klemden zich op elkaar.

'Meneer Kolk is bereid om u een klein bedrag te geven ter compensatie,' ging Roger verder met de air van iemand die zichzelf belangrijk vindt. 'Wat dacht u ervan als u tot aan de overdracht geen huur meer hoeft te betalen? Dit zou zomaar nog een jaar kunnen duren.'

Inmiddels wist ik het zeker. Pup was wakker. Nu had ik zelf een uitstekend gehoor en van de boer wist ik dat hij enigszins doof was, maar Roger zou het wellicht ook kunnen horen. Ik moest nu iets doen.

'Ik moet naar de wc.' Ik rende naar binnen, pakte Pup op en hield haar tegen me aan. 'Stil maar,' zei ik. 'Sssst.'

Gewoonlijk liet ze zich vrij makkelijk troosten, maar die dag was het anders. Het leek alsof ze mijn spanning voelde en die overnam. Ze sperde haar keel open en begon nog harder te krijsen. Ik wist nu zeker dat dit buiten hoorbaar zou zijn. Snel zette ik de radio aan op het hoogste volume. Jan Smit schalde door de schuur. Ik maakte een flesje klaar voor Pup; ze pakte het dankbaar aan en begon te drinken. Ik legde haar met fles en al terug in bed en liep weer naar buiten. Het zweet stond me op het voorhoofd.

'Lekker muziekje,' zei Roger op luide toon en hij knipoogde erbij.

Ongetwijfeld had ik meer uit deze situatie kunnen halen, maar ik wilde dat dit gesprek zo snel mogelijk afgelopen zou zijn. 'Het is goed,' zei ik. 'Ik ga met het voorstel akkoord.'

'Perfect,' zei Roger tevreden. Hij sloeg de boer op de schouders. 'Dat is dan mooi geregeld, hè, meneer Kolk. Waar we het dan ook nog over moeten hebben, zijn de bezichtigingen. Gaat u ermee akkoord dat ik mensen de schuur laat zien als u er niet bent? Uiteraard stuur ik u van tevoren een bericht.'

'Prima,' zei ik en maakte aanstalten om naar binnen te gaan.

'Dan mot die baby d'r niet zijn,' zei de boer opeens met zijn zware Noord-Overijsselse accent.

Ik probeerde mijn gezicht in de plooi te houden, terwijl ik naar een antwoord zocht. 'Komt voor mekaar,' zei ik op hopelijk dezelfde opgewekte toon als van Roger. 'Ik zorg ervoor dat alles keurig in orde is.' Ik stak mijn hand uit.

'Heeft u een baby?' vroeg Roger, terwijl hij mijn handdruk ferm beantwoordde.

'Het jong van Berend,' zei de boer. 'Hoe oud mot het nou zijn? Half jaartje, dacht 'k zo.'

Gealarmeerd keek ik naar het gezicht van Roger. Hij moest nu toch zo langzamerhand wel doorhebben dat er iets niet klopte. Maar hij begon breed te grijnzen. 'Vader van twee kleine boeven,' zei hij, wijzend naar zichzelf. 'De jongste is nu net drie maanden. Ik zeg de hele tijd tegen mijn vrouw: "Slapen doen we wel weer als ze gaan studeren."' Hij gaf me er een dikke knipoog bij.

'Het vaderschap is prachtig,' beaamde ik.

Roger schudde mij nog een keer de hand en boer Kolk keek tevreden. Ik zei gedag en liep naar de schuur. Zodra ik de deur achter me dicht had geslagen zakte ik bijna door mijn benen van de spanning. Ik strompelde naar het kamertje waar Pup tevreden aan haar fles lag te lurken en nam haar in mijn armen. 'Wat moet ik toch met jou?' fluisterde ik in haar zachte haartjes. 'Hoe zorg ik ervoor dat je veilig bent?'

Ik snakte naar dingen die voorheen zo gewoon waren geweest. Een biertje drinken in een café. De zaterdagkrant halen. Een stukje fietsen langs de IJssel. Sinds Pup er was had ik continu onder extreme stress gestaan. Ik was uitgeput en op de rand van overspannenheid. Wat ik nodig had was hulp. De vanzelfsprekendheid waarmee de boer en ook Roger hadden geaccepteerd dat ik een baby had, had me aan het denken gezet. Ik kwam tot de conclusie dat hoe normaler ik over het bestaan van Pup deed, hoe normaler mensen zouden reageren.

En wat zou iedere werkende ouder doen die opvang zocht?

Ik plaatste een advertentie in het *Kamper Nieuwsblad* waarin ik een oppas zocht voor drie dagen per week. Een particulier zou niet vragen naar een sofinummer en het zou fijn zijn voor Pup om wat vrouwelijke aandacht te krijgen. De dagen zonder Pup zouden mij de tijd geven om ongestoord te werken, vergaderingen bij te wonen, boodschappen te halen en zelfs af en toe helemaal niets te doen.

Mevrouw Visser was een weduwe van begin vijftig die hunkerde naar kleinkinderen. Ze woonde in Brunnepe. In deze wijk aan de rand van Kampen woonden arbeiders, vissers en nazaten van Schoklanders die bij de stijging van het water het eiland hadden moeten verlaten. Door de inpoldering was Schokland weer bewoonbaar, maar een goed aantal van haar bewoners was niet teruggekeerd. Brunnepe stond bekend als een tikje asociaal, maar voor mij was het perfect. Brunnepers vormden een gemeenschap op zich en begaven zich zelden buiten de grenzen van hun wijk. Ik kende niemand daar en niemand kende mij.

Het oppassen zou zeven euro per uur kosten, wat ik een fors bedrag vond, maar voor dat geld zou Pup alle liefde en aandacht van de wereld krijgen, verzekerde mevrouw Visser mij. Toen ik niet meteen antwoordde, voegde ze daar snel aan toe dat fruit en de boterham tussen de middag erbij inbegrepen waren.

'Goed,' hoorde ik mezelf zeggen, me ervan bewust dat dit weleens een gevaarlijke vergissing zou kunnen zijn.

Mevrouw Visser gaf me nog een lijst van dingen die ze nodig had: schone luiers, een wandelwagen en twee sets schone kleertjes. Het leven van Pup in de buitenwereld kon beginnen.

Een paar dagen later deed mevrouw Visser open in een panterprintjurk die de vetrollen rondom haar middel accentueerde. Haar witblonde haar was hoog opgekamd en de hemelsblauwe eyeliner rondom haar ogen rommelig aangebracht.

'Is je vrouw niet meegekomen?'

'Die is ziek.'

'Je mag binnenkomen, maar je moet wel je schoenen uitdoen,' zei mevrouw Visser, terwijl ze geringschattend naar mijn voeten keek. 'Ik wil geen viezigheid in huis.' Zelf droeg ze pluizige witte sloffen met konijnenoren.

Ik deed mijn schoenen uit en liep achter haar aan. De hal rook sterk naar schoonmaakmiddel. In de hoek van de woonkamer stond een box met kinderspeelgoed en ik zag ook een wipstoel staan. Mevrouw Visser nam Pup van me over en hield haar in de lucht. 'Hallo, lekker ding,' zei ze met haar doorrookte stem. Het klonk angstaanjagend.

Pup keek haar verbaasd aan.

'Het is niet bepaald een lachebek, maar wat een ógen!' zei mevrouw Visser. 'Hoe heet ze nou ook alweer?'

Hier had ik over nagedacht. 'Pauline,' zei ik. 'Maar we noemen haar Pup.'

Mevrouw Visser fronste. 'Het is toch geen hond?'

Ik besloot om mijn mond te houden.

'Als je het niet erg vindt, noem ik haar liever Pauline.' Ze zette Pup op de grond. 'Godskolere, ze is wel zwaar, zeg.'

'Gaat het wel lukken?' vroeg ik bezorgd.

'Ik heb twee kinderen grootgebracht, wat denk je zelf,' zei mevrouw Visser. 'Wat is er met je vrouw? Toch niets ernstigs, hoop ik.'

Ook hier had ik over nagedacht. 'Mijn vrouw heeft MS,' zei ik. 'Daarom kan ze niet meer voor ons kind zorgen. Ik zal dus degene zijn die Pup haalt en brengt.'

'Wat verschrikkelijk!' riep mevrouw Visser uit. 'Nou, dan zal tante Jans extra goed voor jou zorgen, hoor,' kirde ze tegen Pup.

Nog steeds zat Pup mevrouw Visser verbaasd in zich op te nemen. Behalve mij en Marianne had ze nog nooit een ander mens gezien. Ook was ze nog nooit in een huis geweest.

'Wat voor werk doe je?'

'Ik werk bij de gemeente,' zei ik. 'Ambtenaar.' Het leek me beter om niet al te veel details prijs te geven.

'Alles komt goed, hoor,' zei mevrouw Visser geruststellend. 'De eerste keer je kind achterlaten is natuurlijk altijd even spannend. Maar wij gaan het heel gezellig krijgen, hè, Pauline?' Ze porde met haar vinger in Pups zij. Misschien was het bedoeld als kietelen.

Het was duidelijk de bedoeling dat ik zou gaan. 'Goed dan,' zei ik. Ik kuste Pups zachte wang.

Die dag kwam er niet veel uit mijn handen. Ik durfde niet het water op te gaan, voor het geval Pup niet zou kunnen wennen. Met een weeïg gevoel dat verdacht veel op heimwee leek, fietste ik doelloos door de stad, at voor het eerst in lange tijd weer een broodje paling en kocht een nieuwe trui voor Marianne in de kleur lichtblauw. Hij was van zacht pluizige angorawol en zou prachtig bij haar donkere haar en de kleur van haar ogen staan.

'Is het een cadeautje?' vroeg de winkeljuffrouw, een vrouw die wel wat van Bettina weghad.

'Ja,' zei ik.

'Dan boft ze maar.' Ze maakte er veel werk van om de trui te verpakken in zilverkleurig papier met een overdadige hoeveelheid witte linten.

Aan het eind van de middag trof ik Pup in de wipstoel aan terwijl mevrouw Visser haar een witte boterham met hagelslag voerde. Toen ik haar een kus gaf, rook ik een zoete synthetische geur.

'Hoe is het gegaan?' vroeg ik.

'Geweldig,' zei ze. 'Wat een lief kind.' Ze pauzeerde even en zei: 'Ik wil niet vervelend doen, maar ze was wel erg vies. Misschien heeft meneer geen tijd om haar in bad te doen, zo met een zieke vrouw en alles, dus heb ik het maar gedaan. En dat vond je lekker, hè schat?'

Pup keek vol aanbidding op naar mevrouw Visser. Ze zag eruit als iedere andere baby. Ik had op dat moment wel kunnen janken van dankbaarheid. Mevrouw Visser legde goedmoedig haar hand op mijn arm en zei: 'Het komt allemaal goed, schat. Tante Jans is er voor je.'

Weer terug op Vogeleiland lag Marianne nog steeds roerloos op bed.

'Kijk eens.' Ik hield het pakje onder Mariannes neus.

Ze bleef gewoon liggen en maakte geen enkele aanstalten om het cadeau aan te pakken.

'Wil je niet weten wat erin zit?'

Weer geen reactie.

Ik moest het zelf uitpakken en als een lappenpop stond ze toe dat ik de trui bij haar aantrok. Ondertussen vertelde ik over mevrouw Visser. Ik hoopte dat Marianne zou begrijpen dat ik mijn best deed en dat misschien wel zou waarderen. Maar de hele tijd keek ze voor zich uit met een lege gezichtsuitdrukking. Pas veel later zei ze: 'Waarom verdrink je d'r niet als ze zo in de weg zit?'

Nicole

Is alles nu voorbij? Moet ik terug naar Nederland? Ik weet niet wat ik moet doen, dus staar ik domweg voor me uit op de bank, niet in staat om heldere gedachten te vormen. Behalve deze: had ik maar wijn in huis.

Ik mis mijn vriendinnen. Misschien vinden hun kinderen mij eindelijk leuk nu ze wat ouder zijn en ik meer tot rust ben gekomen. Misschien mag ik mee naar de zandbak. Misschien willen Marly en Eva wel weer eens iets doen zónder kinderen.

Ik mis Casper. Hoe zijn haar rook naar iets rozemarijnachtigs, hoe hij altijd moest lachen om kinderachtige series en hoe hij 'nietwaar' zei na bijna elke zin. Ik mis zijn klaarkomgezicht. Ik mis zelfs de laatste paar maanden waarin uit alles, elk gebaar, elk woord, zelfs zijn manier van ademhalen bleek dat hij genoeg van me had. Ik mis dat ik tegen hem aankroop en zijn lichaam voelde verstarren. Of dat ik hem naar mij zag kijken met een afkeurende blik en ik vroeg of er iets was en hij alleen maar antwoordde: 'Zit niet zo op mij te letten.' Ik mis dat ik met hem op een feestje kwam en precies wist welke vrouw hij aantrekkelijk zou vinden en hoopte dat hij niet met haar zou gaan praten. En als hij dat toch deed, eigenlijk kon je de klok er wel op gelijkzetten, ik weer deed alsof het me niets kon schelen.

Ik mis mijn moeder, haar gejaagde manier van praten, het eindeloze herhalen, de vele vragen die ze me stelt zonder ooit naar de antwoorden te luisteren.

Ik mis zelfs mijn vader. Het zwijgen. De nietszeggende blik. De lege whiskyflessen die allang niet meer worden verstopt.

Alles is beter dan alleen zijn.

Een auto toetert. Door een kier van de luiken zie ik een vrouw van middelbare leeftijd achter het stuur van een feloranje Seat Marbella zitten. Ik heb geen zin om naar buiten te gaan. Maar de vrouw lijkt niet van plan om op te geven. Ze toetert opnieuw, langer deze keer. Het is verrassend hoeveel geluid er uit zo'n kleine auto komt.

Dora is al naar de voordeur gerend en staat kwispelend te wachten. Kennelijk denkt ze nog steeds dat mensen leuk zijn. Zuchtend sta ik op en doe open.

De vrouw die uit haar auto stapt, draagt een smerige overall met veiligheidsschoenen en lijkt zich volkomen op haar gemak te voelen. 'Hi Dora,' zegt ze en aait de hond over haar hoofd. Dan begint ze tot mijn stomme verbazing in het Nederlands tegen me te praten.

'Ik had je al eerder willen opzoeken, maar het was er nog niet van gekomen.'

'O...' zeg ik.

'Ik begrijp dat je kennis hebt gemaakt met mijn zoon vanochtend.'

'Is dat uw zoon?' Mijn stem klinkt nog fragiel van het huilen.

'Ja, hij is... Het spijt me enorm.' Ze kijkt alsof ze het meent.

'U weet wat hij heeft gedaan?'

Ze zucht. 'Ik ben bang van wel. Paco bedoelt er helemaal niets mee, en in het dorp zijn ze er zo langzamerhand wel een beetje aan gewend. Maar ik begrijp dat het voor jou een beetje schrikken was.' Een voorzichtige glimlach.

Mijn reflex is om terug te glimlachen, maar ik doe het niet.

'Mijn man had al spijt dat hij hem had meegenomen toen hij de auto kwam afleveren. Als hij had geweten dat je zo jong en knap bent, had hij dat natuurlijk nooit gedaan. Paco heeft zichzelf niet goed in de hand. Als hij iemand leuk vindt, dan ja... Dan maakt hij dat duidelijk.'

'Hij stond te rukken op mijn tuinpad.'

'Het spijt me,' zegt de mevrouw nogmaals. 'Ik hoop dat je het snel kunt vergeten.' Ze heeft vriendelijke bruine ogen. 'Mijn zoon heeft bij de geboorte een zuurstoftekort gehad. Voor een redelijk groot deel functioneert hij normaal. Hij kan autorijden, helpt zijn vader in de zaak... Maar op sommige gebieden is hij net een kind van vier. De volgende keer dat hij hier komt, moet je me meteen bellen.'

'Ik heb geen mobiel bereik.'

'Och nee, natuurlijk niet. Dan gooi je maar koud water over hem heen, dat doet het meisje van het pompstation ook altijd.'

Tot mijn eigen verbazing schiet ik in de lach.

'Ik ben blij dat je er de humor van in kunt zien. Ik heet Adèle. Als ik je ergens mee kan helpen, of je voelt je eenzaam, of er is wat dan ook, bel me, als je bereik hebt tenminste. Of kom langs. We wonen naast de garage.'

'Dank je wel,' zeg ik.

'Nogmaals, het spijt me.'

We blijven nog even met elkaar praten. Adèle heeft Alfonso, de garagehouder, ontmoet tijdens een vakantie in Torremolinos, al weer vijfentwintig jaar geleden. Al sprak Adèle nauwelijks Spaans, het was liefde op het eerste gezicht. Ze zegde haar baan op als stewardess en helpt sindsdien in de garage. Ze mist Nederland nooit. Vroeger ging ze nog eens per jaar terug om haar familie te bezoeken, maar ook dat doet ze niet meer.

'Kende je mijn tante Willy goed?' vraag ik.

'Jazeker. Ze kwam af en toe langs in de garage om te kletsen. En ik kwam ook weleens hier.'

'Hoe was ze?'

Adèle denkt even na. 'Een leuk mens. Tevreden.'

'Jammer dat ik haar nauwelijks heb gekend.'

Ze legt haar hand op mijn arm. 'Ze had jou vast geweldig gevonden. Een stoere meid die niet bang is om hier helemaal in haar eentje te wonen.'

'Ik ben wél bang,' zeg ik.

Adèle kijkt me geduldig aan, alsof zij iets over mij weet wat ik zelf nog lang niet doorheb. 'Maar je doet het toch.'

Berend

Mevrouw Visser bleek een geschenk uit de hemel. Eindelijk kon ik weer ongestoord mijn werk doen. 's Morgens bracht ik Pup naar haar toe, zodat ik de rest van de dag ongestoord de kadavers uit de vallen kon halen en de oevers kon afspeuren naar nieuwe locaties waar de muskusratten hun nesten konden hebben gebouwd. Het waren er veel dat jaar, met dank aan de zachte winter. Anders dan voorheen voer ik dagelijks langs Vogeleiland om Marianne haar eten te brengen. Soms gooide ze spullen naar mijn hoofd, schreeuwde ze dat ik een moordenaar was, een crimineel, een kinderverkrachter en dat ik zou branden in hel. Daar kon ik nog wel mee omgaan. Waar ik maar niet gewend aan raakte waren haar roerloze rug en het zwijgen. Soms smeekte ik haar: 'Alsjeblieft, Marianne, praat met me. Zeg alsjeblieft dat je me op een dag zult vergeven.' Maar hoe meer ik om haar begrip vroeg, hoe hardnekkiger ze me negeerde. Ondanks de pijn die ze me daarmee deed, bleef ik altijd voor haar vechten. Ik wist zeker dat er ooit een betere periode aan zou breken.

Doordeweeks sliepen Pup en ik in de schuur. In de weekenden verbleven Pup en ik op het eiland. Die dagen waren zwaar. Pup had niet het geduld om lang in de hut te blijven. Het liefst rende ze met haar korte beentjes over het eiland waar opeens overal gevaren bleken te zijn. Regelmatig liep ze het riet in of viel ze voorover in het water. Of ze botste met haar hoofd tegen een laaghangende tak of kwam in de brandnetels terecht. 'Wat doe je toch met dat kind?' vroeg mevrouw

Visser verwijtend. 'Je moet beter opletten.' Dus rende ik de hele dag achter haar aan om te voorkomen dat ze onder de schrammen zou komen te zitten. Het enige moment waarop ik rust had, was als ze haar middagslaapje deed.

En dan was er nog Marianne om voor te zorgen. In het weekend waste ik haar, kamde ik de klitten uit haar haren en probeerde ik haar te interesseren voor haar omgeving. Als het droog was, nam ik haar mee naar buiten en dwong ik haar een rondje te lopen over het eiland. 'Kijk om je heen,' zei ik dan. 'Zie je de eerste pinksterbloemen bloeien, hoor je dat de tjiftjaf terug is uit het zuiden?'

In het beste geval gromde ze als antwoord.

Een keer voer er een kajak de lagune in toen we ons stonden te wassen. Ik zag de punt op tijd de bocht om komen en nam Marianne snel mee naar de kant. Er zat een jongeman in met een verrekijker om zijn nek die nieuwsgierig om zich heen keek.

Iets flikkerde in Mariannes ogen. Ik legde voorzichtig een hand over haar mond en duwde haar met mijn andere hand naar beneden zodat we uit zicht waren. Samen bleven we zo op de grond liggen wachten. Marianne haalde snuivend adem. Ik voelde haar speeksel tegen mijn handpalm. Haar natte lichaam trilde.

De man in de kajak was allang weer weggevaren, maar ik kon me er niet toe zetten om overeind te komen. Ik sloeg mijn armen om haar heen en kuste haar op het haar. 'Mijn allerliefste Marianne,' fluisterde ik. 'Waar zijn we in terechtgekomen?'

Tot mijn verbazing liet ze zich troosten en duwde haar magere lichaam tegen me aan. Ik durfde niet te bewegen, bang om het moment te verbreken.

Na een tijdje zei ze: 'Ik zou het aan niemand vertellen, weet je.'

'Hoe bedoel je?'

'Als je me vrij zou laten, zou ik aan niemand over jou vertellen. Weet je nog wat we hadden afgesproken over de Dordogne?'

Ik antwoordde niet en aaide over haar hoofd.

'Of ik zou echt naar de Dordogne kunnen gaan. En nooit meer terugkeren naar Kampen. Je weet dat je me kunt vertrouwen.'

'Och liefste,' zei ik alleen maar.

Nicole

Ik zorgde er altijd voor dat mijn cijfers goed waren, zodat niemand zich druk over mij hoefde te maken. Maar bovenal wilde ik geen enkel risico lopen dat ik zou blijven zitten of voor mijn eindexamen zou zakken. Er leek maar één manier om uit de ellende te ontsnappen, en dat was studeren. Om die reden had ik ook voor de havo gekozen in plaats van het vwo: een jaar eerder vrijheid. Ik had expres een studie uitgezocht die ik niet in Zwolle of Kampen kon doen, HEAO-Communicatie in Utrecht. Ik had geen idee wat deze studie inhield, ik zou erna 'iets' in de reclame, voorlichting of pr kunnen doen, beroepsgebieden die achteraf gezien uitstekend bij mij pasten. Voelde ik immers niet precies aan wat mensen wilden horen, hoe en wanneer?

Mijn moeder was er pertinent op tegen dat ik het huis uit zou gaan. 'Hoe moet ik dan weten of je veilig bent,' jammerde ze. 'Je kunt ons dit niet aandoen.'

'Het is te ver om op en neer te reizen,' zei ik. 'En je kunt me elke dag bellen.'

Mijn vader zei niets over mijn aanstaande vertrek. Hij zei sowieso steeds minder. Inmiddels was hij volledig afgekeurd voor zijn werk. Nog steeds zat hij overdag op de bank, al dan niet rechtop slapend, en fietste hij 's nachts door de stad op zoek naar Marianne. Hij douchte alleen nog op commando van mijn moeder. Hij at niet meer bij ons aan tafel. Mijn moeder zette zijn bord met eten op de salontafel voor hem neer. Hij nam een paar happen met zijn blik op het raam gericht en kauwde onnodig lang alsof hij was vergeten dat hij moest doorslikken.

Meestal greep mijn moeder dit moment aan om boos te worden. Ze begon dan tegen hem te schreeuwen dat hij niet zo lamlendig moest doen, dat hij moest blijven vechten, dat hij Marianne op deze manier in de steek liet. Hij was niet de enige die het zwaar had. We moesten er allemaal het beste van maken, elke dag opnieuw.

Het maakte niet uit wat mijn moeder er allemaal uit gooide, alle woorden leken tegen hem af te ketsen als stenen tegen een betonnen muur. Op een gegeven moment gaf mijn moeder het schreeuwen op, barstte in huilen uit, liet zich in mijn armen vallen en zei tegen mij: 'Gelukkig heb ik jou nog.'

Terwijl ik haar schokkende rug aaide, haar tranen door mijn kleren heen op mijn schouder voelde lekken, dingen zei als 'rustig maar, mama' kon ik maar aan één ding denken: over drie maanden zit ik in Utrecht.

Na het examen ging ik werken bij de HEMA. De bedrijfsleidster leek precies te weten wie ik was, zonder dat ze ooit over Marianne begon, en ik kon werken wanneer ik wilde. Alsof ze mij een gunst verleende in plaats van andersom.

Ik stond achter de kassa toen mijn moeder met een verhit gezicht en een koortsachtige gloed in haar ogen de winkel binnen kwam wandelen. 'Nicole!' riep ze al vanaf een grote afstand met schrille stem. 'Nicole!'

Ik keek beschaamd om me heen. Afgezien van twee meisjes die ongetwijfeld aan het spijbelen waren en lipsticks uitprobeerden, was er niemand. Bettina kwam uit haar kantoortje de winkel in gelopen en keek mijn moeder met perfect geëpileerde opgetrokken wenkbrauwen aan.

'Ze hebben haar gevonden,' riep mijn moeder. 'Ze hebben haar gevonden!' Ze stond inmiddels voor de kassa. 'Je moet mee naar huis komen.'

Onwillekeurig trok mijn ooglid samen.

Bettina kwam naast me staan en legde haar hand op mijn schouder: 'Ga maar, Nicole,' zei ze. 'We redden het vandaag wel.'

In de eerste periode na de verdwijning had ik steeds het gevoel dat er elk moment een doorbraak kon zijn. Marianne zou weer opduiken, iemand zou haar ergens zien, haar fiets zou worden gevonden of ze zou een kaartje sturen. Altijd verkeerde ik daardoor in een staat van alertheid, ik sliep zelfs bijna niet, bang dat ik het grote moment zou missen. Nu, vier jaar later, was dat gevoel omgeslagen in het tegenovergestelde. Ik geloofde er niet meer in dat we ooit nog iets zouden horen en had me ingesteld op een leven lang wachten.

Bettina schudde me zachtjes door elkaar. 'Hey,' zei ze. 'Ga maar.'

Ik liep naar achteren en pakte mijn zomerjas. Een felroze gekleurd ding zoals veel meisjes op school die ook droegen; Marianne had hem vast afschuwelijk gevonden. Daarna fietste ik achter mijn moeder aan naar huis. Na een koude regenachtige week, was vandaag de zon weer doorgebroken. Mensen zaten op bankjes voor hun huizen en dronken koffie, zichtbaar vrolijk door het betere weer. Tegen de tijd dat we bij ons huis aankwamen, was ik bezweet.

Christine zat al op de bank te wachten. Mijn vader had zich zowaar bewogen en koffie voor haar gezet.

'Goed,' zei Christine. 'Er is nieuws.'

Mijn moeder pakte mijn hand en kneep erin.

'Vannacht is er een lichaam aangespoeld in Makkum.' Voordat mijn moeder iets kon zeggen, ging ze verder: 'We kunnen nog niet zeggen of het Marianne is, maar het is een jonge vrouw. Het lichaam heeft zeker een paar jaar in het water gelegen, dus dat maakt het niet makkelijker. Er wordt nu onderzoek gedaan.'

'Maar dan is ze dood,' zei mijn moeder met schrille stem.

'Het is op dit moment nog onmogelijk om de identiteit vast te stellen,' zei Christine. 'Het kan een paar dagen duren om DNA te onttrekken. De reden dat ik jullie inlicht is dat ik het naar zou vinden als jullie dit via de media vernemen en tot allerlei conclusies komen.'

'Wanneer krijgen we de uitslag?' vroeg mijn moeder.

'Dat is niet te zeggen. Maar ik hoop over enkele dagen.' Christine glimlachte meelevend. 'Het klinkt vreemd, maar ik hoop dat jullie eindelijk duidelijkheid krijgen.'

'Dank je wel,' zei mijn vader.

Mijn moeder perste haar lippen op elkaar. Ik vroeg me af hoe het verder met haar moest als het zoeken voorbij zou zijn.

Het duurde niet lang of de media hadden lucht gekregen van de vondst van het lijk. Tegen het uitdrukkelijke advies van Christine in had mijn moeder toch met een journalist gesproken en er verscheen een artikel in *De Telegraaf* met de dramatische kop: 'Marianne, ben jij het?'

De dagen die volgden leken op de eerste paar maanden na de verdwijning. Opeens zat ons huis weer vol met buren, klasgenoten, de dominee, soms met mensen die we al een hele tijd niet meer hadden gezien. Er werden weer maaltijden gebracht, zelfs de ouders van mijn vader stonden opeens voor de deur. Ik begroette ze zo vriendelijk mogelijk en vroeg me af hoe mijn moeder zou reageren op hun komst. Na de kerkdienst hadden we nauwelijks meer contact gehad. Wel knikten ze sindsdien met een ernstig gezicht naar ons wanneer we hen op straat tegenkwamen. Een keer meende ik dat mijn oma heel zachtjes 'dag' tegen me zei.

'We komen onze steun betuigen,' zei mijn opa.

'Dank u.' Ik wist niet of ik ze moest binnenlaten. Veel tijd om daarover na te denken had ik niet, want mijn moeder stond al in de gang. Ik deed behoedzaam een stap naar achteren terwijl mijn moeder en haar schoonouders elkaar ongemakkelijk aankeken. Mijn opa met een trotse, onverstoorbare blik, mijn oma schuchter tussen haar wimpers door, mijn moeder met onverholen agressie. 'Kom maar binnen dan,' zei ze ten slotte. Ik hoorde mezelf opgelucht ademhalen.

Mijn grootouders gingen op de bank zitten, tussen de buurvrouw van nummer 67 en Bettina in, die na het werk was langsgekomen met tompoezen. Mijn opa keek afkeurend naar haar rok die boven de knie viel en de witte leren laarsjes die ze eronder droeg.

'Wanneer horen jullie iets?' doorbrak de buurvrouw van 67 de stilte.

'Dat weten we niet,' zei mijn moeder.

Daarna werd er weer een hele tijd niets gezegd. Buiten hoorde ik kinderen voetballen op straat. Ik bood mijn grootouders een tompoes aan, die ze afsloegen. Mijn moeder ging theezetten. Mijn vader zat in zijn eentje aan de eettafel. Hij maakte een verwarde indruk nu zijn vaste plek op de bank ineens bezet werd door anderen. Ik keek naar de foto's van Marianne op de schoorsteenmantel. Marianne als peuter, lachend in de zandbak. Marianne en ik in de Efteling. Mariannes eerste dag naar de middelbare school op haar gloednieuwe fiets en een veel te grote schooltas. Daarnaast stonden fotosimulaties van hoe Marianne er nu uit zou zien. Op de meest recente was ze een jonge vrouw van twintig en droeg ze een witte blouse met een spijkerjasje. Haar donkere haar hing golvend over haar schouders en ze glimlachte opgewekt. Het was de Marianne zoals we haar graag hadden willen hebben: een gezellige dochter die hielp met de afwas en op tijd thuiskwam voor het eten.

'Ik hoop dat ze haar hebben gevonden,' zei de buurvrouw van 67. 'Dan hebben jullie eindelijk rust.'

Het was het type opmerking dat mijn moeder compleet uit haar plaat kon laten gaan. De grens tussen wat je wel en wat je niet tegen haar kon zeggen was dun en veranderde voortdurend. Toch voelde ik hem altijd feilloos aan. Dat kon je niet van anderen verwachten en al helemaal niet van de buurvrouw van nummer 67 die volgens de geruchten weleens topless lag te zonnen op haar balkon. Ik zag mijn moeders mond veranderen in een witte streep, maar ze ging er niet op in.

Een paar minuten later zei Bettina dat ze een afspraak had en moest gaan. Ze stond op en schuifelde voor mijn grootouders langs waarbij haar billen bijna het gezicht van mijn opa raakten. Verschrikt ging hij naar achteren zitten.

'Bedankt voor de tompoezen,' zei ik. Ook mijn moeder bedankte haar. De voordeur sloeg dicht. Door het raam zag ik Bettina met een opgeluchte blik op de fiets stappen. Ik hoopte dat iedereen naar huis zou gaan, zodat ik op mijn kamer kon gaan zitten en kon doen alsof er niets aan de hand was. Daar was ik heel goed in. Opeens schoot mijn moeder overeind. 'Daar is Christine,' zei ze.

Ik voelde me licht worden in mijn hoofd, misschien was ik al een tijd ongemerkt aan het hyperventileren.

'We hebben nieuws,' zei Christine, terwijl ze de woonkamer binnenstapte. Ze knikte naar de aanwezigen en zei: 'Christine van Engelen. Recherche.'

Mijn vader was gaan staan en de buurvrouw en ik deden hetzelfde. Alleen mijn grootouders bleven zitten.

'Het spijt me,' zei Christine. 'We kunnen geen overtuigende match maken. Dat betekent dat we niet met zekerheid kunnen vaststellen of dit Marianne is. Maar we kunnen het ook niet uitsluiten. Het lichaam heeft dermate lang in het water gelegen dat er geen goed DNA verkregen kan worden. Daarnaast zijn er geen goede gegevens van Mariannes gebit beschikbaar. Het enige wat we kunnen vaststellen is dat het gebit, net als dat van Marianne, twee vullingen heeft, zowel rechts- als linksboven. Maar dat is niet genoeg voor een absolute identificatie.'

Ik keek gespannen naar mijn moeders gezicht. Er leek een kort moment van teleurstelling te zijn, maar daarna was ze zowaar opgetogen. 'Marianne leeft dus nog,' zei ze in volle overtuiging.

Mijn vader zakte in elkaar op de stoel en verborg zijn hoofd in zijn handen.

Christine zei: 'Het spijt me, Toni. Ik had graag zekerheid gegeven.'

'Ik wist het wel.' Mijn moeder klonk nu ronduit manisch. 'Een moeder voelt dat. Bovendien heb ik vannacht nog over haar gedroomd. Ze zat in een bootje en voer over een meer. Ze zag er heel gelukkig uit en zwaaide zelfs naar me.' Ze glimlachte bij de herinnering.

Christine richtte zich nu tot mij. 'Gaat het, Nicole? Misschien kun je beter gaan zitten.'

Pas toen realiseerde ik me dat ik zwarte vlekken voor mijn ogen zag. Ik trilde over mijn hele lichaam, het was een kwestie van tijd voordat ik door mijn benen zou zakken. Christine pakte mijn arm en hielp me in de fauteuil. 'Rustig blijven ademen,' zei ze. 'In en uit...' Ze deed het voor en ik ademde met haar mee. Voor de zoveelste keer wenste ik dat ik voor altijd bij haar kon blijven.

Mijn grootouders gingen staan. 'We gaan,' zei mijn opa. 'Dan kunnen jullie op jezelf zijn.'

'Wat?' zei mijn moeder.

Mijn opa schraapte zijn keel. 'We gaan,' herhaalde hij op rustige toon.

'Ja, gaan jullie maar,' riep mijn moeder nu met overslaande stem. 'Er valt niks meer te beleven hier, wel? De voorstelling is weer afgelopen!'

'We vinden het heel erg,' zei mijn opa opvallend beheerst. 'We zullen voor jullie bidden.'

'Bidden! Alsof dat helpt!' Mijn moeder was nu gaan schreeuwen. 'Jullie kénnen Marianne niet eens! Nooit hebben jullie naar haar omgekeken en nu opeens gaan jullie bidden?'

Mijn opa duwde mijn oma snel verder de gang in, maar die bleef wonderlijk genoeg staan. Misschien was ze ook een *freezer*, net als ik. Misschien leken we op heel veel manieren op elkaar en zouden we dat nooit te weten komen.

'Wat zijn jullie voor mensen?' ging mijn moeder verder. 'Altijd maar bezig met jullie God, maar een hart hebben jullie niet.' Het leek erop of ze mijn opa elk moment kon aanvliegen.

'Genoeg!' brulde mijn vader opeens en hij sloeg met zijn vuist op tafel. 'Ik kan hier niet meer tegen, Toni. Ik kan het niet meer aan.'

Mijn moeders mond ging open en dicht. Ik zag dat ze elk moment kon gaan huilen. De buurvrouw van 67 liet zich geluidloos op de bank zakken met een sensatiebeluste blik in haar ogen.

Weer was het Christine die het hoofd koel hield. 'Ik begrijp het, Willem,' zei ze zachtjes. 'Het is onmenselijk waar jullie doorheen gaan. Niemand zou dit aankunnen.'

Het was moeilijk te zeggen of mijn vader huilde, want hij maakte geen geluid, maar zijn neus werd rood en zijn ogen ook.

Mijn opa gaf mijn oma weer een duwtje in haar rug. 'Goed, tot ziens,' zei hij. Deze keer liet mijn oma zich wel naar buiten leiden.

'Ja, gaan jullie maar,' zei mijn moeder. 'Opgerot staat netjes.'

'Toni...' zei Christine.

Nadat de voordeur dichtgevallen was, viel er een verschrikkelijke stilte. Christine liep naar de buurvrouw toe en zei zachtjes dat zij ook maar beter kon gaan. Daarna bleven we met zijn vieren over.

'Ik meende wat ik zei, Toni,' zei mijn vader toen. 'Ik wil niet meer.'

'Hoe bedoel je?' vroeg mijn moeder. De paniek was hoorbaar in haar stem. Ze ging achter mijn vader staan en legde haar handen op zijn schouders. Ik realiseerde me dat ik me niet meer kon herinneren wanneer ik ze elkaar voor het laatst had zien aanraken. Zenuwachtig begon ze zijn schouders te masseren. Hij schudde haar van zich af. Met een gekwetste uitdrukking op haar gezicht zette mijn moeder een stap naar achteren.

'Ik wil scheiden,' zei mijn vader toen.

'Willem,' zei Christine. 'Je bent net door een rollercoaster van emoties gegaan. Dit is niet het moment om grote beslissingen te nemen.'

Mijn vader schoof abrupt de stoel naar achteren en ging staan. Toen liep hij de kamer uit en de trap op.

'Dit kan toch niet?' riep mijn moeder. 'Dit kan hij toch niet maken?' Nu barstte ze wel in huilen uit. We hoorden mijn vader boven onze hoofden heen en weer lopen. Daarna kwam hij de trap af met een koffer.

Mijn moeder rende de gang in. 'Waar ga je naartoe?' gilde ze.

'Weg,' zei mijn vader. 'Dat zie je toch?'

Mijn moeder stortte zich op de grond en klampte zich aan zijn benen vast. 'Je kunt niet weggaan. Blijf alsjeblieft hier.'

Mijn vader worstelde zich los uit haar greep en stapte naar buiten.
Mijn moeder bleef huilend in de gang liggen.
Ik zou dat jaar niet in Utrecht gaan wonen, dat was duidelijk.

Berend

De vraag was welke complicatie zich eerder zou aandienen: de boerderij die verkocht werd of Pup die zou gaan praten.

Waarschijnlijk was ik de enige vader ter wereld die blij was dat zijn kind een langzame leerling was. Tegen de tijd dat ze twee jaar oud was, kwam ze niet veel verder dan de woorden 'papa', 'eten', 'vogel' en 'die'. Verder leek ze zich normaal te ontwikkelen. Waar Pup als baby serieus en in zichzelf gekeerd was geweest, was ze nu een vrolijk peutertje. Ze luisterde geïnteresseerd naar het constante geklets van mevrouw Visser en speelde vaak met het achterbuurmeisje dat twee maanden ouder was. De twee meisjes dansten samen op schlagermuziek, legden puzzels en bouwden torens van Duplo. Wanneer het warm weer was, zette mevrouw Visser een opblaasbadje in de tuin. Ik kon ze soms al horen gillen van plezier wanneer ik mijn fiets bij het tuinhekje neerzette. Het was duidelijk dat Pup het heerlijk vond dat ze een leeftijdgenootje had om mee te spelen, dus ook dát wilde ik niet van haar afnemen.

Inmiddels kocht mevrouw Visser ook kleding voor Pup. Felroze truitjes waar SUPERSTAR of SWEETHEART op stond met bijpassende leggings. Ze gaf mij de bonnetjes die ik altijd meteen met haar afrekende.

Daarnaast bleef mevrouw Visser erop aandringen dat ze de moeder van Pup wilde bezoeken. 'Het is toch niet meer dan normaal dat ze weet wie er op haar kind past?' gaf ze als argument. Ze was erg met het lot van 'Miriam', zoals ik mijn fictieve vrouw had genoemd, begaan. Ze had zelfs een sjaal voor haar gebreid. Na de zoveelste keer, mevrouw Visser wilde zelfgebakken appeltaart langsbrengen, vertelde ik dat 'Miriam' inmiddels was opgenomen in een zorginstelling en niemand wilde zien.

'Het arme mens,' zei mevrouw Visser.

'Het is vreselijk.' Ik dacht eraan hoe Marianne in het donker zat weg te kwijnen en de tranen schoten me in de ogen. Snel veegde ik ze weg met de rug van mijn hand. 'Ze is een schim van zichzelf geworden. Ze was vroeger zo levendig. Je had haar moeten zien, echt een prachtige vrouw. Maar nu... Nu praat ze niet eens meer en zit alleen maar voor zich uit te staren. Het ergste is dat ze zelfs niet in haar eigen kind is geïnteresseerd.'

'Och, jongen toch,' zei mevrouw Visser. 'Dat valt allemaal niet mee.'

Pup keek op van de puzzel die ze aan het leggen was. 'Beer niet huilen,' zei ze.

'Het is je váder,' zei mevrouw Visser.

De verkoop van de boerderij had langer geduurd dan verwacht, waar ik dankbaar voor was, maar de timing kon niet ongelukkiger. Ik had gehoopt dat we de winter nog in de schuur hadden kunnen overbruggen.

Ik ruimde alles op, verkocht het grootste deel van mijn gereedschap en zette het meubilair bij het grofvuil. Eén ding zat me nog dwars: de fiets van Marianne.

Toen we de eerste keer naar Vogeleiland vertrokken, had ze haar fiets bij mij achtergelaten in de schuur. Destijds had ik er niet bij stilgestaan dat het ding weleens een belangrijk aanknopingspunt zou kunnen worden in de vermissingszaak. Inmiddels was hij genoemd in *Opsporing Verzocht* en in diverse krantenartikelen. De fiets zou nooit gevonden mogen worden.

Ik besloot dat hij zo ver mogelijk bij Kampen vandaan moest verdwijnen. Om te beginnen spoot ik het frame zwart en kraste ik het serienummer onder het zadel weg. Daarna fietste ik ermee naar het station. Het was een vreemde sensatie om op Mariannes fiets, waar zoveel mensen al naar hadden gezocht, te rijden. Ik had het gevoel dat elk moment iemand naar mij zou wijzen en roepen: 'Daar heb je hem!' Ik kocht een kaartje naar Amsterdam. Op de automaat hing ironisch genoeg de *We houden van je. We missen je. Kom terug.*-poster.

In Amsterdam fietste ik naar de hoek van het Singel en de Brouwersgracht. Daar stapte ik af en laveerde de fiets tussen de geparkeerde auto's door. Het was rustig in de stad, maar alsnog overviel het me: het lawaai, de stank, het gebrek aan groen.

Ik bleef aan de rand van de gracht staan, tussen twee woonboten in. Het donkere water klotste zachtjes tegen de kade. Ik keek nog een keer om me heen of niemand mij zag. Daarna duwde ik de fiets de gracht in. Het hele proces duurde slechts enkele seconden. Het was alsof ik opnieuw afscheid nam van een deel van de oude Marianne.

Toen ik me omdraaide, keek ik recht in het gezicht van een oude mevrouw met een wit hondje.

'Ben jij wel helemaal lekker?' vroeg ze.

Ik hapte naar adem. In gedachten herhaalde ik mijn mantra: *Hoe normaler je zelf doet, hoe normaler anderen het vinden.* 'Fiets van mijn ex,' zei ik en ik knipoogde erbij om duidelijk te maken dat ik eigenlijk een heel aardige man was.

'Dan zal ze dat wel verdiend hebben,' zei de vrouw. Ze wachtte af of er nog meer informatie zou komen, maar ik vond het genoeg geweest. 'Een knappe vent als jij blijft vast niet lang alleen,' zei ze en ze liep door. Het hondje dribbelde met haar mee. Hij had o-benen en zijn witte vachtje was vergeeld.

Op het station haalde ik een patatje met mayonaise en een biertje. Met een bijna euforisch gevoel reisde ik terug naar Kampen.

Dat we niet meer op de boerderij konden slapen, maakte het leven ingewikkeld. Mevrouw Visser had haar getatoeëerde wenkbrauwen vast afkeurend gefronst als ze de schuur had gezien. Om nog maar te zwijgen over de hut. Elke dag leefde ik in de angst dat Pup zou vertellen dat we met de boot naar huis gingen, dat we op een eiland woonden, deels onder de grond, dat we geen stromend water hadden, geen elektriciteit en dat haar moeder vastgebonden zat aan het bed. Pup kon inmiddels korte zinnetjes maken en kende de namen van bijna alle vogelsoorten die op het eiland te zien waren. Ze was nauwelijks in Marianne geïnteresseerd. Het enige wat ze deed wanneer we de hut binnenkwamen was naar haar wijzen onder het uitroepen van: 'Die!' Later veranderde dat in 'ding'. Het leek niet in haar op te komen dat dit haar moeder was en Marianne deed nooit een poging om haar op andere gedachten te brengen.

'Je kunt je eigen kind toch niet negeren?' vroeg ik haar.

'Ik heb geen kind,' was steevast haar antwoord.

Het was elke dag een worsteling om met Pup de overtocht te maken en op tijd bij mevrouw Visser te arriveren. Iets in mij zei dat ik haar op moest zeggen, voordat het te laat was. Toch aarzelde ik. Had Pup mevrouw Visser en haar centrale verwarming, warme maaltijden en een bad niet meer dan ooit nodig?

Tot overmaat van ramp werd het gebied geteisterd door herfststormen. Met grote kracht raasde er dan water vanuit de IJssel het Ketelmeer in, waardoor het behoorlijk kon spoken. Soms waren de golven wel anderhalve meter hoog.

Niet zelden moest ik met Pup door de stromende regen naar de vaste wal varen, zodat we rillend en dampend in Brunnepe arriveerden. Het was duidelijk dat mevrouw Visser er het hare van dacht wanneer ik met een doorweekt en vies kind bij haar op de stoep stond. Pup ging nu elke dag bij haar in bad en mevrouw Visser was ook degene die ervoor zorgde dat haar tanden werden gepoetst, haar nageltjes geknipt en dat ze af en toe naar de kinderkapper ging. 'Zo'n man alleen maakt er wel een potje van,' had ik haar een keer tegen de buurvrouw horen mopperen. 'Het is bijna onverantwoord.'

Als de omstandigheden te gortig waren, belde ik mevrouw Visser af en bleven we thuis in de hut. Maar op de dagen dat er een teamvergadering was, moest ik wel naar het vasteland. Weer of geen weer.

Op een middag stormde het zo hard dat terugvaren naar Vogeleiland onmogelijk was. Het was aan het onweren en de regen kwam als een stortdouche uit de hemel. Ik probeerde een plek te bedenken waar Pup en ik zouden kunnen overnachten. Ik zag mezelf niet inchecken in een hotel, omdat ik bang was dat een man alleen met een peuter verdacht zou zijn. Ik dacht aan een leegstaand huis waar ik zou kunnen inbreken. Of een hooischuur. Ik overwoog zelfs om in de boot te slapen tussen het riet met een zeil over ons heen. Inmiddels had ik een stekende hoofdpijn gekregen van de stress. Doorweekt en wanhopig belde ik aan bij mevrouw Visser. Ze wierp een blik op mij en zei: 'Och, jongen toch.'

Ze liet me binnen, maakte thee en dwong me een grote plak boterkoek te eten waar ik geen trek in had. Omdat ik altijd buiten was, was ik gewend aan de kou. Waar anderen in jassen liepen, had ik aan een T-shirt genoeg. Het enige wat ik goed moest beschermen waren mijn handen. Die waren net zo gevoelig als die van ieder ander.

Die middag leek de kou in mijn botten te zitten. Ik had niet het idee dat ik ooit nog zou opwarmen en ik zat zelfs te klappertanden.

Mevrouw Visser legde haar hand met de roodgelakte vingers op mijn voorhoofd. 'Je hebt koorts.' Ze stond op en rommelde in een van de lades van het enorme wandmeubel dat volstond met porseleinen kabouterbeeldjes en foto's van haar kinderen. Er stond ook een foto van Pup, zag ik nu. Ze zat in de kinderstoel een potje Olvarit te eten, haar gezicht besmeerd met oranje smurrie. Ze had een klein staartje op haar hoofd met een grote zilverkleurige strik erin. Als je niet beter zou weten, zou je denken dat ze een volwaardig lid van de Visserfamilie was. Mevrouw Visser kwam terug met een thermometer. 'Stop maar in je mond. Hij is ontsmet.'

'Laat maar,' zei ik. 'Ik neem thuis wel mijn temperatuur op.'

'Jij gaat helemaal niet naar huis,' zei mevrouw Visser. 'Je kan nu niet voor jezelf zorgen en al helemaal niet voor dat kind. Blijf maar mooi bij tante Jans totdat je weer beter bent.' Ze stak de thermometer in mijn mond. Even later begon hij te piepen: 39,7 graden.

Mevrouw Visser maakte een bed op in het piepkleine slaapkamertje dat vroeger van haar zoon was geweest. Ik was al bijna vergeten hoe het voelde om in een schoon, pas opgemaakt bed te liggen. Ik gleed tussen de gladde lakens en viel in slaap.

Drie dagen lang perste mevrouw Visser sinaasappels uit, trok bouillon van runderbotten en smeerde boterhammen met pindakaas. Ik had nauwelijks trek en moest mezelf dwingen om te eten.

Natuurlijk dacht ik aan Marianne. Er was een kleine voorraad eten in de hut: een paar blikken tomatenpuree, twee blikken Smac, een blik bruine bonen en een pak spaghetti. Het enige probleem was dat de ketting van Marianne niet lang genoeg was om erbij te kunnen. Ik had hem bewust wat korter gemaakt, omdat ik haar niet vertrouwde in de buurt van messen, blikopeners en lucifers. Binnen grijpafstand legde ik altijd wel een rol biscuit, een zakje pinda's en wat vers fruit neer, zodat ze kon eten wanneer ze honger had. Genoeg om een dag of twee mee te overbruggen. Maar ook water zou een probleem worden. Normaal had ze een fles van anderhalve liter ter beschikking. Die zou inmiddels leeg zijn.

'Wie is Marianne?' vroeg mevrouw Visser op dag vier. Ze was op de rand van het bed komen zitten met een bordje vers fruit. 'Je was aan het ijlen en ik hoorde je de hele tijd zeggen dat je naar haar toe moest.'

'U bedoelt Miriam,' zei ik. 'Mijn vrouw.'

'Ik weet toch vrij zeker dat je Marianne zei.' Mevrouw Visser kneep haar hevig opgemaakte ogen tot spleetjes. 'Heb je soms een meisje?'

Elk antwoord was achteraf gezien goed geweest. Het probleem was dat ik er te lang over deed om het te bedenken. Ik zat haar maar dommig aan te staren en ik wist op dat moment heel zeker dat ze de link zou leggen naar de Marianne van '*We houden van je. We missen je. Kom terug.*'

'Ik ken geen Marianne,' zei ik toen. 'U heeft het vast verkeerd gehoord.'

'Ik zou het helemaal begrijpen, hoor, als je een ander had,' zei ze op haar gebruikelijke samenzweerderige toon. 'Ik had het er laatst nog over met mijn dochter: zo'n man alleen, dat is niet goed. Die mist een vrouwenhand. Dus voor mij hoef je die Marianne niet te verbergen. Ik juich het alleen maar toe.'

'Er is geen Marianne!' snauwde ik.

'Die toon hoeft van mij niet,' zei ze snibbig terug. Ze liep de kamer uit en sloeg de deur achter zich dicht. 'Stank voor dank,' hoorde ik haar nog zeggen.

Ik dwong mezelf om rustig te blijven ademen en vooral niet in paniek te raken. Er was niets aan de hand. Mevrouw Visser had nog niet de link gelegd met de échte Marianne. Ze was hooguit een beetje beledigd. Niets wat niet hersteld kon worden.

Ik dwong mezelf om op te staan en te douchen. Ik had flink gezweet de afgelopen dagen. Vies, stinkend zweet van iemand die ziek is en zich bovendien al lang niet meer heeft gewassen. Mevrouw Visser had de avond ervoor de lakens nog verschoond, maar ze waren alweer doorweekt. Trillend stond ik onder de warme straal. Daarna trok ik de kleren aan die al waren gewassen en keurig opgevouwen op de stoel naast het bed klaarlagen. Toen ik aangekleed was, ging ik hijgend op de rand van het bed zitten, elke handeling kostte me onevenredig veel energie. Voorzichtig liep ik de trap af, zwaar leunend op de trapreling, en opende de deur naar de woonkamer.

Pup zat aan tafel te kleuren. Met een wascokrijtje kraste ze woeste rode strepen over een plaatje van Mickey Mouse. Ze keek niet op toen ik de kamer binnenkwam. Ik liep door naar het kleine keukentje waar mevrouw Visser onder de afzuigkap stond te roken.

'Mevrouw Visser,' zei ik.

Ze drukte snel haar sigaret uit, alsof ik na anderhalf jaar niet zou weten dat ze rookte. 'Wat doe je uit bed?' vroeg ze knorrig.

'Ik wil mijn excuses aanbieden,' zei ik zo nederig als ik kon opbrengen. 'Ik had niet die toon tegen u moeten aanslaan.'

'Nee, dat had je zeker niet.'

'Ik ben u heel erg dankbaar voor alles wat u voor ons doet. Zonder u had ik het nooit gered allemaal.'

'Pauline is als een eigen kind voor me. Dat weet je.'

'Nogmaals, mijn excuses.' Mijn stem klonk zo kruiperig dat ik er zelf onpasselijk van werd.

'Vooruit dan.' Haar hele houding straalde nog steeds afkeuring uit. Het was duidelijk dat er een grens was bereikt en het was de vraag of er nog een weg terug was. Iets veranderde in haar blik. Haar ogen knepen zich een beetje samen. Ze dwong haar mond in een vriendelijk stand. 'Waar wonen jullie eigenlijk? Dat heb je me nooit verteld.'

Het was een vraag die onschuldig had kunnen zijn, mits gesteld op een ander moment. Ik stond meteen op scherp. 'In Kampen,' zei ik. 'Centrum. Waarom wilt u dat opeens weten?'

'Het is toch raar dat ik dat niet weet,' zei ze.

'Ik moet weer mijn bed in,' zei ik. Dat was niet onwaar. Als ik nog langer bleef staan, zou ik omvallen.

'Ik moet toch je adres weten,' zei mevrouw Visser terwijl ze me achterna liep.

Inmiddels waren mijn handen gaan tintelen en voelde ik me licht in het hoofd. Ik was een keer in mijn leven flauwgevallen, nadat ik aan mijn blindedarm was geopereerd en te snel weer aan het werk was gegaan. Nu gaf mijn lichaam dezelfde waarschuwingssignalen af. Ik ging op de grond zitten totdat het gevoel weer wegtrok.

Al die tijd bleef mevrouw Visser naast me staan.

Toen ik me wat sterker voelde, kroop ik langzaam de trap op.

'Schrijf het maar voor me op,' riep mevrouw Visser me na.

Met kleren en al stortte ik in bed. Ik voelde aan mijn pols dat ik een zeer hoge hartslag had. Het liefste had ik meteen mijn spullen gepakt, maar ik was er niet toe in staat. Al snel won de uitputting het van de stress en viel ik in slaap.

Toen ik wakker werd, was het nacht. Het was stil op straat en door de dunne gordijnen scheen het licht van een straatlantaarn. Ik schoof ze een stukje opzij en keek naar de huizen aan de overkant. Kleine arbeidershuisjes met keurig aangeharkte voortuinen. Ik verlangde naar Vogeleiland, naar de geur van aarde, de geur van regen, de geur van rottende bladeren. Alles beter dan het opdringerige parfum van mevrouw Visser of de Febreze-spray waarmee ze de sigarettenlucht probeerde te verdoezelen. Ik overwoog om Pup uit haar bedje te halen en weg te gaan, maar dan zouden er zeker alarmbellen gaan rinkelen bij mevrouw Visser. *Hoe normaler je doet, hoe normaler mensen reageren.*

Ik moet weer in slaap zijn gevallen, want ik werd pas laat in de ochtend wakker. Ik had de indruk dat ik geen koorts meer had. Toen ik ging staan, voelde ik me nog licht in mijn hoofd, maar de hoofdpijn was weg.

Ik liep in mijn T-shirt en boxershort naar beneden om mevrouw Visser op de hoogte te brengen. Halverwege de trap bleef ik staan. Ik hoorde haar luide stem als die van een krassende raaf. 'En anders moet ik toch echt de Kinderbescherming inlichten. Het is dat ik er nog een beetje voor zorg, anders was dat kind totaal verwaarloosd. Je zou haar eens moeten ruiken na het weekend. Een zwerver die onder de brug heeft geslapen is er niks bij.'

Behoedzaam sloop ik terug naar boven. Boven aan de trap bleef ik zitten met mijn hoofd in mijn handen. Ik realiseerde me dat met hetzelfde fanatisme waarmee mevrouw Visser je kon helpen, ze zich ook *tegen* je zou kunnen keren. De kunst was om met zo weinig mogelijk drama afscheid te nemen. Ik zou haar rustig vertellen dat we weer terug naar huis gingen. Ik zou haar bedanken. Na het weekend zou ik haar bellen en vertellen dat er inderdaad een vrouw in mijn leven was en dat de diensten van mevrouw Visser niet meer nodig waren. Daarna zou ik mijn telefoonnummer veranderen, zodat ze me niet meer kon bereiken. En nooit zou ik meer een voet in Brunnepe zetten.

Even later kwam ik gedoucht en aangekleed naar beneden. Ik had op mijn wangen geslagen zodat er wat kleur op kwam en mijn haar met mijn vingers in model gekamd. Het was me niet eerder opgevallen dat het veel te lang was. Ik was onvoorzichtig en gemakzuchtig geworden en begreep nu pas – veel te laat – dat mevrouw Visser elke oneffenheid als een bewijs zag dat ik niet geschikt was als ouder.

'Papa!' riep Pup en ze strekte haar handjes naar mij uit. Ik pakte haar op en drukte haar stevig tegen me aan.

'We kunnen weer naar huis,' zei ik op een nonchalant opgewekte toon. 'Hè, Puppie?' Ik gaf haar een kus op haar wang.

Mevrouw Visser keek me onderzoekend aan. 'Je ziet anders nog flink bleek.'

'Toch gaan we naar huis,' zei ik stellig. 'Dan heeft u ook weer rust.'

'Het lijkt me beter dat Pauline voorlopig hier blijft.' Mevrouw Visser wilde Pup van me overpakken, maar ik zette snel een stap naar achteren.

'Volgende week dinsdag breng ik haar weer. Kunt u lekker genieten van het weekend. Dat heeft u wel verdiend.' Ik hoopte dat mijn stem plezierig en aangenaam klonk. 'En natuurlijk betaal ik u voor al het extra werk.'

'Berend,' commandeerde ze, 'geef dat kind hier.'

'Waar heeft u het over?' zei ik. 'Natuurlijk gaat Pup met mij mee naar huis.'

'Jij kunt toch helemaal niet voor haar zorgen, man!' Mevrouw Visser deed een poging om Pup uit mijn armen te rukken. 'Ik ga de Kinderbescherming bellen! Zoals jij voor die kleine zorgt, dat is gewoon ernstige verwaarlozing. Kindermishandeling zelfs.' Opnieuw probeerde ze Pup van mij los te trekken.

Het meisje klampte zich aan mij vast en zette het op een huilen. Er was iets in haar stemgeluid dat mijn ouderlijke instinct om haar te beschermen activeerde. Wat volgde ging sneller dan ik kon nadenken.

Ik duwde mevrouw Visser van me af, hardhandiger dan de bedoeling was, waardoor ze achteroverviel tegen het wandmeubel. Door de impact was een van de porseleinen honden op de hoger gelegen planken gaan wankelen. Na een paar tellen viel het beeldje op het hoofd van mevrouw Visser.

Ze zakte door haar benen en bleef zitten op het laminaat van nep-eikenhout. Zo van bovenaf zag ik dat de aanzet van haar blonde haar een onbestemde kleur grijs had. Pup krijste nu voluit.

Mevrouw Visser keek naar me op. Ik meende angst in haar ogen te zien. Ze hield haar handen afwerend voor haar gezicht en zei jammerend: 'Doe me alsjeblieft niks.'

Zij was degene die mij had aangevallen en nu deed ze alsof het mijn schuld was dat ze daar zat. Met moeite onderdrukte ik de impuls om op haar in te schoppen, net zo lang tot haar vette in paarstinten gehulde lichaam niet meer zou bewegen. Ik wilde haar osteoporose-botten horen knakken. Ik wilde bloed uit haar met onvaste hand gestifte mond zien stromen. Ik wilde haar horen gillen als een big dat levend in een ton met kokend water wordt gedompeld.

'Berend, alsjeblieft,' smeekte mevrouw Visser. 'Ik zal niemand iets vertellen, als je maar weggaat.' Blauwe mascara liep over haar wangen.

Pup was gestopt met huilen, al voelde ik nog steeds kleine schokjes door haar lichaam gaan. Ik concentreerde me op de warmte van haar lichaam en de geur van haar haar. Door de penetrante lucht van synthetische shampoo heen, rook ik onmiskenbaar iets wilds. Ik sloot mijn ogen en snoof de geur zo diep mogelijk op.

'Wij gaan nu naar huis en komen nooit meer terug.'

Mevrouw Visser knikte hevig.

Ik legde mijn hand op haar hoofd en keek haar strak aan. 'Maar onthoud: u weet niet waar ík woon, maar ik weet wel waar ú woont.' Ik liet haar achter in de woonkamer, haalde onze jassen van de kapstok en fietste weg.

De zon streek bleekjes over de IJssel en lichtte de schuimkoppen die op het water stonden op. Aan de andere kant van de rivier stootten de schoorstenen van Haatland hun zwarte rook uit.

'We laten ons nooit meer gevangen nemen,' zei ik hardop tegen Pup. 'Vanaf nu zijn we vrij.'

Naarmate we dichter bij het eiland kwamen, kwam een misselijk gevoel opzetten. Ik was doodsbang voor wat ik in de hut zou aantreffen. Een gezond iemand zou makkelijk een paar dagen zonder eten kunnen en zelfs een tijdje zonder water. Maar of Marianne dat aankon? Ik hoopte maar dat ze een manier had gevonden om bij het eten te komen. Of dat ze kans had gezien om vocht tot zich te nemen.

Pup hing ontspannen tegen me aan. Ik voer de lagune in, verstopte de boot in het riet en controleerde een laatste keer of hij goed vast zat. Een grote zilverreiger vloog onverwachts voor mij op. Mijn hart sloeg over.

Zo snel als ik kon met een slapend kind op mijn borst, liep ik over het wildpaadje naar de hut. Het pad was modderig en overal hingen nog regendruppels aan de blaadjes.

'Marianne!' riep ik toen ik bij de ingang was.

Een antwoord bleef uit.

Ik opende het luik. Het grauwe winterlicht viel naar binnen en scheen op haar rug. 'Marianne?' vroeg ik voorzichtig. Ik klom de hut in en raakte haar schouder aan. Ze was nog warm. Ik legde haar op haar rug. Om haar heen hing een zure lucht. Ze opende haar ogen. Eerst leek ze niet helemaal te begrijpen waar ze was. 'Berend?' vroeg ze toen met zwakke stem.

'Ik ben het, liefste.'

'Berend,' zei ze weer. Er zaten korsten rondom haar ogen en haar adem rook naar water waar bloemen te lang in hadden gestaan.

Ik sloeg mijn armen om haar heen en drukte haar trillende lichaam tegen me aan. 'Het spijt me echt verschrikkelijk.' Ze liet zich kortstondig door me troosten. Daarna zei ze dat ze dorst had. Ik liet haar drinken uit de fles water en gaf haar een mueslireep. Gulzig werkte ze hem naar binnen.

'Je moet me nooit meer zo in de steek laten,' zei ze nadat de reep op was. 'Blijf alsjeblieft altijd bij me.'

Nicole

Een vermist persoon kan nooit van het to-dolijstje worden afgestreept. De wanhoop zit chronisch verankerd in je systeem. Soms zou je bijna vergeten dat hij er is, zo gewend raak je eraan. Maar dat je je er niet steeds van bewust bent, betekent niet dat het is verdwenen. Altijd is er een doffe ondertoon die ongemerkt invloed heeft op alles wat je doet. Daarbij komt ook nog het idee dat – alhoewel je alles al hebt gedaan – er altijd iets is wat je over het hoofd ziet. Je maakt jezelf gek met het idee dat juist die ene actie die je niet hebt verricht had kunnen leiden naar de oplossing van de zaak. Een voortdurend gevoel van tekortschieten.

Zelfs toen ik uiteindelijk verhuisde naar Utrecht, en me met een zekere verbetenheid op het studentenleven stortte, meende ik overal Marianne te zien. Een meisje met een T-shirt met een doodshoofd erop dat in het Griftpark sigaretten zat te roken. Een meisje op de fiets. In de supermarkt. In de trein. Zelfs op televisie. Overal waren knappe donkerharige meisjes met zwaar opgemaakte ogen, gescheurde zwarte jeans en zwarte shirts. Als ik wat beter naar ze keek, realiseerde ik me dat ik naar meisjes van zestien zat te kijken en niet naar de jonge vrouw van drieëntwintig die Marianne inmiddels moest zijn. Bovendien was de kans dat ze nog leefde steeds kleiner geworden.

Nog steeds kregen we tips binnen. Iemand had haar gespot in Goa, waar ze in een alternatieve commune zou wonen. We kregen een foto opgestuurd van een beeldschone jonge vrouw die met bloemen in het haar in een minuscule bikini op het strand zat. We wilden zo graag dat het Marianne was: levend en gelukkig. Maar deze jonge vrouw had duidelijk een andere neus en veel kleinere voortanden. Toch bleven mijn moeder en ik naar de foto staren en dingen zeggen als: 'Wat als ze een neuscorrectie heeft ondergaan' en: 'Misschien lijken haar tanden alleen maar kleiner door de foto'. Zelfs maanden nadat we de foto dan eindelijk hadden durven afschrijven, belde mijn moeder en zei: 'Ik heb toch nog eens na zitten denken over die foto. Stel dat het haar is.' En dan begonnen we weer helemaal opnieuw.

We waren samen een weekend naar Parijs gegaan, omdat iemand had gezegd dat een serveerster bij La Gazette op Marianne leek. Meteen bij binnenkomst zagen we al dat zij het niet was. Toch konden we niet stoppen met naar haar te kijken en toen ze bij ons de bestelling kwam opnemen, zei mijn moeder: 'Marianne?' om te kijken of ze zou reageren. Natuurlijk deed ze dat niet. 'Stel dat ze het wel is, maar doet alsof ze ons niet verstaat?' vroeg mijn moeder.

Allebei waren we doodsbang dat we Marianne zouden tegenkomen, maar haar niet zouden herkennen. Dat we haar zomaar voorbij zouden lopen en zij zou denken: zie je nou wel, ze zijn me vergeten. Op de fotosimulatie van vlak voor ik naar Spanje vertrok, hadden ze haar haar iets korter gemaakt en haar minder sproetjes gegeven. Een jonge vrouw van tweeëndertig jaar keek breed lachend en zelfverzekerd de lens in. Gekleed in een keurig bloesje. Ze leek op een makelaar of een intercedente van een uitzendbureau.

De fotosimulaties waren wat mij betreft je reinste onzin. De Marianne van de foto was een weldenkend, redelijk mens. Zij zou allang weer naar huis zijn gekomen.

Elke dag zat mijn moeder urenlang op Mariannes slaapkamer om met haar te 'praten'. Het contact was in de loop der jaren beter geworden. Marianne was niet meer zo boos en wilde zelf ook graag terugkomen, alleen wist ze niet hoe. 'Het idee dat mijn meisje ergens gevangen zit en naar haar moeder verlangt, breekt mijn hart,' zei mijn moeder tegen iedereen die het wilde horen.

Het communiceren met niet fysiek aanwezige en zeer waarschijnlijk zelfs overleden mensen, zou tijdens de relatie met mijn vader ondenkbaar zijn geweest. Maar na de scheiding van mijn vader keerde mijn moeder al snel het christelijk geloof de rug toe.

Een van de regels van de kerk was dat alle leden zogenaamde 'tienden' inleveren, oftewel een tiende van hun inkomen, zoals dat in de Bijbel beschreven staat in Genesis 28:20-22. Deze tienden werden gebruikt voor het onderhoud van de kerk en andere goede doelen. Nu mijn moeder in haar eentje de hypotheek van het huis moest betalen, wilde ze graag het geld terug dat zij en mijn vader in de loop der jaren hadden afgestaan. Of op zijn minst hoopte ze op financiële ondersteuning. 'Ze begrijpen toch wel dat ik onmogelijk het huis kan verkopen?' zei ze. 'Als Marianne terugkomt, moet alles precies zo zijn zoals het was.'

Volgens de voorganger was een gift een gift en kon het aan de kerk geschonken geld niet teruggevorderd worden. Ook vond hij het in stand houden van het huis als een monument voor Marianne niet onder de definitie van een goed doel vallen. Nadat mijn moeder hem in zeer onchristelijke termen 'de waarheid had verteld', werd haar de toegang tot de kerk ontzegd.

Mijn moeder raakte daarna al snel in de ban van ene Thea, een heldervoelende – kennelijk iets anders dan helderziende. Thea had mijn moeder voor vijfhonderd euro een enorme geode van amethist aangesmeerd, die haar zou helpen om contact te maken met 'het hogere'. Het ding stond prominent in de woonkamer op de plek waar eerder de televisie had gestaan. Ook volgde mijn moeder allerlei cursussen, zoals Intuïtief Mediumschap en Aan de slag met karma.

'Iedereen is helderziend, wist je dat?' vertelde ze. 'En ik maar denken dat het God was die tegen me sprak. Achteraf gezien was het gewoon mijn intuïtie. Ik heb het altijd goed gevoeld.'

Ik vroeg me af wát ze precies goed had gevoeld, maar het leek me beter om dat niet te vragen. 'Fijn voor je, mam,' zei ik toen maar. Het sarcasme in mijn stem ontging haar.

Het was duidelijk dat mijn moeder er altijd voor koos om datgene te denken of – zo je wilt – intuïtief aan te voelen wat haar het beste uitkwam. Een keer vroeg ze: 'Was het hier dan zo erg dat Marianne nooit terug heeft willen komen?'

Ik slikte, hoorde mezelf zwaar ademen. 'Het was soms moeilijk met Marianne...' begon ik. 'Bijna elke dag was er ruzie en...'

Voordat ik verder kon gaan, bleek mijn moeder alweer een andere afslag in haar hoofd te hebben genomen. 'Iemand heeft haar iets vreselijks aangedaan,' onderbrak ze me. 'Dat kan niet anders. De Marianne die ik ken had hier allang weer gestaan. Weet je nog hoe we vroeger altijd koekjes bakten en Marianne altijd al het deeg wilde opeten? En dan die keer dat ze voor Moederdag ontbijt maakte. Niemand mocht haar helpen, ze wilde per se alles zelf doen. Ze was nog maar tien jaar oud, dus het was een enorme kliederboel geworden in de keuken. De jus d'orange zat tot aan het plafond. Maar trots dat ze was!'

In mijn hoofd zat steeds meer de dag-Marianne. De Marianne die schreeuwde dat je de tering kon krijgen, harde muziek op haar slaapkamer draaide en woedend werd als je er iets van zei. Dag-Marianne wist precies hoe ze je boos moest krijgen en kon nooit, maar dan ook nooit iets laten zitten. Ik probeerde de andere versie van haar te vinden. Maar hoelang ik ook wachtte, nacht-Marianne kwam niet bij me terug. En hoe langer ze wegbleef, hoe banger ik werd.

Berend

Het voorval met mevrouw Visser had me waakzamer gemaakt. Geen lidmaatschappen, geen vaste routes, geen gewoontes meer. Ik had een simpele, mobiele prepaid telefoon die ik alleen maar gebruikte om contact te houden met mijn werkgever. Ik hield hem in een drybag verborgen in de boot, onder het achterste zitje. Ik durfde hem niet mee te nemen naar de hut, bang dat Marianne hem in een onbewaakt ogenblik zou vinden.

Een ander probleem sinds de verkoop van de boerderij, was mijn adres. Ik had een bedrijf in Lelystad gevonden dat postbussen verhuurde. Een keer per kwartaal ging ik er met de bus naartoe om post te verzamelen van de Belastingdienst, mijn werkgever en de bank. Andere correspondentie had ik niet.

Boodschappen deed ik telkens bij een andere supermarkt, al sloeg ik die in Brunnepe logischerwijs over, en in het centrum van Kampen kwam ik ook zelden. Liever ging ik naar een van de buitenwijken, en als het mooi weer was, fietste ik met Pup in het voorzitje helemaal naar Emmeloord. Ze vond het gezellig om samen te praten tijdens het fietsen. Haar vocabulaire werd in rap tempo groter en ik verbaasde me regelmatig over de mooie volzinnen die ze uitsprak. Na het boodschappen doen, gingen we altijd naar een speeltuin, zodat Pup met andere kinderen kon spelen. Maar zelfs kleine kinderen stellen al vragen als: 'Waar woon je?' Pup wees dan een willekeurige kant op en zei: 'Daar', dus we kwamen er nog goed mee weg.

Bijna altijd was ik de enige man in de speeltuin. Regelmatig ging er een moeder naast me zitten op de rand van de zandbak om over de kinderen te praten. Wanneer ze vroegen waar Pups mama was, zei ik dat ze onlangs was overleden. Het MS-verhaal had goed gewerkt bij mevrouw Visser, dus ook nu gaf ik dat als doodsoorzaak op. De ogen van de moeders werden mistig, ze legden een hand op mijn knie en zeiden: 'Dat moet niet makkelijk zijn geweest.' De aandacht en het medeleven deden me goed. Op dat soort momenten kon ik mezelf door hun ogen zien: een dappere man die er alleen voor stond en er alles aan deed om het beste ervan te maken.

Een keer vroeg een van de moeders of we zin hadden om bij haar thuis op te warmen. Ze woonde om de hoek van de speeltuin en het was koud aan het worden. We hadden al een paar keer met elkaar gepraat, terwijl haar zoontje met een opvallende bos rood krullend haar met Pup bij het klimrek speelde.

We kwamen binnen in een in leemtinten ingerichte eengezinswoning. Ik keek snel of ik foto's zag van een eventuele vader, maar aan de muur hingen alleen maar foto's van de moeder en haar zoon. De moeder zette de kinderen op de bank voor de televisie en gaf ieder een kommetje met Nibb-its.

'Er wordt best wel over je gepraat in de speeltuin,' zei ze.

'O ja?'

'Laat ik zeggen dat men je niet onaantrekkelijk vindt.' Ze keek me aan en zei lachend: 'Niet verlegen worden, nu.'

Ze liep naar de keuken die met twee saloondeurtjes was afgescheiden van de woonkamer. 'Kom je?' Nietsvermoedend liep ik achter haar aan.

Ze stond tegen het aanrechtblad aan geleund. Zodra de klapdeurtjes achter me dicht waren gevallen, trok ze haar broek naar beneden. 'Vlug, neuk me.'

Het was me al eerder opgevallen dat ze goeie billen had en hetzelfde onstuimige haar als haar zoontje. Ik keek naar haar kut die afgezien van een klein streepje haar kaal was. Het trof me dat het haar daar beneden donkerder was dan het haar op haar hoofd. Er waren kleine irritatiebultjes zichtbaar van het scheren.

Ze morrelde aan mijn gulp en trok mijn broek naar beneden. Tot mijn verrassing was mijn pik al hard. Ze draaide haar rug naar me toe en leunde over het aanrecht, haar billen naar achteren.

'Pak me dan,' zei ze. 'Als je kan.'

Ik zette een stap dichterbij en ramde mijn geslacht zo hard bij haar naar binnen dat ze een kreet slaakte van pijn. Na een paar stoten trok ik mezelf terug en spoot het zaad over de keukenvloer.

'Zo snel al?' vroeg de moeder. Er klonk teleurstelling in haar stem, maar ze herstelde zich snel. 'Dan moet je maar snel een andere keer terugkomen.' Ze probeerde me te kussen, maar ik wist net op tijd mijn gezicht weg te draaien.

Ik dacht aan Marianne en hoe ongelukkig ik was wanneer ze me negeerde, maar ook hoe blij ik was wanneer ze me wél aandacht gaf. Wat deed ik hier? Ik deed snel mijn broek dicht en liep terug naar de woonkamer waar Pup en het roodharige jongetje gehypnotiseerd naar het scherm zaten te staren. De kommetjes waren inmiddels leeg.

De moeder dribbelde achter me aan en begon zenuwachtig te praten: 'Het is natuurlijk ook lastig zo vlak nadat je vrouw is overleden. Ik had je niet zo moeten overvallen. Sorry.' Ik probeerde haar te negeren, maar ze bleef maar doorpraten. 'Misschien willen jullie blijven eten. Dan maak ik pannenkoeken of zo. Dan vergeten we dat ene in de keuken.'

'Kom,' zei ik tegen Pup die niet eens had opgekeken toen we de kamer weer binnenkwamen. 'We gaan.'

Pup leek me niet te horen. Op het scherm was een Japanse animatieserie te zien met felgekleurde wezentjes met irritant hoge stemmetjes.

'Kom, Puppie.'

Weer geen reactie.

Ik tilde haar van de bank af. Ze begon te gillen alsof haar iets vreselijks werd aangedaan.

'Het is oké.' De moeder was naast me komen staan en praatte met een speciale voor communicatie met kleine kinderen bedoelde stem tegen Pup: 'Kom maar snel weer spelen met Daniël, ja?'

Zonder dag te zeggen liep ik naar buiten en zette Pup voor op de fiets. 'Ik wil niet weg, ik wil niet weg,' bleef ze maar gillen. Ik probeerde op haar in te praten, ik beloofde haar zelfs dat we een lolly zouden halen bij het benzinestation als ze stil zou zijn. Maar bij het benzinestation was er nog steeds geen land met haar te bezeilen, dus fietsten we er voorbij zonder te stoppen, waarop ze nog harder begon te gillen.

Hoe langer ze huilde, hoe meer ik me gesterkt voelde om Pup op Vogeleiland te laten opgroeien. Ver weg van televisie, koelkastmagneten, Senseo-apparaten en IKEA-meubilair.

Pas toen we op het Ketelmeer voeren, werd ze stil. Ze wees naar een plek ver weg op het water en zei: 'Kijk!'

Ik volgde haar blik. Het water was grauw in het late middaglicht. Het duurde even voordat ik zag waar ze naar wees. De kop van een ree stak net boven het water uit en was onderweg naar het eiland.

Ik voer ernaartoe en stopte op een plek die dichtbij genoeg was om hem beter te zien, maar ver genoeg om hem niet te storen. Ik zette de motor uit. We keken toe hoe de ree aan wal van de Ramspolplaat krabbelde. Het was een prachtig exemplaar met een parmantig wit staartje en grote spitse oren. Ze schudde uitgebreid haar vacht uit. Daarna rende ze op een drafje de bosjes in.

'Zie je dat?' zei ik tegen Pup. 'Hier is tenminste alles écht.'

Pup

De buitenwereld is groter dan je denkt.

Nicole

Opeens is het gedaan met het goede weer. De lucht is Nederlands grijs en miezerregen wordt afgewisseld door hoosbuien. Door de regen en de algehele mineurstemming die dat bij me opwekt, ben ik al een paar dagen niet meer in het dorp geweest. Afgezien van een courgette, een halve rol koekjes en drie eieren, heb ik niets meer in huis. Wanneer ik naar Cómpeta rijd om boodschappen te doen, heeft de kleine jeep moeite om grip te krijgen op de onverharde wegen, die door de regen zijn veranderd in modderbanen. Omhoog rijden gaat nog wel, maar wanneer ik naar beneden rijd en steeds moet remmen, schiet de auto een paar keer door en verlies ik kortstondig de controle over het stuur. Naast de weg ligt een ravijn van honderden meters diep. Ik stel me voor hoe ik van de weg af zal raken en naar beneden zal storten. Hoelang zou het duren voordat iemand mij zou vinden? En hoe moet het dan met Dora die braaf binnen op mij zit te wachten zonder eten? Een paar keer overweeg ik om de auto aan de kant van de weg te zetten en lopend naar het dorp te gaan. Stel je niet zo aan, zegt de stem in mijn hoofd. Sommige mensen luisteren naar hun intuïtie. Ik luister altijd naar de stem die zegt dat ik normaal moet doen.

Met witte knokkels van de inspanning rijd ik stapvoets verder. Ik rem pompend af in de hoop dat de auto niet weer in een slip terecht zal komen. Na nog tien minuten door de modder geploeterd te hebben, kom ik eindelijk bij het verharde stuk weg. Mijn nek doet pijn en ik ruik mijn oksels.

Als ik de bocht om rijd en het dorp zie liggen, begint mijn telefoon onmiddellijk vol te stromen met berichten. Ik ben gewend om een paar pingen te horen, maar nu weet hij van geen ophouden. Ik kijk onder het rijden op mijn scherm en zie dat mijn moeder maar liefst negen keer heeft geappt: BEL ME NU. Daaronder zie ik berichten van Eva, Marly en Christine. 'Gecondoleerd' staat er.

Na de scheiding verhuisde mijn vader naar een treurige flat. Zijn moeder had hem geholpen met de inrichting en nu zat hij in een replica van zijn geboortehuis, met dezelfde zware donkere meubels en kussens van donkergroen velours, en bezocht hij de Bovenkerk weer. Hij ging nog altijd niet naar zijn werk en regelmatig werd hij 's nachts fietsend in de stad gesignaleerd. Als ik bij hem in de koelkast keek, stonden er uitsluitend magnetronmaaltijden en een pak voorgesneden kaas in. Verder had hij geen etenswaren in huis.

Mijn vader belde mij nooit en als ik hem belde, vroeg hij nooit of ik langskwam. Hij vroeg zelfs niet hoe het met mij ging. En als ik vroeg hoe het met hem was, zei hij: 'Hetzelfde.'

Waar mijn moeder vond dat haar niets te verwijten viel, nam mijn vader de volledige schuld van Mariannes verdwijning op zich. Hij zei: 'Ik had meer begrip moeten tonen' en: 'Ze was natuurlijk nog maar een kind, maar wij reageerden op haar alsof ze een volwassene was.' En: 'Ik wou dat ik alles over kon doen.' En: 'We hadden hulp moeten zoeken.' Maar meestal zat hij op de bank met zijn hoofd in zijn handen en zei hij niets.

Ik kocht aftershave voor Vaderdag met een kaart erbij waarop stond: 'Voor de allerbeste papa ter wereld'. Hij nam het in ontvangst, las de tekst en lachte pijnlijk.

Soms zou ik hem wel door elkaar willen schudden: hallo, ik ben hier. Je levende dochter. De dochter die is gebleven. De dochter bij wie je alles wél goed kunt doen. Waarom richt je je niet gewoon op mij?

Ik herinner me de vader uit de tijd dat Marianne en ik nog klein waren. De vader die ons meenam naar de IJssel en ons leerde vissen.

Een keer had ik beet en gaf ik een zodanige zwieper aan mijn hengel dat de vis achter mij op straat te pletter sloeg. Mijn vader had me leren fietsen, bouwde een hok voor mijn konijnen en las eindeloos voor. Hij maakte grapjes aan de keukentafel. Alles was veranderd vanaf het moment dat Marianne naar de middelbare school ging en in de puberteit kwam. Naarmate zij opstandiger werd en mijn moeder daar harder tegenin ging, werd mijn vader stiller. Als een weerloze omstander keek hij toe hoe de oorlogen werden uitgevochten, maar nooit greep hij in.

'Zullen we weer eens gaan vissen?' vroeg ik de laatste keer dat ik hem zag.

'Ik heb geen hengel meer.'

Mijn moeder staat in de aankomsthal op me te wachten. Ze draagt een fuchsia-roze trenchcoat en heeft bijbehorende lippenstift opgedaan, waardoor het moeilijk is om haar over het hoofd te zien. In haar haar zit een streep blauw. Sinds Thea is ze felle kleuren gaan dragen. Beter voor mijn aura, zegt ze. Donkere kleuren houden de energie tegen. Ze heeft er spijt van dat ze heeft toegestaan dat Marianne alleen maar zwart droeg. 'Daardoor zat ze natuurlijk zo met zichzelf in de knoop. Al die donkere energie zette zich in haar vast en kon nergens naartoe.'

Ze vliegt me om de hals en begint meteen te huilen. Ik klop op haar rug, zeg dat het allemaal oké is, maak geruststellende geluiden en laat haar uitrazen. Als ik naast haar zit in haar oude Toyota Corolla en ze met heftige stuurbewegingen een vrachtwagen inhaalt, kan ik pas weer een beetje ademen. Ik kijk om me heen. Gek genoeg is het hier beter weer dan in Spanje. De zon schijnt en in de wei staan lammetjes.

'Hoe is het gebeurd?' vraag ik.

'Ze denken een hartstilstand,' zegt mijn moeder. 'Hij zat dood op de bank. Fles whisky ernaast. Helemaal alleen. Ze hebben hem pas na drie dagen gevonden. Toen hij niet op kwam dagen in de kerk.' Ze snuift luidruchtig. 'Dat is het enige waar ze om geven. Of je elke zondag wel braaf in het bankje zit. Voor de rest keek kennelijk niemand naar hem om. Het is maar goed dat hij niet op een maandag is overleden. Dan hadden ze hem kunnen opdweilen.'

Ik probeer mijn ergernis niet te laten blijken en kijk strak voor me uit.

'Ik mag me helemaal nergens mee bemoeien,' gaat mijn moeder onverstoorbaar verder. 'Alles wordt geregeld door zijn ouders. Alsof ik nooit in zijn leven ben geweest. Alsof ik niet degene ben die hem twee prachtige kinderen heeft geschonken.'

De auto zwenkt gevaarlijk naar links, waardoor een Volvo die ons net inhaalt luid toeterend moet uitwijken. 'Niks aan de hand,' zegt mijn moeder verontwaardigd. 'Mensen maken zich tegenwoordig boos over alles.' Ze geeft gas, waardoor ze weer naast de Volvo komt te rijden en steekt haar middelvinger op. 'Zo,' zegt ze. 'Dat zal hem leren.'

De automobilist, een man van middelbare leeftijd die eruitziet als een aardrijkskundeleraar, tikt met zijn vinger tegen zijn voorhoofd.

Je kunt de bloeddruk van mijn moeder voelen stijgen. 'We waren bijna vijfentwintig jaar samen. De helft van zijn leven. Langer dan hij ooit bij zijn ouders heeft gewoond. Maar als het aan hen lag, was ik waarschijnlijk niet eens uitgenodigd voor de begrafenis.'

'Je moet hen niet zo belangrijk maken,' zeg ik. 'Je weet zelf wat je voor papa hebt betekend en dat zou voldoende moeten zijn.'

'Je hebt gelijk. Misschien ga ik niet eens naar die hele poppenkast.' Mijn moeder geeft zonder dat ze het zelf doorheeft meer gas. Het is een wonder dat ze nog nooit een ongeluk heeft gehad. 'Thea waarschuwde me al. Ze voelde heel duidelijk dat ze hem beschouwen als hun eigendom. Net zoals ze hebben geprobeerd om zich Marianne toe te eigenen nadat die was verdwenen. Willem is een volwassen man. Dat hij niet de kracht heeft om zich aan zijn ouders te onttrekken, is heel jammer, maar dat is zijn pad. Marianne krijgen ze niet!'

Ik begrijp niet wat ze bedoelt, dus ik houd mijn mond maar.

'Ik begrijp nu ook waarom jij naar Spanje moest gaan, Nicole.

Je hebt me er veel verdriet mee gedaan, maar nu zie ik het. Ook jij moest je losmaken van dat verstikkende familiesysteem aan je vaderskant.'

In mijn oude kamer is alles nog precies zoals het was. Ook Mariannes kamer heeft mijn moeder helemaal intact gelaten, als museumkamers. 'Als ze terugkomt, kan ze zo weer in haar oude leventje stappen.'

Soms denk ik erover hoe het zou zijn als ze opeens weer voor de deur zou staan, maar ik zie het niet voor me. De vermiste Marianne neemt zo'n prominente plaats in ons leven in dat ik me afvraag of er nog wel ruimte is voor een aanwezige, levende.

Op mijn bed ligt Beertje. Op de plek waar ooit zijn linkeroog zat, heb ik een pleister geplakt. Ik ga liggen en druk hem stijf tegen me aan. Ik denk aan Dora die een weekje bij Adèle logeert en probeer haar warmte op te roepen, haar ademhaling, de zachtheid van haar vacht, maar ik krijg het niet voor elkaar. Het lijkt of Spanje een hallucinatie is en ik eigenlijk de hele tijd hier was.

Op dit bed.

In dit huis.

Alsof het me nooit is gelukt eraan te ontsnappen.

Berend

Naast de muskusrat, had ook de beverrat zijn intrede gedaan in Nederland. Beverratten werden levend gevangen in kooien die ik op vlotten tussen de eilanden plaatste. Vervolgens doodde ik de dieren met een 22mm kaliber buks. Ze wogen bijna acht kilo en hun vlees was wit en mals. Ik maakte dekens, sloffen en kleding van hun vachten. Kleding kocht ik nauwelijks meer. Pup zag eruit als een kleine neanderthaler, geheel gehuld in bont.

Het was die winter uitzonderlijk koud. Overdag kwam het kwik nauwelijks boven het vriespunt en 's nachts vroor het stevig. Na een paar dagen was er een dikke laag ijs op het Ketelmeer ontstaan. Het leek of heel Kampen zich opeens herinnerde dat er een prachtig natuurgebied in hun achtertuin lag. Overdag was het druk op het ijs en bleven we veilig in onze hut zitten. Zodra het donker was en de schaatsers naar hun warme huizen waren teruggekeerd, nam ik Pup en Marianne mee naar buiten. Gearmd keken we toe hoe Pup telkens een aanloop nam en zich over het ijs liet glijden. Even leken we een normaal ouderstel dat vertederd naar hun dochter keek.

'Waarom koop je geen schaatsen voor haar?' stelde Marianne voor. 'Ze is oud genoeg om het te leren.'

Verbaasd keek ik haar aan. 'Wat een goed idee,' zei ik.

Het ging beter met Marianne. Ze waste zich, wilde elke dag wandelen en stelde belangstellende vragen over mijn werk, over het nieuws, over Kampen. Ze las – en herlas – de stapel boeken die ik eerder voor een euro per stuk voor haar had gekocht uit de tweedehands bak van

The Read Shop. Haar haar zag er niet meer zo dof uit en ze had weer wat vlees op de botten. Nog steeds had ze niet veel aandacht voor Pup. Als Pup iets vroeg, zei ze steevast: 'Het is jóúw kind.' Ook duwde ze Pup weg wanneer ze bij haar op schoot wilde klimmen. Maar hoe ongeïnteresseerd ze overdag ook was, 's nachts kroop ze altijd tegen Pup aan. Alsof ze alleen dan durfde toe te geven dat ze wel degelijk van haar dochter hield.

Zodra de zon de volgende dag onder was, gingen we het ijs op. Marianne hielp Pup de schaatsen aantrekken. 'Ik hou je bij je handen vast en dan zet je een voor een je voeten schuin vooruit.' Marianne deed voor hoe ze haar voeten moest plaatsen.

Pup knikte ernstig. Misschien was ze ook wel in de war van de plotselinge aandacht van haar moeder.

Het was meer struikelen dan vooruitkomen, maar na een halfuurtje hield Pup Marianne al minder krampachtig vast. 'Goed zo,' zei ze. 'Je kunt het!'

Ik wenste dat ik een fotocamera had. Maar foto's vormden een risico dat ik niet kon nemen. Dus prentte ik het beeld van Pup en Marianne in mijn geheugen zodat ik het jaren later nog steeds terug zou kunnen halen: bleek maanlicht dat over het ijs scheen. De sterren die schitterden in een kraakheldere hemel. Pup die met een brede glimlach op haar gezicht als een wankel hertje over het ijs voortbewoog. En Marianne die haar als een echte moeder aanmoedigde.

Het was 11 maart. Mariannes verjaardag. Afgezien van haar eerste verjaardag op het eiland, zij hoogzwanger, de mooie wollen omslagdoek om zich heen geslagen die ik haar cadeau had gegeven, hadden we het nooit meer gevierd. Het leek me leuk om haar te verrassen. Ik had Kamper Slof gehaald en een stapel boeken uit de tweedehandsbak. Opgetogen kwam ik aan bij de hut. 'Verrassing!' riep ik en hield de kartonnen doos van Bakkerij Smit en het cadeau omhoog.

Pup slaakte een vreugdekreet. Marianne keek alleen maar.

'Gefeliciteerd, liefste,' zei ik. 'Je bent vandaag drieëntwintig jaar geworden.'

Een geforceerde glimlach. Ik begreep dat dit een bitterzoete aangelegenheid was en zei: 'Misschien niet helemaal zoals je je het had voorgesteld. Maar het blijft een prachtige leeftijd.' Ik maakte de ketting van Marianne langer zodat ze meer bewegingsvrijheid zou hebben. Zoals altijd zorgde ik ervoor dat ze niet in de buurt kon komen van de keukenspullen. Ik haalde het pakketje boeken tevoorschijn. De winkelmedewerkster had ze ingepakt in donkerblauw cadeaupapier met zilverkleurige linten eromheen.

Marianne nam het cadeau in ontvangst. Even leek het alsof ze het wilde uitpakken, toen stopte ze en zei 'mooi hè?' tegen Pup.

Pup schoot tegen me aan. Veilig tegen mijn heup aangeklemd keek ze gretig naar de uitbundige zilveren krullen. Ergens was ik verbaasd door haar reactie, maar ik wijdde er geen gedachten aan.

'Wil jij het voor me uitpakken?' vroeg Marianne op haar allerliefste toon. Het cadeau en de Kamper Slof hadden haar duidelijk in een opperbeste stemming gebracht. Nog steeds had ik niet bewogen. Ik stond maar naar haar te kijken, met een keel dik van verlangen.

Nog steeds aarzelde Pup. Ik gaf haar een duwtje. 'Toe maar.'

'Dan pak ik het zelf wel uit,' zei Marianne en ze trok plagerig aan een van de zilveren krullen alsof ze een striptease aan het uitvoeren was.

Pup zette voorzichtig een stap naar voren.

'Wat doe je verlegen,' zei ik. 'Ga het cadeautje uitpakken!' Weer gaf ik haar een klein zetje.

Pup zette nog een stap naar voren.

'Kom bij me zitten,' zei Marianne en klopte naast zich op het bed. 'Hoe eerder je het cadeautje uitpakt, hoe eerder we Kamper Slof gaan eten.'

Pup keek me vragend aan. Ik knikte haar bemoedigend toe. Pas toen ging ze aarzelend naast Marianne zitten. Het raakte me: dezelfde blauwe ogen, hetzelfde donkere haar.

Pup nam het cadeautje op schoot. Ze had niet het geduld om de linten eraf te pulken en scheurde het papier open. Ik hoorde haar sneller ademen van opwinding.

Toen gebeurde het. Marianne haalde het mes dat we gebruikten om de ratten te villen vanonder haar hoofdkussen tevoorschijn. Ze nam Pup in de houdgreep en zette het mes op haar hals. 'Als je wilt dat je dochter blijft leven, laat je me nu vrij,' zei ze.

Het was alsof ik naar een film zat te kijken en deze situatie niet werkelijk plaatsvond. Pup zat me met grote ogen aan te staren. Eerder verwonderd dan bang.

'Maak me los,' zei Marianne. Haar stem klonk krachtig. Ik realiseerde me dat ze zich al een tijdje moest hebben voorbereid op dit moment. Zou ze daarom de laatste tijd meer toenadering tot haar dochter hebben gezocht? Zodat Pup het haar zou geven tijdens mijn afwezigheid?

'Doe dit alsjeblieft niet,' zei ik. 'Het is je verjaardag.'

'Wat kan mij dat godverdomme schelen!' Een dun straaltje bloed begon te stromen langs Pups hals.

'Marianne...' Ik zette een stap dichterbij. 'Verpest het nou niet. Het ging juist zo goed de laatste tijd.'

Ze drukte het mes verder in Pups hals, die opmerkelijk genoeg nog steeds geen kik gaf. Als een reptiel keek ze uitdrukkingloos voor zich uit.

'Nog één stap en ik snijd haar strot door. Je weet dat ik het doe.'

Mijn benen voelden rubberachtig aan alsof ze het elk moment konden begeven. 'Alsjeblieft...'

'Dit is je laatste kans. Ik tel tot drie. En als je dan nog niet die ketting hebt losgemaakt, doe ik het. Begrepen? Eén...'

Ik zag aan haar blik dat ze het zou doen. Even schoot door me heen dat ik weg kon lopen om nooit meer terug te komen. Ik zou het luik van buitenaf kunnen barricaderen en al mijn problemen zouden opgelost zijn.

'Twee...'

Mijn hand gleed in mijn broekzak waar ik de sleutel in mijn portemonnee verborgen hield. Ik opende de portemonnee, haalde de sleutel tevoorschijn en legde hem in mijn trillende handpalm. 'Hier.'

'Maak het slot open.'

Het slot zat vast aan een van de poten van het bed, tegen de wand aan, zodat Marianne er zelf nooit bij zou kunnen, zelfs al zou ze op een of andere manier de sleutel bemachtigen. Ik kroop onder het bed. Het tapijt was vochtig en de muffe lucht benam me de adem. Met trillende handen stak ik de sleutel in het slotje.

Opeens gilde Marianne. Ik stootte mijn hoofd tegen de lattenbodem en schoof zo snel mogelijk naar achteren.

Marianne zat jammerend op de rand van het bed met haar hand tegen haar wang aangedrukt. Bloed stroomde tussen haar vingers door. Pup stond in het keukentje, buiten bereik van Marianne. Haar mond was donkerrood. Alsof ze kersen had gegeten.

Het duurde even voordat ik in staat was te bevatten wat hier was gebeurd. Een vlaag van misselijkheid schoot door me heen.

'Ga je mond maar spoelen,' zei ik tegen Pup en gaf haar een flesje water aan.

Ik pakte de verbanddoos uit een van de grote plastic bakken waar we onze voorraden vrij van vocht en ongedierte in bewaarden. 'Leg het mes op de grond, Marianne. Dan kan ik je wond verzorgen.'

'Nee,' zei ze.

'Je kunt er nu toch niets meer mee.'

'Nee,' zei ze opnieuw.

Ik zuchtte diep. 'Straks gaat het infecteren en krijg je een lelijk litteken op je gezicht.'

'Alsof mij dat wat uitmaakt!' schreeuwde ze met zoveel agressie dat Pup zich snel aan mij vastklampte. Haar lichaam trilde. Dit was haar moeder. Degene die voor haar zou moeten zorgen, degene bij wie ze veilig zou moeten zijn.

Het liefste was ik Marianne aangevlogen, maar iemand moest de kalmte bewaren. Mijn oog viel op de open doos met Kamper Slof die nog steeds op het kleine tafeltje stond. Ik ging op een van de stoelen zitten en nam Pup op schoot. 'Weet je wat? We eten gewoon met onze handen,' zei ik tegen haar. Ik haalde de slof uit de doos en brak hem in tweeën.

Pup begon te giechelen. Al snel zat haar gezicht onder de slagroom en leek ze het hele incident te zijn vergeten.

Marianne legde het mes op de grond naast het bed. Daarna draaide ze zich naar de muur en zou jarenlang niets meer zeggen.

Pup

De buitenwereld bestaat uit grote grijze gebouwen met lange pijpen waar giftige rook uit komt. De auto's maken lawaai en stinken. Je kunt er nooit lekker slapen omdat het te licht is. Mensen schieten elkaar dood met geweren en ze hakken alle bomen om. Ze doen dieren in kooitjes en als ze mij zien, doen ze dat ook.

De zeearenden helpen mij. Zij houden de wijde omgeving in de gaten en als er boten aankomen en ik me niet op tijd heb verstopt, waarschuwen ze mij met een hoog langgerekt 'ke-kieuw'. Maar soms ben ik degene die de boot eerder hoort en waarschuw ik hen. En soms roep ik voor de grap 'ke-kieuw' omdat het leuk is om te zien hoe ze dan opvliegen. Je moet dat natuurlijk niet te vaak doen, want dan trappen ze er niet meer in.

Vandaag hoor ik het eerder dan zij: het geluid van roeiriemen in het water en het gepraat van een vrouwtje. Vrouwtjes zie ik niet vaak en ik wil weleens weten hoe ze er van dichtbij uitzien. Daarom ren ik niet terug naar de hut, maar verstop ik me in het riet, net als de kleine rietzanger. Beer zou heel boos zijn als hij dit wist. Maar Beer is hier niet. Steeds vaker niet.

Mannetjes zie ik regelmatig. Ze zetten fuiken voor palingen, terwijl dat niet mag, of ze komen het eiland op om foto's te maken van de zeearenden, en dat mag al helemaal niet. De gevaarlijkste man is de boswachter. Als hij aan komt varen, moet ik er extra goed voor zorgen dat hij me niet ziet. Ook hij betreedt het eiland niet, maar hij is een van de weinige mensen die wél weet waar hij moet kijken, zegt Beer.

Als een van de weinige tamme mensen kent hij de natuur. Hij ziet de afgebroken takken, hij kan sporen onderscheiden, zijn oog trekt naar alles wat afwijkt.

'Als ze jou gevangennemen,' heeft Beer gezegd, 'dan spreken we één ding met elkaar af: je noemt nooit mijn naam.' Hij pakte mijn kin beet en dwong me hem aan te kijken. 'Beloof je dat, Puppie?'

'Ik beloof het.'

'Dus als ze je vragen wie je vader is, zeg je dat je dat niet weet. Je hebt mij nooit gekend. Begrepen?'

'Begrepen.'

Hij gaf me een kus op mijn voorhoofd en op dat moment voelde ik dat hij van mij hield.

De boot komt steeds dichterbij. 'Ke-kieuw!' roep ik. De zeearenden scheren vlak over mijn hoofd en maken dat ze wegkomen. Ik kruip door het riet naar voren om de mensen beter te bekijken. Het vrouwtje drukt haar mond tegen die van het mannetje en maakt een slurpend geluid. Ik weet dat ik me beter zou moeten verstoppen, maar het is alsof mijn ogen vastgeplakt zitten aan het paartje.

De jongen schuift het shirt van het vrouwtje omhoog en nu zie ik de borsten bloot. Soms denk ik dat ik ze ook ga krijgen. Het lijkt wat opgezwollen daar. Maar liever word ik een mannetje, dat is makkelijker bij het plassen. Het mannetje likt aan de borsten alsof hij ze op wil eten en het vrouwtje maakt rare kreunende geluiden. Dit gaat zo door tot op een gegeven moment het mannetje zijn broek naar beneden trekt, het vrouwtje de lap stof om haar middel omhoogtrekt en ze gaan paren.

Dit heb ik eerder gezien bij Beer en het ding, en ik haat het. Het gehijg, het gekreun, de geur. Waarom paren mensen niet gewoon zoals vogels? De meeste vogels besteden veel tijd aan elkaar het hof te maken. Ze dansen om elkaar heen, poetsen hun veren, zingen prachtige melodieën, bouwen nesten. Het mooiste zijn de zwanen die elkaar proberen te spiegelen. Het vrouwtje danst voor en het mannetje danst haar na. De tijd tussen voor- en nadoen wordt steeds kleiner en uiteindelijk bewegen ze als één. Bij zangvogels is de paring kort en vriendelijk. Het vrouwtje doet haar staart opzij, ze wrijven tegen elkaar aan en het is gebeurd. Eenden zijn anders.

Ik heb weleens een woerd een broedend vrouwtje van haar nest zien jagen om haar net zo lang te achtervolgen tot ze uitgeput was. De paring duurde vervolgens wel een paar minuten, waarbij hij haar woest onder water duwde. Het kon hem niet schelen of ze doodging. Hij beukte op haar in, trok veren uit haar nek en toen hij klaar was, deed een andere woerd het nog eens dunnetjes over.

Beer gebruikt minder geweld dan een woerd, maar hij is ook niet bepaald een zangvogel. Gelukkig komen er nooit eitjes, en als dat wel zo was, at ik ze zo snel mogelijk op.

Dit mannetje doet er langer over dan Beer. Onder het paren likken ze in elkaars mond alsof ze hongerige jonge vogels zijn. Ook heeft dit mannetje minder haar op de billen.

Ik kruip nog wat dichterbij. Normaal ben ik heel zachtjes, maar nu ben ik afgeleid en raak per ongeluk een tak. Die breekt met veel lawaai.

Het vrouwtje schiet overeind en duwt het mannetje van zich af. 'Wat was dat?' vraagt ze.

'Niks,' zegt het mannetje. Hij wil weer doorgaan met paren, maar zij stopt hem.

'Ik hoorde echt iets,' zegt ze. Ze trekt snel haar shirt en de lap stof naar beneden en kijkt om zich heen. Ik maak me zo klein mogelijk in het riet. Ik denk niet dat ze me kan zien, maar ze zou wel mijn hart kunnen horen bonzen, zo hard gaat dat tekeer.

'Het spookt hier,' zegt ze. Haar stem klinkt schril als een aalscholver.

'Het is klaarlichte dag,' zegt het mannetje. Hij probeert haar naar zich toe te trekken, maar zij laat dat niet toe.

'Ik voel... een aanwezigheid. Voel jij dat niet? Kijk, ik heb helemaal kippenvel.' Ze laat hem haar arm zien.

'Schatje,' zegt het mannetje. 'Je overdrijft een beetje.'

'Ik wil hier weg,' zegt ze. 'Nu. Hoor je me?'

Het mannetje ritst zuchtend zijn broek dicht. 'Wat jij wilt.'

Even later start hij de boot en ze varen terug naar de buitenwereld. Was ik maar onzichtbaar zodat ik met ze mee kon varen en een kijkje kon nemen. Het eiland ken ik immers al.

Nicole

De begrafenisdienst vindt plaats in de Bovenkerk. De dominee – de vorige die de Gebedsdienst voor Marianne leidde is inmiddels vervangen door een jongere met een minstens zo priemende blik – leest voor uit het Oude Testament. Het verhaal van Job die allerlei plagen doorstond en vertrouwen in God bleef houden. Er hangt een bedompte lucht in de kerk door ramen die nooit openstaan, eeuwenoude graven en verweerde kerkbanken. Ik geloof dat ik ergens allergisch voor ben, ik heb al een paar keer moeten niezen.

Mijn blik is gericht op de kist die voor in de kerk staat. Het is een raar idee dat mijn vader daarin ligt. Ik probeer me op hem te concentreren en op het gevoel van verdriet dat ik zou moeten hebben, maar ik voel niets.

Mijn moeder heeft een kleine kristallen obelisk in haar hand die haar beschermt tegen duistere krachten. Zenuwachtig speelt ze ermee. Er hangt een elektrische lading om haar heen waar ik nog steeds gevoelig voor ben. Ik concentreer me op mijn voeten en adem langzaam in en uit, alsof ik haar daarmee tot rust kan brengen. Ik hoop maar dat de dienst snel voorbij is, al weet ik dat de diensten hier minimaal anderhalf uur duren en dat ik me elke seconde daarvan zorgen zal maken over haar gesteldheid.

Aan haar andere kant zit mijn andere oma die speciaal is overgekomen uit Dordrecht. Opa Bult is een paar jaar geleden overleden. Iedereen zegt dat ik op oma Bult lijk. Kennelijk is zij ook zo meegaand en voorkomend. Door mensen als oma Bult en ik, kunnen mensen als mijn moeder helemaal zichzelf zijn. Wij doen het reguleren wel.

De ouders van mijn vader zitten aan de andere kant van het middenpad. Ik realiseer me dat ze in korte tijd hun beide kinderen zijn verloren, eerst Willy en nu mijn vader. Ik heb ze bij binnenkomst een hand gegeven. 'Gecondoleerd,' zeiden we stijfjes tegen elkaar, alsof we elkaar nog nooit eerder hadden gezien.

Iedereen moet staan en er wordt een psalm gezongen. Een tergend traag lied met een tekst in een ouderwets Nederlands dat niemand meer spreekt. Het beroemde orgel van de Bovenkerk speelt op vol volume. De klanken worden versterkt door de metershoge muren. Mijn moeder houdt haar mond stijf gesloten. Oma Bult en ik zingen mee zonder de melodie te kennen. Elke noot is zo langgerekt dat dat geen probleem is. Dan moeten we allemaal weer gaan zitten en neemt de dominee weer het woord.

Er is een truc voor spreken in het openbaar. Concentreer je op een of twee mensen in het publiek en richt het woord tot hen. Het lijkt wel of de dominee mij als een van zijn ijkpunten heeft gekozen. Telkens boren zijn ogen zich weer in de mijne. 'Willem van Dijk,' zegt de dominee, 'bleef altijd vertrouwen houden in de Heere. Zelfs in de zwartste nachten van zijn leven, tijdens de zwaarste verzoekingen. De Heere was zijn baken.' Weer kijkt hij mij aan, alsof hij wil zeggen: 'Dat zou jij ook moeten doen.'

'Dat is niet waar,' zegt mijn moeder hardop. Oma Bult stoot haar met de elleboog in de zij. 'Sssst,' doet ze. Mijn grootouders kijken woedend opzij. Ik pak snel haar hand. 'Probeer erboven te staan,' fluister ik. 'Toe.'

'Over de Heere heb ik hem niet of nauwelijks gehoord,' zegt mijn moeder. 'Whisky daarentegen... Dát was zijn baken.'

De dominee schraapt zijn keel en praat verder. Over het rotsvaste geloof van mijn vader dat hem een plek in de hemel heeft bezorgd waar de engelen op hem staan te wachten en hij het eeuwige leven heeft aan de zijde van God.

'Ik ben anders benieuwd of je strafpunten krijgt voor echtscheiding,' zegt mijn moeder, nu op luide toon. 'Dat mag toch helemaal niet van jullie geloof?'

'Mama!' Oma Bult en ik porren haar gelijktijdig in haar zij. De dominee is gestopt met praten en kijkt woedend onze kant uit. 'We gaan,' zeg ik.

'Nee, hoor,' zegt mijn moeder. 'Ik blijf mooi zitten, want deze man was vijfentwintig jaar mijn echtgenoot, of jullie het leuk vinden of niet. Ik heb alle recht om hier te zijn.'

Het is stil in de kerk en ik voel dat alle ogen op ons zijn gericht.

'Vrijheid van meningsuiting,' zegt mijn moeder. 'Daar is dit land groot mee geworden. Maar dat zouden jullie niet weten met jullie negentiende-eeuwse principes.'

'Kom!' zeg ik. Ik sta op en probeer haar mee te trekken, maar ze blijft zitten met een gezichtsuitdrukking alsof ze op het Plein van de Hemelse Vrede staat en er een tank op haar afrolt. En waarschijnlijk ziet ze zichzelf op dit moment ook zo. Als een held.

'Waar waren jullie toen Marianne verdween?' gaat mijn moeder verder. 'In plaats van dat jullie Willem hebben gesteund, hebben jullie hem kleingehouden en bang gemaakt. Jullie hebben hem wijsgemaakt dat het zijn schuld was. Dat door zijn dwaling zijn dochter van hem is afgenomen. Wat voor "christenen" zijn jullie?'

'Kom!' zeg ik nog een keer en ik trek hard aan haar arm. Mijn moeder moet nu wel gaan staan en laat zich door mij meetronen. Het middenpad is lang. Honderden in zwarte kleding gehulde mensen kijken als één man vol afschuw naar onze aftocht. Ik probeer de blikken te ontwijken, maar ze branden op mijn gezicht. Het liefst zou ik naar buiten willen rennen, maar mijn moeder laat zich niet opjagen. Met opgeheven hoofd schrijdt ze door het gangpad, alsof ze een bruid is onderweg naar haar bruidegom, op de voet gevolgd door mij, het ongelukkige bruidsmeisje.

Als we eindelijk buiten zijn, schijnt de zon fel op mijn met kippenvel bedekte armen. Mijn moeder zegt opgetogen: 'Het kan maar beter duidelijk zijn voor iedereen.'

Ik zeg niets terug. Ik hoor alleen maar mijn eigen gejaagde ademhaling. Dan sla ik mijn moeder vol in haar gezicht. Het geluid van de klap weerkaatst tegen de zeshonderd jaar oude buitenmuren. Mijn hand laat een rode vlek op haar wang achter.

Mijn moeder brengt haar hand naar de plek waar ik haar heb geraakt. Haar mond is een stukje opengevallen.

'Waarom denk je nooit aan mij?' schreeuw ik. Inmiddels staat oma Bult ook buiten. Ze kijkt verschrikt van mijn moeder naar mij en ik zie dat ze zich helemaal gek aan het denken is over wat ze kan doen of zeggen om deze situatie onder controle te krijgen.

'Hoe bedoel je? Ik denk *altijd* aan jou!'

'O ja? Dit is mijn vaders begrafenis! En in plaats van dat ik dat zelf kan beleven, moet ik jou babysitten. Noem je dat aan mij denken?'

'Niemand heeft jou anders gevraagd om te babysitten, hoor.'

'Rustig,' hoor ik oma Bult op de achtergrond zeggen. 'Laten we naar huis gaan en tot bedaren komen.'

Mijn moeder en ik staan als twee boksers tegenover elkaar. Het wachten is op het startsein. Opeens denk ik aan Marianne en hoe zij vaak op dezelfde manier tegenover mijn moeder stond. Ik zet een stap achteruit. Draai me om en loop weg.

Ik loop de stad uit langs de IJssel, zelfs voorbij Haatland, totdat er alleen nog maar weilanden en een enkele boerderij zijn. Na een uur kom ik bij een brede rietkraag aan. Achter het riet begint het water en liggen de eilanden. De laatste keer dat ik ze heb gezien is meer dan twintig jaar geleden toen ik een jong meisje was en ze nog maar net waren opgespoten en nog nauwelijks begroeid. We maakten een uitstapje vanuit school. 'Kijk hoe de mens de natuur naar zijn hand zet,' had de meester met ontzag in zijn stem gezegd. We keken uit over de kale zandplaten en ik dacht: ik ben benieuwd wat God hiervan vindt.

Ik doe mijn schoenen en sokken uit en waad door het riet totdat ik vrij zicht heb over het water. De bodem is blubberachtig en het water koud, maar het kan me niet schelen. De eilanden zijn nu weelderige oases geworden van volgroeide bomen, struiken en riet. Een koppel zwanen vliegt over. Hun klapwiekende vleugels maken verrassend veel geluid. In de verte vaart een bootje. De zon geeft het water een zachte glans. Vaag is het zoemende geluid van de A6 hoorbaar.

Ik schreeuw.

Berend

Ooit zag ik een documentaire waarin gemzen over een verticale damwand naar boven klauterden op zoek naar een bepaald type mos. Pup had dezelfde aangeboren behendigheid. Zij klom net zo makkelijk in een boom als dat ze zich door struiken heen manoeuvreerde, zonder ook maar een schram op te lopen. Zij was blij in de herfst wanneer er overal judasoren verschenen, eetbare paddenstoelen die in geen enkele supermarkt verkrijgbaar zijn en die we bakten in olie en aten met een beetje peper en zout. Ze was blij wanneer het winter was, en we dicht tegen elkaar aan lagen om warm te blijven en er soms ijs lag op het Ketelmeer. Ze was blij wanneer het lente werd, er overal groene blaadjes verschenen en de ganzen- en eendeneieren voor het oprapen lagen. En ze was blij in de zomer wanneer het in de lagune wemelde van de karpers die je met je blote handen kon vangen.

Dat voorjaar had een havikenstel het nest van de zeearenden ingenomen. De arenden hadden nog een schamele poging ondernomen om hun nest terug te claimen, maar hadden zich laten wegjagen door deze veel kleinere, maar fellere roofvogelsoort. Hoewel ze enorme vogels waren met een spanwijdte van tweeënhalve meter, waren zeearenden zeer gevoelig. Er hoefde maar iemand in de buurt te komen of ze vlogen weg, om pas uren later weer terug te keren. Gelukkig trokken ze zich weinig van mij en Pup aan. Het leek alsof ze ons herkenden. Ik meende zelfs dat ze ons begroetten wanneer we aan kwamen varen. 'Kiekuu, kiekuu,' riepen ze vanuit de top van de populier waar ze graag zaten.

Ik legde regelmatig een karper voor ze neer op een open plek en wachtte dan vanaf een afstand met Pup totdat ze hem zouden oppikken. Meestal was het het mannetje dat met uitgestrekte gele klauwen de karper opraapte en ermee naar zijn vrouwtje vloog. Samen werkten ze dan de vis naar binnen. Waarom de zeearenden zo angstig waren, wist ik niet. Ze hadden immers van niemand iets te vrezen. Mens noch dier. Toch was het een roofvogel met het hart van een kippetje.

Toen de havikenjongen waren uitgekomen en luidruchtig om hun ouders riepen, had Pup besloten in de boom te klimmen om ze te bekijken. Ik was ergens anders op het eiland aan het werk en hoorde de haviken krijsen. Zonder rekening te houden met de veiligheidsregels, rende ik dwars door het struikgewas op het geluid af, alsof ik wist dat mijn kind in gevaar was. Vanuit de verte zag ik dat de moeder zich telkens woedend naar beneden stortte, en toen ik dichterbij kwam, zag ik dat Pup haar doelwit was. Ze klauwde met haar nagels in haar hoofd. Pup probeerde de woedende vogel van zich af te slaan, maar ze verloor haar evenwicht en viel. Het geluid van brekend bot deed mijn maag samenknijpen. Pups hand stond in een rare hoek. Verder had ze een aantal flinke sneeën in haar hoofdhuid en leek een van haar ribben te zijn gebroken.

Er zat niets anders op dan zelf de hand te zetten. Ik gaf Pup duizend milligram paracetamol en een slaappil. Toen ze zachtjes begon te snurken, haalde ik diep adem, deed een schietgebedje en zette met een ferme beweging haar hand terug op zijn plek. Haar ogen gingen open, ze schoot omhoog en probeerde me te bijten. Ik kon nog maar net haar scherpe tanden ontwijken. Maar haar hand stond weer redelijk recht. Ik ontdeed een mooie rechte wilgentak van zijn schors en bond die langs haar pols met een drukverband.

De wondjes op haar hoofd waren een groter probleem; die begonnen flink te etteren. Ik maakte ze twee keer per dag schoon met jodium, met het onbedoelde bijeffect dat Pups haar donkerrood kleurde. Ik besloot om het helemaal af te knippen, dat was ook makkelijker bij het verzorgen van de wonden.

Toen haar temperatuur ver boven de veertig was, zei Marianne: 'Je moet haar naar het ziekenhuis brengen.' Ze was zowaar rechtop gaan zitten in bed en legde haar hand op Pups voorhoofd. 'Ze gloeit.' Pup kreunde en keek glazig naar haar op.

Er was niet veel van Marianne over. Haar spieren waren grotendeels weggeteerd en ik schatte in dat ze minder dan vijftig kilo woog. Haar haar was voor een groot deel uitgevallen en ik had het kort moeten knippen omdat ze zoveel kale plekken had. Ze leek op een pasgeboren vogel. Het grootste deel van de dag lag ze te slapen. Ze bewoog alleen nog wanneer ik haar ertoe dwong en moest dan ondersteund worden.

'Als je echt van haar houdt, breng je haar nu naar een dokter.' Het was de langste zin die ik haar in tijden had horen uitspreken. Haar stem klonk krakerig en onwennig.

Mijn oog viel op het littekenweefsel op haar wang. Roze uitpuilend vlees dat nooit goed was geheeld. 'Wat wil je, Marianne?'

'Dat kind is doodziek. Ze heeft medische hulp nodig.'

'Kinderen hebben wel vaker hoge koorts.'

'Een onbehandelde infectie is levensgevaarlijk.' Marianne keek me uitdagend aan. 'Ze kan wel sterven.'

Toen had ik het door. 'Jij wilt dat ik Pup naar het ziekenhuis breng, omdat je hoopt dat ze door haar jóú vinden.'

'Ik wil dat je mijn kind redt!'

'Jij geeft niets om je kind. Jij denkt alleen maar aan jezelf.'

'Ik denk aan Pup.' Ze aaide nog een keer over Pups hoofd om te bewijzen dat ze de waarheid sprak.

Ik nam Pup in mijn armen. Haar huid leek in brand te staan. 'Het kan niet.' Mijn stem brak. 'We wisten dat er consequenties zaten aan onze keuze om hier te leven.' Ik drukte Pup nog steviger tegen me aan. Haar anders zo vitale lichaam voelde slap. Haar ademhaling was snel en oppervlakkig. 'We hebben een afspraak met elkaar.'

'Krokodillentranen,' zei Marianne. 'Je bent een slecht mens, Berend.' Haar ogen stonden fel. 'Een slecht mens.' Ze draaide haar rug naar me toe. Ik zou eraan gewend moeten zijn dat ze zo afwijzend deed, maar dat was niet zo.

Ik legde Pup voorzichtig weer op bed en ging naast haar liggen. Het was alsof haar geest in en uit haar lichaam gleed. Heel soms stokte haar adem, maar dan schudde ik haar zachtjes door elkaar en kwam de ademhaling weer op gang. 'Blijf hier,' zei ik tegen haar. 'Blijf alsjeblieft hier.'

Een keer schoot Pup rechtovereind en keek ze met stralende ogen naar een plek schuin boven haar. Ze wees. 'Daar,' zei ze. 'Daar.' Een glimlach vormde zich op haar gezicht.

'Wat zie je?' vroeg ik.

'Daar,' bleef ze maar zeggen met een verrukte uitdrukking op haar gezicht. Ik trok haar voorzichtig terug op het bed en legde een nat washandje op haar bezwete voorhoofd.

'Blijf maar rustig liggen,' zei ik. 'Ik ben bij je.'

'Godverdomme, Berend!' Marianne kwam weer overeind. 'Ze gaat hartstikke dood. En dat is jouw schuld.'

'Ze is sterk. Ze wordt vanzelf weer beter.' Maar het idee dat Pup dood zou gaan als ik niet in actie zou komen, had zich al stevig in mijn hoofd geworteld en nu kon ik niet meer helder nadenken.

'Ga met haar naar het ziekenhuis. Desnoods laat je haar daar achter.'

'En hoe krijgen we haar dan terug?'

'Dat zien we dan wel. Als je niet gaat, zijn we haar sowieso kwijt.'

In het zachte licht van de lantaarn keek ik naar Pups gezicht. Ze leek grauwer te zijn geworden.

'Ze is aan het verliezen,' zei Marianne toen, op een andere, zachtere toon. 'Ik ken jou, Berend. Hoe moet jij verder leven met jezelf als...'

Ik sloeg mijn handen voor mijn ogen. Marianne legde haar hand op mijn rug. 'Ik weet dat je een goede vader bent en de juiste beslissing zult nemen.'

Ik zuchtte diep. 'Het kan niet,' zei ik nog steeds met mijn gezicht in mijn handen.

'Het kan wel,' zei Marianne. 'Wat er ook gebeurt, ik ben er voor je.' Ze sloeg haar beide armen om me heen en legde haar hoofd tegen mijn schouder. 'Ik hou van je.'

Ik liet me tegen haar aan leunen. Ik had al die tijd zo verlangd naar haar liefde. Een tijd bleven we zo zitten, tot ik mijn tranen wegveegde en zei: 'Goed dan. Pak jij haar warm in?'

Marianne gaf me nog een kus op mijn schouderblad. Ik stond op om mijn schoenen aan te trekken.

'Zal ik haar maar aangeven?' vroeg Marianne. Ze zat op de rand van het bed, als een echte bezorgde moeder, en aaide Pup over haar voorhoofd.

'Hoe bedoel je?'

'Hoe wil je anders met Pup in je armen door het luik naar buiten klimmen?'

Ik wilde niet meteen het slechtste denken en ik nam bewust een moment om de situatie in overweging te nemen. Het was waar dat het lastig zou worden om met Pup in mijn armen het trappetje op te klimmen. Als ik Marianne los zou maken, zou het inderdaad makkelijker gaan. Ik keek Marianne aan. Ze deed nog een poging om onschuldig te kijken, maar sloeg al snel haar ogen neer. Ik wist genoeg.

Binnen twee stappen was ik bij haar. Mijn vuist trof haar op haar slaap. Mijn andere vuist raakte haar in de maagstreek. Gillend probeerde ze me af te weren. 'Kutwijf!' schreeuwde ik. 'Waarom denk je altijd alleen maar aan jezelf?'

Marianne wierp zich op het bed en klampte zich aan Pup vast, met haar hoofd tegen dat van haar dochter aan. 'Alsjeblieft, Beer, alsjeblieft,' zei ze.

Mijn gebalde vuist bleef in de lucht hangen. Toen liet ik me door mijn benen zakken. Het zachte bont op de vloer had iets troostends. Ik drukte mijn wang ertegenaan, greep het vast met beide handen. Door de dierlijke geur heen, rook ik de natte aarde.

Marianne zei: 'Ik wilde echt niet...'

Het schoot door me heen dat ik niet meer van haar hield. Althans, niet meer zoals vroeger. 'Hou je bek,' zei ik.

Na het incident herstelde Pup wonderlijk snel. Binnen twee dagen was de koorts verdwenen, hadden zich stevige korsten gevormd op de wondjes op haar hoofd en vroeg ze om een flink stuk vlees. Voor haar leek er niets te zijn veranderd. Het zei haar niets dat ze bijna dood was gegaan. Het zei haar evenmin iets dat ze was blijven leven. Een wild dier leeft altijd in het moment en neemt elke situatie zoals die is.

Mensen zijn ongelukkig omdat ze altijd bedenken hoe het anders had moeten zijn.

Pup

Vlees, ik wil vlees. Ik wil het zo graag dat ik er buikpijn van heb.

Je moet wachten tot de ganzen ergens neerstrijken, want ze uit de lucht schieten kan alleen als je een buks hebt en die heb ik niet. Beer heeft er een, en vroeger mocht ik altijd de beverratten doodschieten, maar hij neemt me bijna nooit meer mee. Het komt niet meer uit, zegt hij. Ik heb hem gevraagd om dan een eigen buks voor mij te kopen, dezelfde als die van hem, maar dat vindt hij onverantwoord. Dus gebruik ik mijn pijl en boog.

Een vlucht brandganzen zwermt de hele ochtend al rond het eiland. Luid gakkend bepalen ze waar ze naartoe zullen gaan. Samen met de zeearenden houd ik ze in de gaten. Zij bepalen wie de zwakste is. Daarna gaan ze boven de gans vliegen, zodat die wel moet dalen. Eenmaal geland op het water, duwt de zeearend hem onder. Net zo lang tot hij verzuipt en dat duurt best lang, want ganzen kunnen een behoorlijke tijd hun adem inhouden. Als de gans dood is, zullen de zeearenden om beurten stukjes ganzenvlees naar het nest brengen. Er is maar één jong dit jaar. Hij heeft inmiddels de maat van een flinke eend, maar aan zijn donsveren zie je dat hij nog een kuiken is.

Ik ben geen zeearend en moet wachten tot er een op het eiland neerstrijkt. Ganzen knabbelen graag aan het jonge gewas dat tussen de struiken groeit. Het kan nog wel een tijdje duren, dus ga ik op mijn rug liggen en kijk naar de wolken. Takjes prikken in mijn rug. Mijn buik doet nog steeds pijn. Af en toe vliegen de ganzen luid gakkend langs. Geduld is alles.

Eindelijk maakt een gans zich los van de groep. Ik kom zonder geluid te maken overeind, pak mijn pijl en boog. Ik mag geen fouten maken. De gans landt op een open plek vlak aan de waterrand. Het is een vrouwtje. Ze waggelt wat rond, plukt van het groen. Ik sluip dichterbij. Trek langzaam de pijl naar achteren. Richt.

Dan voel ik iets warms en nats langs mijn benen lopen. De gans gaat zitten en koestert haar veren in de middagzon. Dit is het moment om te schieten. Ik trek de pijl nog verder naar achteren. Iets warms. Iets nats. Tussen mijn benen. Het leidt af. Ik probeer me op de gans te concentreren. Ik heb haar goed in het vizier. Dit is het moment. Ik laat de pijl los.

Mis.

Ik kijk naar beneden.

Bloed.

Zoveel bloed. Bijna net zoveel als die keer dat ik met mijn mes uitschoot en een stukje van mijn wijsvinger afsneed. Wonden zijn levensgevaarlijk. Je kunt doodbloeden. Of een infectie krijgen. Het bloed sijpelt nog steeds langs mijn benen naar beneden. Ik leg mijn hand over mijn mond om niet te gillen. Wat moet ik doen? Berend is er niet en je weet nooit wanneer hij weer komt. Het enige wat ik heb is het ding. En aan het ding heb je niks.

Toch ren ik naar de hut. Zoals altijd ligt het ding op het bed met de rug naar de ingang toe. Ik pak mijn zaklantaarn en schijn op de muur zodat het wakker wordt. 'Ik bloed,' zeg ik.

Het ding beweegt niet eens. Ik schud het aan de schouder heen en weer. Eerst zachtjes, daarna harder. Het maakt een geërgerd geluid.

'Ik bloed!'

Inmiddels druipt mijn bloed op het tapijt. Dat kun je goed zien, want het tapijt is gemaakt van de zilverkleurige buikvacht van muskusratten. En je kunt het bloed ook ruiken.

Ik ruk nog een keer aan de schouder en leg het op de rug. Ik schijn met mijn zaklantaarn in de ogen. Snel houdt het de hand ervoor. Weer een kreunend geluid.

Ik sla het in het gezicht. 'Ik bloed!' Inmiddels ben ik gaan gillen. Als er niet snel iets gebeurt, bloed ik dood. 'Wat moet ik doen?'

Het ding komt overeind, kijkt me in de ogen aan en dat gebeurt zelden. Dan opent het de mond en schreeuwt: 'Raaaaaaaah!' Recht in mijn gezicht. Ook dit heeft het nog nooit gedaan. Van de schrik klim ik weer naar buiten. Het bloed blijft maar stromen. Ik weet niet meer wat ik moet doen.

Ik ga opgerold onder de esdoorn op het zachte mos liggen en hoop dat het bloeden stopt. Als je blijft bewegen, bloed je immers nog sneller leeg. Mijn buik doet nog steeds pijn, een kramperig gevoel alsof ik iets verkeerds heb gegeten. Ik voel tussen mijn benen en ontdek dat het bloed uit mijn binnenste komt.

Als het al bijna donker is en het bloed korsten heeft gevormd aan de binnenkant van mijn benen, hoor ik de boot van Beer. Soms hoor ik hem in de verte en hoop ik dat hij zal komen, maar komt hij niet. Hij heeft het heel erg druk, zegt hij, al zijn er steeds minder ratten. Deze keer komt hij wél dichterbij. Even later loopt Beer over de wissel. Ik hoop dat hij me ziet, maar hij heeft goed de pas erin en zijn ogen staan strak. Pas minuten later begint hij te roepen: 'Pup! Puppie, waar ben je?'

Ik stoot een gejammer uit als antwoord. Nu ziet hij me eindelijk wel.

'Wat is er gebeurd?' vraagt hij. 'Ben je gewond?' Hij hurkt naast me neer. 'Laat me eens kijken.'

In de schemer bekijkt hij de situatie en zegt dan: 'Je bent ongesteld geworden.' Het klinkt als iets afschuwelijks.

'Ga ik dood?' vraag ik.

'Nee,' zegt hij. 'Natuurlijk niet.' Hij zucht diep. Het is dezelfde zucht als wanneer het ding niet wil eten en dat is bijna de helft van alle keren zo. 'Ga je wassen in de lagune, ik kom zo bij je met schone kleren.'

Ik haal opgelucht adem. Ik trek alles uit en was mijn onderlichaam in het koude water. Beer heeft schone kleren uit de hut gehaald en staat aan de kant toe te kijken. Er is iets anders in zijn blik. Iets wat ik niet kan plaatsen. Het voelt niet fijn.

Beer legt een stapeltje neer aan de rand van de waterkant: een handdoek, een onderbroek, een broek en een trui. Daarbovenop legt hij een klein roze pakketje. Het lijkt wel een cadeautje en daar ben ik dol op. Ik pak het snel van de stapel af en maak het open.

'Plak het maar in je onderbroek,' zegt Beer. 'Dat bloeden kan nog wel een paar dagen duren.'

'Ben ik ziek?'

'Je bent een vrouw geworden.' Beer draait zich om en loopt terug naar de hut. Ik sta in het donker voor me uit te staren. Vlak bij me kwaakt een kikker. Ik denk aan de vrouwtjeszeearend die een kop groter en veel sterker is dan het mannetje.

Maar ook aan de vrouwtjeseend die wordt opgejaagd door de mannetjes.

Nicole

Wanneer ik het centrum van Kampen weer in loop, is het twee uur ’s middags. De markt is net afgelopen en er rijden aanhangwagens langs met kraamonderdelen. Een oud-klasgenote loopt langs met haar fiets aan de hand. Aan het stuur hangt een tas met groente en fruit, achterop zit een peuter in een kinderzitje op een wit broodje te kauwen. ‘Gecondoleerd,’ zegt ze als ze me ziet. Ze blijft staan en wil duidelijk een praatje maken, maar ik loop door.

De woonkamer en tuin staan vol als ik thuiskom. Ik blijf staan in de deuropening van de woonkamer en zoek Eva en Marly tussen de groep in het zwart geklede mensen die op elkaar gepropt koffie drinken en druk door elkaar heen praten. Ze hadden beloofd dat ze zouden komen. Ik heb moeite om me te concentreren op de gezichten. Het lijkt wel of ik niet helemaal scherp kan stellen. Ergens hoor ik de stem van mijn moeder.

Een wat oudere vrouw met felrood geverfd haar gaat voor me staan en ontneemt me het zicht. ‘Jij bent zeker Nicole?’

Ik probeer langs de vrouw heen te kijken. Ik denk dat ik Marly in een hoek zie praten met Eva.

De vrouw steekt haar hand uit. ‘Thea.’

Ik schud hem beleefd en wil doorlopen, maar ze verspert me de weg. ‘Je moeder heeft veel over je verteld…’ Ze pauzeert, alsof ze op het punt staat een spannende onthulling te doen. ‘Ik zie dat je heel gevoelig bent. Jij bent zo iemand die een kamer binnen kan lopen en precies voelt hoe de energie is. Toch?’

Ik merk nu dat ik sta te tollen op mijn benen. Misschien moet ik gaan zitten. Voor de zekerheid houd ik me vast aan de deurklink.

Thea glimlacht alwetend. 'Je moeder heeft heel hard voor jullie gewerkt de laatste tijd. Veel dingen uit de lijn *gecleared.* Ook uit vorige levens.'

Vlekken dansen voor mijn ogen. Mijn hand klemt zich steviger om de deurklink. Ik dwing mezelf om diep in te ademen.

Dan staat Christine naast me. Ze pakt me bij mijn arm en trekt me mee de gang in. Tegen Thea zegt ze op haar bekende autoritaire, maar vriendelijke toon: 'Ik moet even Nicole van u lenen.' Als we in de gang staan, trekt ze snel de deur dicht. Ze begeleidt me naar de trap en laat me plaatsnemen op de tweede tree.

'Heb je gegeten vandaag?'

Ik schud mijn hoofd.

'Blijf zitten.'

Terwijl ze weg is, komen Eva en Marly de gang in. Allebei gekleed in prachtige zwarte mantelpakjes en zorgvuldig opgemaakt en gekapt. Alsof ze Jackie Kennedy zijn. 'Ben je oké?' vraagt Marly.

'Ja,' zeg ik.

'Nee, dus,' zegt Eva. Ze komt naast me zitten en slaat haar arm om me heen. Ik zou me aan haar vast willen klampen als een drenkeling, maar onderdruk de neiging.

Christine komt terug met een bordje met daarop een stuk hartige taart en een kom soep. 'Hier,' zegt ze. 'Eet maar snel op.'

'Gaan jullie nou alle drie zitten toekijken hoe ik eet?' vraag ik.

'Dat is precies wat wij gaan doen,' zegt Marly.

Na een uur is het grootste deel van de visite verdwenen. Mijn moeder, Thea en de buurvrouw van nummer 67 voeren een intens gesprek op de bank. Bij de koffietafel staan enkele oude vriendinnen van school met elkaar te kletsen. In de tuin roken twee buurmannen een sigaretje.

De deurbel gaat. 'Ik doe wel open,' zegt Christine. Even later komt ze de woonkamer binnen met Bettina en haar man van wie ik de naam ben vergeten. Ik heb hem een keer eerder gezien, op hun bruiloft, alweer een tijdje geleden. Hij heeft het tanige gezicht van iemand die veel in de buitenlucht is.

'Lieverd,' zegt Bettina. 'Gecondoleerd. Het spijt me dat we niet op de begrafenis konden komen. Lukie was niet helemaal lekker, dus ik moest hem onverwachts ophalen van de crèche.'

'Geeft niets,' zeg ik.

Ook haar man geeft me een hand en condoleert me. Hij kijkt me doordringend aan en knijpt hard in mijn hand.

'Ik heb taart meegenomen,' zegt Bettina. 'Waar kan ik die neerzetten?' Ik zie nu dat ze een tas van de HEMA op de vloer heeft gezet. 'Red velvet cake. Superlekker.'

'Doe maar op de koffietafel,' zeg ik.

Als ze weg is, valt er een ongemakkelijke stilte. Haar man blijft me maar aankijken, duidelijk op zoek naar iets om te zeggen. 'Hoe gaat het met je?' vraagt hij dan. 'Bettina vertelde dat je naar Spanje bent verhuisd?'

'Klopt,' zeg ik.

'Waar?'

'In het Nationaal Park Sierras de Tejeda, Almijara y Alhama.' Omdat ik zie dat dat hem natuurlijk niets zegt, voeg ik eraan toe: 'Vlak bij het bergdorpje Cómpeta. Een uur van Málaga.'

'Mooi daar?'

Ik knik. 'Prachtig. Ik woon midden in een natuurgebied. De dichtstbijzijnde buren wonen pas een kilometer verderop.'

'Je ziet er geweldig uit,' zegt Bettina, die er weer bij is komen staan. 'Heb je het naar je zin daar?'

'Ja,' zeg ik. 'Het buitenleven bevalt me goed.'

'Mensen zijn niet gemaakt om binnen te zitten,' zegt Bettina's man.

'Jíj bent niet gemaakt om binnen te zitten,' zegt Bettina lachend tegen hem.' Tegen mij zegt ze: 'Als hij langer dan een paar uur in huis is, wordt hij gek.'

Mijn moeder onderbreekt het gesprek. 'Bettina!' roept ze uit. 'Wat ben je toch een lieve, attente schat.' Ze omhelst haar vurig, alsof Bettina haar beste vriendin is. Of verloren dochter. Of een combinatie van de twee. Mij keurt ze geen blik waardig.

De man en ik wisselen een blik van verstandhouding uit. Ik weet zeker dat hij mijn moeder net zo overdreven vindt als ik. Dan loop ik naar de tuin, waar Marly en Eva een sigaret hebben gebietst van de buurmannen die hen in ruil daarvoor continu bewonderend aanstaren.

'Wie was die man?' vraagt Marly, terwijl ze rook uitblaast, waardoor ze nog meer op een filmster lijkt.

We kijken alle drie door het raam naar binnen, waar mijn moeder nog steeds druk in gesprek is met Bettina. Haar man staat er onhandig bij.

'De man van Bettina. Mijn oude bazin van toen ik nog bij de HEMA werkte.'

'Heb jij bij de HÉMA gewerkt?' vraagt Eva.

'Wat een engerd,' zegt Marly. 'Zoals hij naar jou stond te kijken. Ik kreeg er de rillingen van.'

'Hij is wel aardig,' zeg ik.

Alsof hij weet dat we het over hem hebben, kijkt hij me opeens recht aan. Ondanks het feit dat er meer dan tien meter en dubbel glas tussen ons in zitten, voel ik zijn ogen op mijn huid branden.

Berend

Op een dag besloot ik na het wegbrengen van de kadaverton niet meteen naar het eiland terug te keren, maar naar 't Kroegje in Kampen te gaan. De zon scheen, ik was klaar met mijn werk en ik had trek in een biertje, vers van de tap. Op het eiland hadden ze me in principe niet meer nodig. Pup was een bedreven jager en wist precies waar ze eetbare planten kon vinden, als ze zich ertoe zette, tenminste. Nu de puberteit dichterbij kwam, werd ze opstandiger. 'Waarom moet ik altijd alles doen?' vroeg ze regelmatig als een klagelijke huisvrouw. Ook viel ze me vaak in de rede, corrigeerde ze me of had ze domweg een grote mond. Ik merkte dat ik minder plezier beleefde aan ons contact samen. En van Marianne hoefde ik al helemaal niets meer te verwachten.

Ik ging zitten en genoot van de onzinnige luxe van het domweg naar passerende mensen kijken, zitten en bier drinken.

'Berend?' Nog voordat ik opkeek, herkende ik haar stem.

Ik had Bettina sinds het verbreken van onze relatie niet meer gezien, al weer meer dan tien jaar geleden. Haar gezicht was voller geworden, en toen ik beter keek, zag ik waarom. Ze was zwanger. Ik stond op en gaf haar drie kussen. Ze rook nog precies zoals vroeger. Zoet. Pasgewassen. Uit haar mond kwam de geur van pepermuntjes.

'Hoelang al?' vroeg ik, kijkend naar haar buik.

'Zesentwintig weken,' zei ze. 'Het begint zwaar te worden met het warme weer.'

'Wil je iets drinken?' vroeg ik. 'Je moet goed drinken. Voor het vruchtwater.'

'Wat galant,' glimlachte Bettina. Ze liet zich in de stoel naast me zakken en zuchtte diep toen ze eenmaal zat. Ze bestelde een appelsap. Rondom haar ogen waren kleine rimpeltjes ontstaan, maar verder had de tijd weinig vat op haar gehad. Zo van dichtbij, zag ik dat ze zich zorgvuldig had opgemaakt. Het had iets prettigs, een vrouw die zich verzorgde. Gaf ze daarmee niet het signaal af dat ze om zichzelf gaf, om anderen, om het leven?

'Jij werkt nog steeds in de buitenlucht, zeker,' zei Bettina. 'Je hebt nog steeds die gezonde kleur.'

'Klopt,' zei ik. 'Al valt er tegenwoordig steeds minder te vangen.'

'En geen vrouw in je leven, zo te zien.' Bettina keek nadrukkelijk naar mijn T-shirt. Ik realiseerde me dat daar vlekken in zaten. Ook was ik me bewust van mijn ongekamde haar en de zwarte randen onder mijn nagels.

'Woon je nog steeds in die schuur?'

Ik schrok van de vraag, maar deed mijn best om luchtig te klinken. 'Nog steeds. En jij? Ik neem aan dat je samen bent met iemand?'

'De vader is niet in beeld.' Haar gezicht betrok. 'Hij wil niets met het kind te maken hebben. Hij denkt dat ik hem erin heb geluisd.'

'Wat een idioot,' zei ik. 'Een kind is het mooiste wat er is.'

'Heb jij kinderen?'

Ik voelde dat ik rood werd. 'Nee,' zei ik. 'Maar altijd wel graag willen hebben.'

'Nou, ik zoek nog een vader,' zei Bettina.

We schoten allebei in de lach.

'Dat het zo gelopen is met de vader is rot, maar ik ben blij met dit kindje,' zei Bettina toen. 'Ik ben natuurlijk niet meer de jongste en misschien is dit wel mijn laatste kans.' Ze aaide liefkozend over haar buik.

In een opwelling legde ik mijn hand op haar arm, het leek vanzelfsprekend om dat te doen, hoewel we elkaar al die jaren niet meer hadden gezien. 'Ik vind je dapper,' zei ik.

'Blijf dat vooral regelmatig tegen me zeggen. Want ik vind het niet altijd even makkelijk.'

'Je bent een dappere vrouw,' benadrukte ik. Op dat moment besefte ik dat het leven mij een tweede kans bood en dat ik die niet voorbij moest laten gaan.

Een paar dagen daarna nam ik Bettina mee uit eten. Ik had speciaal voor de gelegenheid een kamer geboekt in de Stadsherberg, zodat ik niet als een zwerver op ons afspraakje zou verschijnen. Hoelang was het geleden dat ik voor het laatst onder een douche had gestaan? Ik kon niet genoeg krijgen van de warme stralen over mijn rug. Het leek wel of het vuil tot in mijn poriën was doorgedrongen. Ik moest mijn huid met een borstel schoonboenen om het ergste eruit te krijgen. Ik zeepte mijn lichaam keer op keer in en genoot van de frisse geur van de douchegel. Veel te lang bleef ik staan. Toen ik eronder vandaan kwam schrok ik van de tijd en moest ik me zelfs haasten.

'Wie ben jij en wat heb je met Berend gedaan?'

Ik voelde me enigszins verlegen worden. 'Vind je het wat?' vroeg ik.

'Jazeker,' zei Bettina. Ze trok de kraag van mijn nieuwe overhemd recht en zei: 'Zo, nu ben je helemaal perfect.'

Ik had een tafeltje in de serre gereserveerd met uitzicht op de rivier. In dit restaurant serveerden ze plateaus met allemaal kleine gerechtjes. We schepten elkaar om beurten op en analyseerden wat we aan het eten waren. Al snel voerden Bettina en ik een geanimeerd gesprek. Ik was vergeten hoe makkelijk ze in de omgang was. Hoe welwillend ze was om over welk onderwerp dan ook te praten en hoe ze altijd op een liefdevolle manier de spot met me dreef. Bettina had geen sterke mening, zoals Marianne. Als ze het ergens niet mee eens was, gingen haar mondhoeken een beetje omhoog en zei ze iets als: 'Tja, zo kun je dat ook zien.'

Ze stelde ongemakkelijke vragen, over mijn werk, waar ik de afgelopen jaren had uitgehangen en of er nog een andere vrouw in mijn leven was geweest.

'Er was er een,' zei ik. 'Maar die bleek achteraf toch andere dingen te willen dan ze me in eerste instantie had voorgehouden. Bovendien was ze lang niet zo lief en gezellig als jij.'

'Liegbeest,' zei ze. Maar ik zag dat ze gevleid was.

'En jij?' vroeg ik. 'Afgezien van de meneer die zo dom is om geen contact te willen hebben met zijn bloedeigen kind...'

'Ik heb twee jaar samengewoond,' vertelde Bettina. 'Met Michael. Michael leek de man van mijn dromen. Een goede baan als sales manager. Knap. Charmant. Achteraf bleek hij vooral een goede verkoper te zijn. Hij verkocht me het perfecte plaatje, maar ondertussen bleek hij een notoire vreemdganger te zijn. Op het randje van seksverslaafd, zou ik zelfs willen zeggen.' Haar ogen werden vochtig. Ze had er duidelijk nog pijn van. 'Het ergste was dat iedereen om me heen wist dat hij vreemdging, behalve ik.'

Ik legde mijn hand op haar arm. 'Ik hoop dat je weet dat jij niets minder dan geweldig bent,' zei ik. 'Jij verdient alle liefde en geluk van de wereld.'

'Zegt iemand die mij ook ooit heeft verlaten.'

'Die iemand zit nu anders wel mooi weer tegenover je. In een pák nota bene.'

Een traan ontsnapte uit haar rechteroog en maakte langzaam een zwart spoor over haar wang. Ik pakte haar hand vast. Een ober kwam aan onze tafel staan en wilde iets vragen, maar zette een stap terug toen hij zag dat hij een intiem moment zou verstoren.

'Wil je me een kans geven?' vroeg ik.

Van Mariannes zwangerschap had ik elk moment genoten. Ook bij Bettina vond ik het prachtig om naar haar zwangere lichaam te kijken, mijn hand op haar buik te leggen en het kind te voelen bewegen. Maar waar Marianne zich nergens zorgen over maakte, was Bettina te oud en te geciviliseerd om nog op haar lichaam te kunnen vertrouwen. Omdat ze bijna veertig was, zou ze in het ziekenhuis moeten bevallen en ze was zich erg bewust van alle mogelijke complicaties. Ik vertelde haar keer op keer dat alles goed zou komen, dat het vrouwenlichaam gemaakt was om te baren, maar ze leek er weinig vertrouwen in te hebben.

Ook deze keer wilde ik graag een actieve rol spelen bij de zwangerschap en bevalling. Het leek me niet meer dan normaal. Ze had getwijfeld, maar uiteindelijk had ze ermee ingestemd dat ik mee zou gaan naar de verloskundige.

De verloskundige die de echo afnam, leek het heel normaal te vinden dat er opeens een man in beeld was gekomen en praatte tegen me alsof ik de vader was. Ze liet het hartje zien, het hoofd, de beentjes, de armen. Gefascineerd keek ik toe. 'Dan nu het grote moment,' zei ze. 'Willen jullie weten wat het wordt?'

'Ja,' zeiden Bettina en ik tegelijkertijd. We lachten naar elkaar.

'Dit zijn de benen van het kindje en daartussen in zie ik... een piemeltje. Het wordt een jongen! Hebben jullie al een naam bedacht?'

Daar hadden we het nog niet over gehad. 'Zou je het wat vinden om hem Lucas te noemen?' vroeg ik. 'Naar mijn opa.'

'Mooie naam,' vond de verloskundige.

Het gezicht van Bettina betrok. 'We hebben het er nog wel over.'

Bettina kwam van de behandeltafel af en maakte een nieuwe afspraak. Al die tijd vermeed ze oogcontact, alsof ik iets verkeerds had gezegd of haar op een andere manier pijn had gedaan. Ik probeerde me niet gekwetst te voelen, maar ik merkte dat het me stak.

'Wat is er nou?' vroeg ik toen we even later op de fiets naar het huis van Bettina reden.

'Niets,' zei Bettina.

'Wees eerlijk tegen me. Wil je...' Ik voelde hoe mijn keel zich dichtkneep waardoor mijn stem opeens hoger klonk. 'Wil je niet meer met me verder?'

Ze zuchtte. 'Hoe kun je nou zeggen dat je het kind naar je opa wilt vernoemen? Het is niet eens jouw kind! Straks ben je ons zat, verdwijn je en zit ik met een Lucas junior.'

Ik realiseerde me dat Bettina onzeker was en dat ik haar moest bewijzen dat ik er altijd voor haar zou zijn. 'Stop,' zei ik.

‘Hoezo?’ We fietsten door de Groenestraat en waren nog maar twee straten verwijderd van haar huis.

‘Doe nou maar wat ik zeg.’

Met lichte ergernis op haar gezicht remde ze en stapte van haar fiets. Ik deed hetzelfde, zette mijn fiets op de standaard en ging door mijn knieën. Ik pakte haar hand. ‘Lieve Bettina. Wil je met me trouwen?’

Ze keek me aan met een ongelovige blik.

‘Ik meen het. Sorry dat ik geen ring heb. Ik had dit niet van tevoren gepland. Maar ik meen het uit de grond van mijn hart. Ik wil dat je mijn vrouw wordt en ik wil de wettelijke vader worden van Lucas. Wat zeg je ervan?’

Ze keek me met gefronste wenkbrauwen aan, zoals ze altijd deed als ze diep over iets nadacht. Opeens schoten Marianne en Pup door mijn hoofd en hoopte ik ergens dat ze ‘nee’ zou zeggen. Maar ze opende haar mond en zei: ‘Ja.’

Zoals Bettina daar stond, met haar prachtige ronde buik, in een witte nauwsluitende jurk en bloemen in het haar, raakte me diep. Ik was gedurende de drie weken tussen het aanzoek en de trouwdag zelf vooral bezig geweest met het feit dat ík ‘ja’ ging zeggen. Ja tegen een zwangere vrouw, ja tegen haar kind, ja tegen een leven in de buitenwereld.

Maar toen we samen in de trouwkamer zaten, drong het pas tot me door hoe bijzonder het was dat Bettina ook ‘ja’ tegen mij zei. Dat zij ervoor koos om mij tot echtgenoot te nemen; een man die haar ouders en broer niet zagen zitten; die haar vriendinnen nogal apart vonden; opeens zag ik wat een enorme stap dit voor haar moest zijn. Ik werd vervuld met dankbaarheid.

Mijn keel zat helemaal dicht toen de ambtenaar aan Bettina Wilhelmina Kosters vroeg of zij mij, Berend van Nudorp tot wettige echtgenoot wilde nemen.

‘Ja,’ zei ze luid en duidelijk.

‘Dan verklaar ik jullie nu tot man en vrouw.’

Bettina drukte haar mond op de mijne. ‘Hey,’ zei ze. ‘Wat is er nou?’

Ik kon geen woord uitbrengen. Ik veegde onhandig de tranen weg die inmiddels rijkelijk over mijn gezicht stroomden.

'Dat gebeurt wel vaker, hoor,' zei de ambtenaar van de burgerlijke stand.

'Dank je wel dat je voor mij hebt gekozen,' zei ik toen ik mezelf weer enigszins onder controle had. 'Dank je wel.'

De rest van de middag verliep in een prettige roes. Ik betrapte mezelf erop dat ik oprecht blij was om al die mensen in de tuin van de Stadsherberg te zien. Zelfs mijn moeder die ik voor de gelegenheid had opgespoord kwam naar me toe en zei: 'Dat heb je goed gedaan, jongen.' Ze bewoog zich moeizaam voort met een rollator en haar kin en neus leken te zijn gegroeid, waardoor ze eerder een oude man leek dan een vrouw.

'Laten we elkaar vaker zien,' zei ik in een opwelling.

'Dat zou ik heerlijk vinden.' Ik kon zien dat het haar raakte en dat deed mij ook goed. Dit was een nieuw keerpunt in mijn leven. Waar ik me eerder had afgewend van de maatschappij, zou ik haar nu weer omarmen en alles wat daarbij hoorde. Ik zou een burgerlijke familieman worden die op zondagmiddag zijn oude moeder bezocht. Ik glimlachte bij het idee.

'Mag ik je even voorstellen...' Naast Bettina stond een jonge vrouw die me vaag bekend voorkwam. Ze was niet onknap, had lang donker haar en een slank postuur. Normaal was ik goed in het onthouden van gezichten. Ik vroeg me af of ik haar in de stad had zien lopen of dat ze misschien bij een winkel werkte waar ik weleens kwam. 'Dit is Nicole. Ze werkte vroeger bij me in de HEMA. Inmiddels heeft ze een goede baan in de reclame in Amsterdam. Maar je mag altijd bij me terugkomen, hè, dat weet je.' Bettina lachte.

Het meisje schudde mij de hand. 'Gefeliciteerd,' zei ze. 'Je hebt een goeie aan Bettina.'

'Dank je wel.' Er was iets aan haar wat ik ongelofelijk aantrekkelijk vond. Ik zocht naar een vraag of een compliment of iets om haar aan de praat te houden, maar ik werd door een collega op mijn schouder getikt en daarna raakte ik in gesprek met een van Bettina's vriendinnen van badminton.

'Weet je wie dat was?' vroeg Bettina toen we elkaar even later weer troffen. Ze was inmiddels gaan zitten met haar voeten op een bankje. Haar enkels waren flink opgezwollen en ik zag aan haar gezicht dat ze moe begon te worden.

'Wie?' vroeg ik.

'Dat meisje aan wie ik je net voorstelde. Dat bij me heeft gewerkt...'

'Geen idee,' zei ik.

'Zij is het zusje van die Marianne. Je weet wel, dat vermiste meisje. Waar al die posters van in de stad hingen.'

Ik moet Bettina dommig hebben aangestaard.

'Die moet je kennen. Zo wereldvreemd ben je nu ook weer niet. Die ouders hebben jarenlang fanatiek gezocht en zijn ook bij *Vermist* geweest, dat programma met Jaap Jongbloed, weet je wel.'

In mijn hersenen was kortsluiting ontstaan. Ik had werkelijk geen idee hoe ik moest reageren en op dat moment wist ik vrijwel zeker dat ik mezelf had verraden. 'O die,' zei ik langzaam.

'Ja, triest verhaal. Nicole deed altijd zo haar best, maar ze had altijd iets zieligs. Ik heb me een beetje over haar ontfermd.'

'Arm kind.' Mijn stem klonk alweer normaal. Hoe zou Bettina ooit de link tussen mij en Marianne moeten leggen? 'En typisch iets voor jou om je zo om haar te bekommeren.' Ik sloeg mijn arm om haar schouder en kuste haar. Nicole stond inmiddels te praten met de jongere broer van Bettina. Het viel me op hoe open haar houding was. Hoe gretig ze luisterde. Hoe makkelijk ze lachte.

'Zit niet zo naar haar te staren,' zei Bettina gekscherend. 'Je bent getrouwd, weet je nog?'

Toen ik een paar dagen later over de wissel naar de hut liep, schoot een pijl rakelings langs mijn hoofd. Ik hoorde een suizend geluid en een seconde later zag ik een pijl in een boom steken op een halve meter afstand van mijn hoofd. 'Godverdomme!' riep ik.

Een kakelende lach. Pup stond voor me met haar boog achteloos over haar schouders geslingerd. 'Schrok je?' vroeg ze.

'Dit is niet grappig,' zei ik.

'Jawel, hoor,' zei ze. 'Dat is het wel.'

Ik duwde haar opzij en liep door naar de hut. Het luik stond halfopen en er lagen lege blikken op de vloer. Marianne lag te slapen of ze reageerde gewoonweg niet op mijn komst.

'Ik heb je zusje gezien,' zei ik.

Marianne kwam moeizaam overeind. Ze sprak niet veel meer de laatste tijd, maar begon nu wel hevig met haar ogen te knipperen. Meteen had ik medelijden met haar.

Ik aaide haar over haar korte vlassige haar. Op sommige plekken was ze zelfs helemaal kaal. Ik hoorde aan haar ademhaling dat ze het prettig vond. 'Je zusje zag er heel goed uit. Ze woont in Amsterdam en werkt in de reclame. Ze heeft kennelijk een goede baan.'

'Waar?' bracht Marianne uit. Haar stem klonk schor. 'Waar zag je haar?'

'In Kampen. Ik werd aan haar voorgesteld op een borrel.'

Marianne bleef hevig met haar ogen knipperen. Er was weinig van haar vroegere schoonheid overgebleven. Ik sloeg een arm om haar broze schouders heen. 'Vind je het fijn om meer over haar te horen?'

Ze knikte.

'Ze had donkerbruin lang haar, het zag er geföhnd uit en ze droeg zo'n heel hip pak. In de kleur donkergeel, geloof ik. Ik heb niet zo'n oog voor kleding, zoals je weet, maar het stond haar heel mooi.'

Ik zag aan Mariannes ogen dat ze hunkerde naar meer. 'Wat kan ik je nog meer vertellen? Ze is best knap om te zien. Niet zo knap als jij natuurlijk. Ze heeft een heel andere kleur ogen. Ook blauw, maar lichter, niet zo bijzonder als die van jou natuurlijk.'

Ik kuste haar op haar voorhoofd.

‘Ze had heel lang een bijbaantje in de HEMA toen ze nog in Kampen woonde en meer dan dat weet ik niet.’

‘Hoe…’ bracht Marianne met moeite uit. ‘Hoe was ze?’

‘Heel aardig. Gezellig. Ze lijkt een wat… meegaand type. Minder uitgesproken dan jij.’

‘Mis haar,’ zei Marianne.

‘Dat begrijp ik, lieverd,’ zei ik. ‘Niet huilen. Toe.’ Terwijl ik over haar magere schouders wreef, schoot de gedachte door me heen dat het misschien beter was als ze er niet meer zou zijn. Dan zou ze eindelijk geen verdriet meer hebben.

Ze zou weer vrij zijn.

Ik zou weer vrij zijn.

Pup

Opeens praat het ding. Ik heb het horen schelden, kreunen, mompelen en vaak hoor ik het denken, maar zelden heb ik het hardop horen praten. Het zegt: 'Ik heb een zusje.'

We zitten in de hut. Ik maak een karper schoon. Karpers zijn niet mijn favoriete vissen, liever eet ik snoekbaars, maar ik heb honger.

'Ik heb een zusje,' zegt het nog een keer. De stem klinkt lelijk en schor als die van een ekster. Het kijkt me smekend aan, zo graag wil het aandacht.

Ik ga door met het afschrapen van de schubben, maar ik betrap mezelf erop dat ik hoop dat het verder gaat.

'Wil je weten hoe ze heet?'

'Is het een vrouwtje?'

'*Zusje*, zei ik toch?'

Het zit altijd maar ineengedoken in een hoek en toch denkt het dat het slimmer is dan ik.

'Ze heet Nicole.' Daarna zegt het niets meer. Ik hoor dat het gespannen is. Omdat het nooit praat, heb ik geleerd om het op een andere manier te verstaan.

Het is een wedstrijd. Of het uit zichzelf gaat praten, of dat ik vragen stel over dat zogenaamde zusje. Het kan soms proberen een truc uit te halen. En dat is nu denk ik ook zo.

Het kijkt voor zich uit alsof het alweer ergens anders is, maar de ademhaling verraadt het. Toch denk ik niet dat ik ga winnen. Het is net een reiger die roerloos wacht tot er een vis langs zwemt, het heeft eindeloos geduld. Ik niet. Ik gooi de karperkop ernaartoe. Hij scheert vlak langs het hoofd en landt op de vloer. Van Beer mag ik niet gooien met eten, maar hij is al vier dagen niet geweest.

'Waar is dat zusje?'

'Jij lijkt op haar.'

'Dat vroeg ik niet.' Ik breng mijn wijsvinger bij het gezicht om te kijken of het bang is. Dat zie je altijd meteen aan de ogen. Maar zelfs al zou ik de ogen niet zien, dan nog zou ik het weten. Soms is het alsof ik in het hoofd kan kijken.

Het slikt. Het haalt adem. Het opent de mond. Een bedorven geur, want ik had geen zin om de tanden te poetsen. 'In de buitenwereld.'

De buitenwereld. Alleen al door het woord voel ik een rilling langs mijn ruggengraat lopen. Soms als ik aan de buitenwereld denk, voelt het alsof ik hongerig ben en aan iets heel erg lekkers denk, zoals Kamper Slof.

'Waar?'

Het zegt niets meer. Het lijkt afgeleid. Dan hoor ik het ook. Het geluid van de motor van de boot. Ik zet snel de pan op het gas. Daarna doe ik olie in de pan en wacht tot het gaat borrelen. De karper sist en begint al snel een heerlijke geur af te geven.

Even later komt Beer binnen. Ik spring overeind en vlei me tegen hem aan. Hij ruikt anders. Het is een geur die ik niet kan omschrijven. Deze lucht komt niet op het eiland voor. Het lijkt op zeep, maar het is sterker en prikt in mijn neusgaten. Ik weet niet of ik het lekker of vies vind. 'Ik heb karper,' zeg ik. 'Wil je?'

'Lekker.' Hij aait het over het hoofd. 'Heb je Marianne al eten gegeven?'

'Het had geen honger.'

'Je hebt haar ook niet gewassen zo te ruiken.'

'Sorry,' zeg ik. 'Vergeten.'

Het praat niet, maar evengoed hoor ik het luid en duidelijk. Niks zeggen, niks zeggen, zegt het. Dit is mijn kans om het te plagen.

'Ik moet je iets vertellen,' zeg ik daarom tegen Beer. 'Het gaat over het ding...'

De ogen zeggen 'nee, nee'. Het lichaam krult zich op tot een kleine bal, alsof het zich alvast wil verdedigen.

'Wat dan?' vraagt Beer.

Ik ruik de angst zo sterk dat het lastig is om niet te gaan lachen. Ik wacht expres nog wat langer. Het kan de spanning bijna niet meer aan. Het hijgt als een hert dat net de vaargeul over is gezwommen. 'Het heeft vandaag weer niet bewogen,' zeg ik dan.

Beer trekt zijn wenkbrauwen op. Dan ziet hij de karperkop op de grond liggen. 'Wat doet die daar?'

Ik voel mijn gezicht warm worden.

'Pup,' zegt Beer, hij is nu boos, en dan moet je uitkijken, 'je moet echt beter voor Marianne zorgen.' Hij raapt de karperkop op en gooit hem ook in de pan. Je kunt de wangen eten en de ogen. Dan pakt hij mij bij mijn arm en knijpt er hard in, maar ik laat het nooit merken wanneer ik pijn heb. 'Naar buiten jij.'

Terwijl ik naar buiten kruip, hoor ik hem binnen praten: 'Arme schat, hoelang heb je niet gegeten?' Zijn stem klinkt altijd anders dan wanneer hij tegen mij praat. Wat ik ook doe, het wint altijd. 'Wil je een lekker stukje vis?'

Ik ga buiten tussen het riet zitten en kijk uit over het water. De zeearend, het mannetje, komt aangevlogen met zijn luie, trage vleugelslag. De diepe inkepingen aan de uiteinden van zijn vleugels en zijn witte staart steken af tegen de grijze lucht. Hij vliegt vlak over me heen. Ik weet dat hij weet dat ik hier ben.

Mijn maag rommelt en ik denk aan de karper die het nu naar binnen aan het werken is. Samen met Beer. De karper die ik heb gevangen.

Verderop is er een nest van een roerdomp. Van Beer mag ik alleen de eieren van ganzen en eenden eten, omdat daar een overschot van is, maar een paar roerdompen meer of minder lijkt me toch ook geen probleem. Bovendien, waarom zou een vos ze wel mogen eten en ik niet? Omdat een mens gevolgen kan overzien, zegt Beer. Dieren kunnen dat niet. Maar Beer is hier niet. En Beer kan misschien wél gevolgen overzien, hij ziet niet wat ik zie. Want op dit eiland zie en weet ik alles.

De roerdomp heeft zich goed verstopt in het riet. Ik sluip naar haar toe, dat kan ik goed. Als ze me ziet, zou ze me kunnen aanvallen, en het is een flink beest, dus ik moet haar een stap voor blijven. Ik ben nog maar een meter bij haar vandaan. De roerdomp schrikt wakker. Ze blaast zich op tot een bal en spert haar snavel open. Het geluid is anders dan ze normaal maakt. Ze klinkt als een gakkende gans nu.

'Waaaah!' schreeuw ik en ik duik in haar richting. Verschrikt fladdert ze op. In haar nest liggen vijf eieren. Ik pak er twee en maak me uit de voeten. De vogel roept me boos na.

In mijn hand liggen mooie grijsgroene eieren met spikkels. Het liefst had ik ze mee naar de hut willen om ze te tekenen, maar dan ziet Beer ze en ik heb honger. Ik tik een van de eieren tegen een boomstam en breek hem open. Er begint zich al een kuiken te vormen. Als je er meteen bij bent nadat het ei is gelegd, krijg je alleen een dooier. Dit ei is zo'n twee weken oud. Beer wil het dan al niet meer eten, maar ik vind het niet erg, zolang er nog maar geen veren aan zitten. Dat voelt niet zo fijn in je mond en is bovendien moeilijk om door te slikken. Ik neem een hap en geniet van het slijmerige eiwit, de romige dooier en het stevige van het kuiken. Als je een ei nog later eet, krijg je het licht knapperige erbij van de snavel. Dat is het lekkerste, vind ik.

Ik eet ook het andere ei en begraaf de lege eierschalen. Op mijn arm zit een blauwe plek waar Beer mij heeft geknepen.

Een paar dagen later regent het zo hard dat ik echt niet naar buiten kan. Dat zijn de dagen die ik haat, want dan zit ik in de hut met het ding en is er helemaal niets wat ik kan doen behalve wachten tot dit slechte weer overgaat. Als het regent, hoef je Beer al helemaal niet te verwachten. Zelfs de zeearenden blijven op hun tak zitten met hun hoofd onder hun vleugel. Alsof ze zichzelf hebben uitgezet, zoals je een primusgasje of een zaklantaarn uit kunt zetten. Ik kan dat ook. Urenlang. En als het droog is, zet ik mezelf weer aan.

Ik lig op het bed en het ding ligt tegen me aan. Het beweegt even de arm. Dan gebeurt het. Opeens zie ik mezelf zitten in een ondiep badje. Er is iemand bij me. We spatten elkaar nat met water. We lachen van plezier. Het lijkt wel een herinnering, maar dat kan niet. Ben ik soms in het hoofd van het ding beland?

'Ik heb in de buitenwereld gewoond, weet je,' zegt het, alsof ze weet waar ik aan denk.

Ik schrik er gewoon van en kom overeind.

'Jawel. Ik woonde in Kampen. In een huis met een vader en een moeder. En met dat zusje waar ik je over vertelde, Nicole.'

'Wat deed je daar dan?'

'Ik ging naar school. Daar leer je samen met andere kinderen lezen, schrijven en rekenen. En als ik thuis was speelde ik met mijn zusje. We hadden heel veel speelgoed: poppen, auto's...'

'Auto's vervuilen het milieu.'

'Speelgoedautootjes niet.'

'Je liegt.' Ik breng mijn gezicht dichtbij en laat mijn tanden zien. Dan klap ik mijn kaken op elkaar, vlak bij de neus, zodat het snel naar achteren schiet. Ik moet er zo hard om lachen dat ik me achterover laat vallen op het bed.

'Ik at heel veel vlees.'

'En Kamper Slof?'

'En Kamper Slof. Vlak bij mijn huis is een winkel waar je dat kunt kopen.'

Het sluit de ogen, zegt niets meer en maakt een hummend geluid. Dat doet het wel vaker. Volgens Beer heeft het ding het dan naar de zin, maar ik denk dat er iets mis is in het hoofd. Ik weet niet waarom we het in leven houden. Ieder dier had het allang in de steek gelaten.

'Vertel verder,' zeg ik. Maar het reageert niet. Ik bijt in de neus. Niet eens heel hard, maar wel zo dat het 'au' zegt en er een beetje vel aan mijn tand zit.

Het keert zich van mij af en gaat met het gezicht naar de muur liggen. Ik overweeg om er water overheen te gooien, maar wat als Beer komt en ik moet uitleggen waarom het bed nat is? De rest van de dag blijft het stil. Ik probeer mezelf weer uit te zetten, maar dat gaat lastiger nu. Er zijn vragen, heel veel vragen, zoveel dat ik er duizelig van word.

Als het donker wordt, gooi ik macaroni in kokend water en als het gaar is, roer ik er een blik bruine bonen doorheen. Ik tik het ding zachtjes op de schouder. 'Eten,' zeg ik.

Het reageert niet. Normaal laat ik het dan, maar nu aai ik zo lief als ik kan over de rug, zoals Beer vroeger ook weleens deed voordat ze gingen paren. 'Eet nou toch wat, liefste.' Dat zegt Beer ook altijd.

Kreunend komt het overeind.

Ik geef het bord met eten aan. Het ding heeft een houten vork, want ooit heeft het Beer met een ijzeren vork in zijn nek gestoken. Het ene moment zat het braaf te eten, het volgende moment kwam het met een woeste beweging overeind, stootte een kreet uit en ramde de vork in zijn nek. De vork bleef staan en Beer begon te schreeuwen. Het zag er grappig uit, en ik kon maar met moeite mijn lachen inhouden. Verder gebeurde er niets. Het bloedde niet eens. Beer trok de vork eruit. Toen begon het wel te bloeden. Van Beer mocht ik de pleister plakken. 'Heb je enig idee wat er met jullie gebeurt als ik dood neerval? Wie moet er dan voor jullie zorgen? Hoe moeten jullie overleven?' Het ding was al jammerend in elkaar gekropen, want het wist dat het een paar rake klappen te wachten stond.

'Welke vogels waren er bij jouw huis? In de buitenwereld, bedoel ik.'

Het zegt niets terug. Het denkt na, al is het allesbehalve intelligent. Anders zou het niet zulke domme dingen doen, toch? 'Ik geef alleen antwoord als je lief tegen me doet.'

'Ik doe toch lief?'

'Je mag me geen pijn meer doen. Beloof je dat?'

'Beloofd,' zeg ik.

'Even denken...' zegt het dan. 'Mussen, merels, roodborstjes. Vinken? Ik lette nooit op de vogels. Ik was meer bezig met hoe ik eruitzag. En met jongens en zo.'

'Hoe zag je er dan uit?'

Het ding zucht. 'Ik was best mooi. Ik droeg altijd zwarte kleren, vooral om mijn ouders boos te maken en ik had vaak een beetje eyeliner onder mijn ogen.'

'Wat is dat?'

Het ding legt de houten vork neer en wijst naar het randje onder haar ogen. 'Dan maak je met een zwart potloodje hier een streepje. Of er net eronder langs. Dat lijken je ogen op die van een kat.' Ik weet niet of ik dit moet geloven. Maar het ding praat alweer verder. 'Weet je wat vrouwen nog meer doen? Ze maken hun mond rood met speciale verf. Of ze doen een kleurtje op hun oogleden.'

'Doen ze dat voor de mannetjes?'

'Ja. Maar ook om elkaar te laten zien wie de mooiste is.'

Ik knik. 'Dat doen vogels ook,' zeg ik. 'Alleen bij de vogels maken de mannetjes zich mooi. Waarom doen bij mensen de vrouwtjes het? Of doen de mannetjes het ook?'

'De mannetjes doen helemaal niets. Het zijn allemaal luie klootzakken.'

'Hoe moeten de vrouwtjes dan een mannetje uitkiezen als ze helemaal niets doen?'

'Goed punt,' zegt het ding.

Een warm gevoel ontstaat in mijn buik. Ik begin te lachen van plezier. 'Ja,' zeg ik. 'Natuurlijk is dat een goed punt!'

'Maar goed,' zegt het ding. 'Zo slim was ik nog niet toen ik jouw leeftijd had. Ik dacht nog dat ík me mooi moest maken.'

Ik kijk naar het gezicht. Het is spierwit en heeft donkere kringen onder de ogen. Volgens Beer zijn tamme mensen altijd moe, hebben ze altijd haast en zijn ze allemaal ongelukkig omdat ze in gebouwen opgesloten zitten. Ik pak het gezicht bij de kin vast en knijp erin, maar niet te hard. 'Jij bent toch een mens?' vraag ik.

'Ja,' zegt het.

'Een tamme of een wilde?'

Het lijkt te schrikken van de vraag. De ogen gaan wijd open. Ze beginnen te knipperen. Ze worden nattig en ik ben bang dat het gaat huilen en dan wordt het lastig om lief te blijven, want ik kan daar niet tegen.

'Nou, wat ben je?' Ik knijp iets harder in de kin zodat het weet dat het niet zo raar moet doen en antwoord moet geven.

'Ik weet het niet,' zegt het zo zachtjes dat ik het bijna niet kan horen. Net zoals je onweer al vanuit de verte ziet aankomen, is het geen verrassing dat het nu begint te huilen. Het krult zichzelf op tot een hoopje. De schouders schokken, het snikt zachtjes. Gelukkig weet het inmiddels dat het niet meer geluid mag maken dan dat.

Op het bord ligt nog eten. Ik kieper de inhoud over op het mijne, ga met mijn rug naar het ding zitten en eet er smakelijk van. Na een tijdje houdt het gesnik op en staart het weer naar de muur.

'Lekker gegeten, hoor,' zeg ik.

Maar het zegt niets meer terug.

Nicole

De dag na de begrafenis word ik wakker met het gevoel dat ik hier zo snel mogelijk weg moet. Weg van dit huis. Weg van mijn moeder. Weg van mijn oude zelf. Terug naar mijn nieuwe leven van rust en eenvoud. Tijdens het ontbijt deel ik het zo luchtig mogelijk mede. Ik verwacht dat mijn moeder het me kwalijk zal nemen, met verwijten zal komen zelfs, maar op vlakke toon zegt ze: 'Misschien is het goed voor jou om te weten dat dit de laatste keer is dat je in dit huis bent.'

'Pardon?'

'Ik ga terug naar Dordt.' Ze neemt een boterham uit de broodmand die ik herken uit mijn jeugd en besmeert hem met halvarine en jam, zonder mij verder aan te kijken.

Ik wacht op een nadere verklaring, maar er komt niets meer. 'En Marianne dan?' vraag ik. 'Ik dacht dat je wilde dat alles hetzelfde zou zijn als ze terugkomt.'

'Ze komt niet meer terug.' Nu kijkt ze me wel aan. Haar ogen, dezelfde kleur als die van Marianne, staan niet meer zo helder als vroeger en het donkere randje om de iris is vervaagd. Van haar vechtlust van de dag ervoor is niets meer terug te zien. Haar haar hangt slap langs haar gezicht en ze ziet bleek. Een bokser die een ronde te veel in de ring heeft gestaan. 'Ik heb al die jaren op haar gewacht, tegen beter weten in,' gaat ze verder. 'Ik heb alles opgegeven, ik ben iedereen kwijtgeraakt en nu moet ik de realiteit onder ogen zien.' Ze haalt diep adem en sluit haar ogen. Het kost haar zichtbaar moeite om door te praten: 'Ze is er niet meer.'

Ergens steekt het me dat ze Marianne opgeeft. Maar heb ik niet precies hetzelfde gedaan door naar Spanje te verhuizen? En mijn vader door dood te gaan?

'Ik neem aan dat je er begrip voor hebt. En zo niet, dan spijt het me oprecht. Als je nog iets van jezelf uit het huis wilt hebben, of van Marianne, dan moet je dat maar meenemen. Over twee weken komen de verhuizers.'

'Waarom vertel je me dit nu pas?'

Het duurt even voordat ze antwoord geeft omdat haar mond vol zit. 'Omdat je eerst je vader moest begraven.' Met de rug van haar hand veegt ze een paar kruimels weg. 'En nu leek me vroeg genoeg.'

Het voelt alsof ik het koordeel van een kerk betreed, het deel waar je absoluut niet mag komen en dat alleen voor de dominee en de ouderlingen is bedoeld. Een kamer die aanvoelt als een echo.

De kamer van Marianne is een slag groter dan de mijne. Eén muur is felrood geverfd, de kleur van bloed. Een andere muur is donkergrijs, bijna zwart. Mijn ouders waren het er niet mee eens toen Marianne met deze kleuren aan kwam zetten, maar ze hadden haar beloofd dat ze zelf haar kamer mocht schilderen, dus er was geen weg terug. Ik doe de kast open en kijk naar de kleren die ze niet heeft meegenomen. Zwarte T-shirts, een jurk die mijn moeder voor haar had gekocht en die ze stom vond, truien met slobbermouwen, zwarte spijkerbroeken en een broek van nepleer waarvan ze bij nader inzien vond dat ze er een dikke kont in kreeg, al was ze graatmager en had ze bijna geen billen.

Ik laat de kleren door mijn handen gaan en probeer me te herinneren wanneer ik Marianne ze heb zien dragen. Dan duw ik mijn neus in de stof in een poging haar te vinden, maar ik ruik alleen maar oude kleren. Ik open de laatjes van haar bureau en kijk naar de pennen, potloden, gummetjes – een in de vorm van een aardbei met aardbeiengeur, een verrassende keuze voor een nihilist als Marianne – een schaar, passer, geodriehoek en schriften. In het bakje op haar bureau liggen oorbellen. Een kruisje en een paar plastic zwarte knopjes. In mijn herinnering is ze groot en sterk als een vuurspuwende draak, maar opeens realiseer ik me hoe jong ze was. Amper zestien. Een meisje met plastic oorbelletjes en een aardbeiengum.

Dan valt mijn oog op een oranje kledingstuk dat in de prullenbak naast het bureau ligt. Zelfs die is kennelijk nooit geleegd. Ik vis het eruit. Het is mijn hockeyshirt en overduidelijk heeft Marianne het met een schaar bewerkt.

Ik wilde al heel lang op hockey. Al mijn vriendinnen op de middelbare school zaten erop en op de hockeyclub werden de beste feesten gegeven. Als je knappe jongens wilde ontmoeten, wilde zoenen en stiekem drinken, dan was dit de beste keuze. Maar ik zat al op korfbal. Mijn moeder vond het onzin om van sport te veranderen en al helemaal zo tegen het einde van het seizoen. Bovendien had ze geen zin om een nieuwe sportuitrusting aan te schaffen, terwijl ik net het jaar daarvoor een nieuw korfbaluniform had gekregen.

Maar ik móést op hockey. Mijn leven hing daarvan af. Dus toen ik jarig was, vroeg ik een hockeystick en schoenen. Mijn moeder zwichtte.

De dag voordat Marianne verdween, had ik net op de club mijn nieuwe uniform opgehaald. Het was een oranje trui, met een plakkaat van Joop's Snackcorner op de rug, een zwart rokje en hoge zwarte kniekousen met een oranje rand. Zodra ik thuiskwam, had ik mijn nieuwe outfit aangetrokken. Ik liep met mijn hockeystick naar de slaapkamer van mijn ouders omdat zij de grootste spiegel hadden en bekeek mezelf aandachtig. Mijn haar had ik in een hoge paardenstaart gedaan. De kleur oranje misstond niet. Ik draaide rondjes voor de spiegel, bekeek mezelf vanuit verschillende hoeken. Ik zag er precies zo uit als de andere meisjes die op hockey zaten en dat was precies wat ik wilde.

'Jezus Christus,' hoorde ik de stem van Marianne achter me. Ik schrok en draaide me om. Vanuit de deuropening stond ze naar me te kijken met een smalende lach op haar gezicht. 'Ben je nu trots op jezelf?'

Ik wist dat geen enkel antwoord goed zou zijn, dus keek ik naar mijn schoenen en hoopte dat ze snel weg zou gaan.

Marianne liep de slaapkamer van mijn ouders binnen. 'Iedereen zit op hockey, dus Nicole moet ook op hockey.'

'Laat me met rust.' Opeens vroeg ik me af of het tenue me wel zo goed stond. Misschien maakte het me dik.

'Wat zou het toch mooi zijn als je eens zelf iets bedacht. Maar nee, jij loopt blind achter iedereen aan. Hockey is voor kakkers. Wat moet jij daar nou tussen?'

'Mijn vriendinnen zitten erop. En dat zijn geen kakkers. Niet allemaal tenminste.'

Marianne snoof. 'Al jouw vriendinnen zijn kakkers. En jij, jij bent een nep-kakker. Een domme, oppervlakkige nep-kakker.'

Er ontstak een woede in me. Diep vanbinnen. Iets wat ik niet kende. Mijn handen klemden zich om de hockeystick. 'Hou op,' zei ik.

Marianne zette een stap dichterbij. 'Nep-kakker,' zei ze, haar ogen tot spleetjes geknepen en een valse trek rond haar mond.

Ik haalde diep adem en zei: 'Hou je bek.'

'Oe,' zei Marianne. 'Mama's schoothondje krijgt praatjes.'

'Je moet je bek houden,' zei ik opnieuw. Deze keer wat krachtiger.

'Je moet je bek houden,' deed ze me na.

Ik hief de hockeystick dreigend omhoog.

'O, want anders ga je me slaan?' zei Marianne uitdagend. 'Doe dan.'

Er is niets in mij wat het volgende moment kan begrijpen. Ik die altijd het braafste meisje van de klas was. Iedereens lieveling. Altijd het zonnetje in huis. Ik die nooit boos werd en als ik al boos werd, ging ik huilen. Maar toch zwaaide ik de hockeystick naar achteren en haalde naar haar uit. Ik trof haar met de punt vol op haar ribbenkast.

Marianne keek me een fractie van een ogenblik sprakeloos aan. Daarna greep ze naar de plek waar ik haar had geraakt en sloeg dubbel van de pijn. 'Godverdomme!' schreeuwde ze. 'Kutkind!'

Ze ging naar haar kamer en sloeg de deur dicht. Even later klonk er harde muziek door de dunne muur. Toen mijn moeder thuiskwam van het boodschappen doen, schreeuwde ze dat ze de muziek zachter moest zetten. Marianne schreeuwde terug dat ze haar met rust moest laten, zette uiteindelijk wél de muziek uit, maar kwam níét opdagen voor het avondeten en niemand had nog de puf om daar wat aan te doen.

Die avond schoof ik mijn bureaustoel onder de deurklink. Niet veel later hoorde ik voetstappen op de overloop. Ze stopten voor mijn deur. Ik keek vanuit mijn bed toe hoe de deurhendel naar beneden bewoog en werd geblokkeerd door de hoge rug van de stoel. 'Nicole...' hoorde ik Marianne fluisteren.

Ik zei niets terug.

'Nicole...'

Weer zweeg ik.

Even later hoorde ik de deur van haar slaapkamer dichtgaan.

De volgende ochtend lag ze nog in bed toen ik de deur uit ging. Ze had de eerste twee uur vrij, zei mijn moeder, al geloofde ik daar niets van en mijn moeder volgens mij ook niet.

Ik zit nog steeds aan het bureau van Marianne met de resten van mijn hockeyshirt in mijn handen. De stof voelt poreus aan.

In de la vind ik een aansteker. Ik steek het shirt in brand. Het duurt even voordat de stof vlam vat. Echt branden doet hij niet, het is meer een soort smeulen. Ik gooi het shirt in de prullenbak en kijk toe hoe het langzaam verdwijnt.

Misschien zou ik moeten huilen, maar mijn verdriet heeft allang geen vloeibare vorm meer.

Berend

Bettina had haar zinnen gezet op een huis in het Stationskwartier, de nieuwe woonwijk die in rap tempo rondom station Kampen Zuid verrees. De eerste fase was al verkocht en opgeleverd. Nu was het moment om in te tekenen voor fase twee. We waren al naar de voorlichtingsavond gegaan en hadden een gesprek gehad met een hypotheekadviseur. We zouden een lening van drie ton kunnen krijgen. Bettina had me opgewonden in mijn zij gepord. Ik zette mijn handtekening.

Het idee dat we zoveel geld moesten lenen stond me enorm tegen. Het vooruitzicht om in een nieuwbouwwijk te gaan wonen nog meer. Maar Bettina bleef maar doorratelen over de duizenden voordelen die deze stap ons zou opleveren en leek zich geen moment af te vragen of ik er wel hetzelfde over dacht.

We hadden een groter huis nodig, vond Bettina. En deze wijk was ideaal nu Lucas bijna naar de lagere school zou gaan. Hij zou lekker buiten kunnen spelen met andere kinderen. Bovendien was er een groot winkelcentrum met een Albert Heijn en een Kruidvat. Hoe fijn zou het zijn om zelf een huis te bezitten na al die jaren in een gehuurde bovenwoning? Een badkamer met een ligbad en tegels die we zelf konden uitzoeken, een keuken met luxe inbouwapparatuur en nooit meer een huisbaas die weigerde om fatsoenlijk onderhoud te plegen. Eindelijk zouden we niet meer maandelijks geld weggooien. Onze woonlasten gingen nu in ons eigen huis en over vijfentwintig jaar waren we schuldvrij.

De gedachte aan vijfentwintig jaar vaste lasten, boven op alle andere ballen die ik in de lucht moest houden, maakte me misselijk. De muskus- en beverratten waren inmiddels bijna helemaal teruggedrongen tot aan de Duitse grens. Zaten er voorheen tientallen in de vallen, tegenwoordig ving ik er hooguit één of twee per week. Ik vreesde dat binnen een paar jaar het werk erop zou zitten en ik een andere functie zou krijgen bij het waterschap. Hoe zou ik dat moeten combineren met de zorg voor het eiland?

Naast haar argumenten van dubbel geglazuurde toiletpotten en zespits inductieplaten, was er nog een reden om een nieuw huis te kopen: alles zou anti-allergeen zijn. Ik dacht aan hoe Pup in de vrije natuur was opgegroeid tot een sterk en zelfstandig jong mens. Lucas was het tegenovergestelde. Hij huilde bij het minste of geringste en was vaak ziek. Voortdurend had hij een snottebel en hij bleek allergisch te zijn voor zaken als dons, katten, koemelk, noten en huisstofmijt. Bovendien beweerde Bettina dat hij overgevoelig was voor gluten en aten we sindsdien smakeloos, taai brood en pasta gemaakt van kikkererwten.

Ik probeerde hem weerbaar te maken, ik reageerde niet op elke gril en nam hem vaak mee naar buiten, ook als het regende.

'Straks wordt hij ziek,' zei Bettina dan.

'Hij wordt juist ziek omdat hij niets gewend is,' was mijn verweer.

Was Bettina over het algemeen vriendelijk en meegaand, als het om haar zoon ging, ontpopte ze zich tot een tijger. Ze had zo lang op een kind gewacht, zo lang dat ze de hoop al bijna had opgegeven, dus nu hij er eindelijk was, mocht het hem aan niets ontbreken. Nu hij vier was, veegde ze nog steeds zijn billen voor hem af en sliep hij bij ons in bed. Seks weigerde ze, al bracht ik in dat het in sommige culturen heel normaal was om te vrijen in de nabijheid van een slapend kind. Bettina kon de switch niet maken van moeder naar minnares, zei ze.

Lucas had meer speelgoed dan ik ooit in mijn leven bij elkaar had gezien en zat desondanks urenlang op de iPad. Daardoor was hij bijziend geworden en droeg hij sinds kort een bril. Hij had een bleek en pafferig gezicht, waar ik tot mijn afschuw steeds meer zijn verwekker in meende te zien, en een mollig postuur.

'Hij moet meer naar buiten,' zei ik. 'Hij moet bewegen.'

'Jouw generatie speelde buiten. Deze generatie zit op de iPad. En wie weet wat de volgende generatie weer doet,' zei Bettina.

'Je denkt dat het goed is om hem te verwennen, om hem alle wind uit de zeilen te nemen en hem te verstikken met liefde. Maar zo geef je hem onbewust juist het idee dat hij zwak is. Kijk hem nou zitten.' Lucas leek zich niet bewust te zijn van ons bestaan en staarde geobsedeerd naar het scherm. 'Het is een verwend papjongetje.'

Bettina keek me geschokt aan. 'Hóú je wel van hem?'

'Hoe kan je dat nou zeggen?'

Maar het zette me wel aan het denken. Natuurlijk was ik gehecht aan het kind, zorgde ik voor hem en zou ik er alles aan doen om hem te beschermen. Maar het was niet zoals het met Pup was geweest. Pup was mijn vlees en bloed. Met Pup was ik, totdat ze in de pubertijd kwam en een grote mond kreeg, één. Natuurlijk had ik ook wel leuke momenten met Lucas. Hij hield van Lego en samen maakten we enorme bouwwerken. Ook kon je prima met hem stoeien, zolang Bettina maar niet in de buurt was. Zij vond het er al snel te hard aan toegaan. En zodra ze daarover begon, ging Lucas huilen en zij weigerde te geloven dat zij zelf daarvan de oorzaak was.

Ik begon me steeds meer een gevangene te voelen in mijn eigen leven. Ik kon Pup en Marianne nog steeds niet aan hun lot overlaten, alhoewel er genoeg te eten was op het eiland. Pup weigerde verantwoordelijkheid te nemen en van Marianne hoefde ik al helemaal niets te verwachten. Evenmin kon ik Bettina en Lucas in de steek laten. Het leek wel of ik was omgeven door ontevreden mensen die telkens harder aan me trokken. Vaak werd ik om drie uur 's nachts stijf van de stress wakker en was ik niet meer in staat om weer in slaap te komen. Soms vroeg ik me af of ik niet tegen een burn-out aan zat. Bettina had er al op aangedrongen dat ik langs de huisarts zou gaan.

'En dan?' had ik gevraagd.

'Dan kun je erover praten.'

'Ik wil er niet over praten.'

Ik had tegen Bettina gezegd dat zij maar een keuken moest uitzoeken, maar daar ging ze niet mee akkoord. We moesten en zouden sámen naar zo'n verschrikkelijke meubelboulevard.

Bettina had zich er speciaal op gekleed. Ze droeg een jurk met een spijkerjasje en laarsjes met hakjes eronder en ze had rode lippenstift opgedaan.

'Vind je me mooi?' vroeg ze.

'Je weet dat ik er niet om geef,' had ik geantwoord.

In de enorme winkel klonk huisvrouwenmuziek. Op de diverse keukentafels stonden vazen met kunstbloemen. Onmiddellijk kwam er een jongeman met een slijmerige glimlach op ons af. 'Wat kan ik voor jullie doen?' vroeg hij.

Bettina stootte mij aan. 'We komen een keuken uitzoeken,' zei ik.

'Hebben jullie al iets in gedachten?'

Weer keek Bettina mij afwachtend aan, maar deze keer hield ik mijn mond. 'Ik zat te denken aan iets moderns,' zei ze. 'Modern, maar toch gezellig.'

'Daar kan ik wel wat mee.'

We werden aan een tafel gezet in een van de showroomopstellingen en kregen koffie aangeboden. Lucas lurkte aan zijn flesje limonade, alhoewel hij daar veel te oud voor was en bovendien al een gaatje had. Ondertussen liet de jongeman ons allerlei opties zien. Ik wist dat Bettina mij scherp in de gaten hield, dus ik probeerde bij de les te blijven, maar telkens dwaalden mijn gedachten af.

'Een kookeiland zou precies passen,' zei de jongeman. 'Maar je moet wel rekening houden met wat wij noemen "de heilige driehoek": fornuis, koelkast en gootsteen. Wat een optie zou zijn is om te kiezen voor een volledige kastenwand, waar we dan de koelkast in verwerken. En dan komt de rest in het kookeiland.'

'Dat klinkt als een goed idee,' zei Bettina. 'Wat vind jij, Berend?'

'Ik vind het prima.'

'Wat heb ik hier nou aan? Denk nou even mee.'

'Ik zeg toch dat ik het prima vind?'

'Dat zeg je omdat het je niets kan schelen.'

Opeens werd het me allemaal te veel. 'En wat dan nog? Wat als het me niets kan schelen?' Ik zag een stelletje in een andere keukenopstelling nieuwsgierig naar ons kijken. 'Wat als die hele keuken en dat hele huis en die hele wijk me geen lor interesseren?'

Bettina hapte naar adem. Ik zag dat ze elk moment in huilen uit kon barsten.

'Misschien is het beter als jullie een andere keer terugkomen?' vroeg de jongeman voorzichtig.

Bettina ging staan en stak haar hand uit. 'Dank je wel voor het advies. Je hoort nog van ons,' zei ze met een trillende stem.

Zodra we de winkel uit waren, kon ze zich niet meer bedwingen. Met haar hand voor haar gezicht, haar blik naar beneden gericht, zodat niemand zou zien dat ze huilde, liep ze naar de parkeerplaats. Lucas, die voor de verandering deze keer niet begon te mauwen, liet zich aan de andere hand meesleuren.

'Sorry...' begon ik te zeggen. 'Ik had niet zo lomp moeten doen...'

Pas bij de auto keek ze me aan. 'Ik wil scheiden,' zei ze.

Pup

'Ik heb hele grote borsten.'

'Niet nu, Pup.' Beer is chagrijnig omdat het luik van de hut kapot is en hij dat moet repareren. De laatste tijd gaan veel dingen stuk hier, Beer moppert er vaak over. Het hout van het luik is verrot en dat is een natuurlijk proces waar ik niet veel aan kan doen. Eergisteren brak het in tweeën. Met een boormachine boort Beer gaten in een stuk hout. Ik heb gevraagd of hij me wil leren hoe dat moet, maar dat vond hij niet nodig. 'Je denkt toch zeker niet dat ik mijn dure boormachine hier achter ga laten zodat jij hem kwijt kunt raken?'

Ik til mijn trui omhoog. 'Kijk dan.'

Beer kijkt opzij en schrikt zichtbaar. Met een ruk trekt hij mijn trui weer naar beneden. 'Wil je dat nooit meer doen?'

'Waarom niet?'

'Omdat ik het zeg!' snauwt hij.

'Omdat ik het zeg!' doe ik hem na. Hij wil me een klap in mijn gezicht geven, maar ik duik net op tijd weg. Beer wordt steeds langzamer en ik steeds sneller. Zijn haar is grijs aan het worden en dat is een teken van ouderdom. Wat als hij doodgaat? Ik loop naar de waterkant en kijk naar de lepelaars die met opengesperde snavels door het water rennen. Dat is hun manier om kleine visjes te vangen. Ik heb dat zelf ook weleens geprobeerd, maar mijn mond werkt anders dan hun snavel. Ik kreeg allemaal water binnen en stikte er bijna in.

Beer is aan het boren. Liever doet hij dat niet omdat het lawaai maakt en dat zou weleens de aandacht kunnen trekken van de buitenwereld. Hij heeft speciaal gewacht tot het einde van een koude dag, want dan zijn er geen mensen op het water. Gek hoe ingewikkeld tamme mensen doen over de temperatuur. Het maakt mij niet uit of het warm of koud is. Ik draag altijd dezelfde kleren: een broek en een trui. En met schoenen dragen ben ik ook allang gestopt. Alleen wanneer het vriest doe ik mijn sloffen aan, ook al zijn ze te klein en zit er een gat in de zool. Ik houd van het gevoel van mos en takjes en aarde onder mijn voeten. Ik ken het eiland zo goed dat ik met mijn ogen dicht de weg kan vinden omdat mijn voeten weten waar ze zijn.

Wanneer het geluid van de boor is afgelopen, loop ik terug naar de hut. Beer is zijn spullen aan het opruimen.

'Blijf je eten?' vraag ik.

Zoals altijd antwoordt hij: 'Vandaag niet.'

'Waarom niet?'

'Omdat ik meer dingen te doen heb dan de hele dag rondhangen.'

'Wat dan?'

'Kijk eens om je heen.' Ik doe wat hij zegt en zie niets bijzonders behalve onze donkere hut waar niets aan is veranderd sinds de laatste keer dat ik keek. 'Hoe denk je dat jullie aan al deze spullen komen? Het bed om op te slapen, de kleren die jullie dragen, het eten dat jullie eten en nu dit weer.' Hij knikt naar het nieuwe luik. 'Denk je dat dit er vanzelf komt?'

Ik sla mijn armen om hem heen en druk me tegen hem aan. 'Beertje,' zeg ik, omdat het ding dat vroeger ook weleens tegen hem zei. 'Doe nou niet zo bozig...' Zijn lichaam voelt strak en gespannen. Hij duwt me van zich af. 'Niet doen.'

'Wat niet doen?'

'Nu je een vrouw wordt, kun je niet meer zo tegen me aan kruipen. Dat hoort niet.'

'Waarom hoort dat niet?'

'Je moet niet zoveel vragen stellen de hele tijd.' Beer kijkt me boos aan. 'Doe nou gewoon wat ik zeg. En ruim een keer op. Het is hier een zwijnenstal.'

Ik ga op het bed zitten en kijk toe hoe Beer naar buiten loopt om water te halen, een beetje sop in de bak doet en daarna met woeste gebaren de borden afwast. Ik weet dat hij wil dat ik dat doe, maar ik denk daar nooit aan. Telkens pas wanneer Beer zegt dat het vies is, zie ik het ook en dan is het te laat.

Het ding ligt met de rug naar ons toe. Waarom wordt Beer daar nooit boos op? Ik jaag, pluk planten, maak het eten klaar, was mezelf... Het doet helemaal niets.

'Ik ga weer,' zegt Beer wanneer hij klaar is.

'Mag ik binnenkort met je mee rattenvangen?' vraag ik met mijn liefste stem.

'Die zijn er bijna niet meer.'

Ik huil nooit, maar als hij weg is, heb ik het gevoel dat het zomaar zou kunnen gebeuren. Ik hoor mezelf zwaar ademhalen en het lijkt wel of een onzichtbare hand mijn keel dichtknijpt. 'Niet doen, niet doen, niet doen,' zeg ik tegen mezelf. Ik druk mijn nagels stevig in mijn handpalm om de pijn te laten winnen.

Het ding komt overeind. 'Moet je huilen?' vraagt het.

'Natuurlijk niet,' antwoord ik. Maar dat is niet waar. Mijn neus loopt vol met snot en mijn ogen beginnen al te tranen. Ik knijp mezelf heel hard in mijn bovenarmen en zeg: 'Stop, stop, stop,' maar het is al te laat.

Het opent de armen die op twijgjes lijken en kijkt me vragend aan. 'Kom,' zegt het ding. 'Het is niet erg.'

Ik kom dichterbij en het slaat de armen om me heen. Het aait me over mijn haar. 'Het is oké,' zegt het nog een keer. 's Nachts kruipt het altijd tegen me aan en dan laat ik het maar, vanwege de warmte. Maar nooit overdag. Ik ruik en voel de rotte adem tegen mijn wang.

Ik begrijp niet wat het van me wil. Het aait nog steeds over mijn haar, maar misschien is dit weer een truc en probeert het straks weer iets. Je moet het altijd in de gaten houden, zegt Berend. Nooit vertrouwen. Ik duw het van me af.

'Dat hoort niet,' zeg ik met een stem dik van het snot. 'En dat weet je best.'

'Pup,' zegt het. 'Luister naar me. Het is niet normaal hoe we hier opgesloten zitten. Beer heeft steeds minder zin om te komen en wat als hij straks helemaal wegblijft? Dan zitten we hier zonder eten en gaan we dood.'

'We gaan niet dood.' Ik houd mijn vinger dreigend onder de neus. Het weet wat er kan gebeuren. Toch zegt het: 'We gaan hartstikke dood.'

Ik breng mijn vinger nog dichterbij. Nu beweegt het wel naar achteren en dat is wat ik wil. Het moet nooit vergeten wie de baas is. 'We gáán niet dood.'

Het zegt niets meer en ik ga naar buiten. Het wordt al donker terwijl ik over de basaltblokken naar het uiterste puntje van het eiland loop. Het water is een doffe donkergrijze vlakte. De meeste vogels zitten veilig in een boom of slapen op het water, hun hoofd in hun veren verstopt. Alleen de aalscholvers zijn nog actief en vliegen richting de Ramspolsluis. In de verte hoor ik een lage langgerekte toon, het gezoem van de buitenwereld. 'De buitenwereld,' zeg ik hardop.

Ik doe mijn kleren uit en leg ze op de oever. Ik ga in het water staan.

In de verte schijnen lichtjes als glinsterende sterren. In mijn hoofd klinkt: in de maneschijn, in de maneschijn, in de maneschijn, in de maneschijn. Ik zing het hardop mee, terwijl ik door het water waad.

Het blijft heel lang ondiep. Soms trap ik met mijn blote voeten op schelpen, overblijfselen van de Zuiderzee. De mens wil alles naar zijn hand zetten, zegt Beer. Alles wat je ziet is nep. Zelfs ons eiland, want het is gemaakt door de tamme mensen. De mens is niet in staat om dingen op zijn beloop te laten, nooit past hij zich aan. Overal moet hij zich mee bemoeien, ook al maakt hij daarmee de wereld kapot.

Ik loop in een regelmatig en rustig tempo. Naast mijn eigen ademhaling hoor ik het geluid van water dat bij elke stap rond mijn benen fluistert. Het komt inmiddels tot aan mijn dijen.

Dat betekent dat ik vlak bij de vaargeul ben. Ik blijf staan. De bewoonde wereld is nu niet ver meer. Een stukje zwemmen en ik ben er. Inmiddels is het helemaal donker. In de bewoonde wereld branden lichtjes. Ik weet dat ik om moet keren en terug naar het eiland moet gaan. Er is geen zuchtje wind, geen stroming, maar toch is het of ik word meegezogen door iets wat sterker is dan mijzelf.

Ik kan nog terug.

Ik haal diep adem en stap naar voren. Binnen vier stappen is de bodem onder mijn voeten verdwenen en moet ik zwemmen. Weer grijpt de kou me bij de strot. Mijn armen en benen voelen aan als rubber, maar als eenden, ganzen, futen, waterhoenen en alle andere vogels kunnen zwemmen in de kou, kan ik het ook, al heb ik niet hun veren of vetlaag.

Eindelijk raken mijn voeten de bodem weer. Door het ondiepe water waad ik verder. De bodem is hier behoorlijk drassig. Mijn voeten zakken soms tot aan mijn enkels weg. Ik baan me een weg door het dichte riet.

Ik ben er.

Er is gras en een lang pad, veel langer dan het pad op de Ramspolplaat. Het is niet duidelijk waar het begint en waar het eindigt. In de verte hoor ik een auto rijden. Ik vraag me af waar de winkel is waar ze Kamper Slof verkopen.

Dan hoor ik mensen praten. Twee lampjes verschijnen uit het niets. Ze komen in hoog tempo dichterbij. Ik duik terug het riet in en ga plat in het water liggen. Het water lijkt nog kouder te zijn geworden, mijn huid trekt zich strak om mijn bibberende botten en het is alsof ik door duizend scherpe messen gestoken wordt.

'Zag je dat?' hoor ik een mannenstem zeggen.

De ander zegt iets wat ik niet begrijp.

Ze blijven staan en stappen af van hun fiets. 'Hallo?'

Vanuit het riet zie ik ze om zich heen speuren. Tamme mensen kunnen niet kijken en al helemaal niet in het donker. Toch maak ik mezelf kleiner.

'Zeg dat ik gek ben,' zegt het ene mannetje. 'Maar we zagen toch net een naakte vrouw het riet in rennen?'

'Is daar iemand?' roept de ander weer. Hij haalt iets uit zijn zak en drukt erop. Een felle lichtstraal komt tevoorschijn. Hij laat hem langzaam over het riet glijden.

Voorzichtig beweeg ik naar achteren, maar ik heb mijn lichaam niet zo goed onder controle als normaal. Het bewegende water maakt een klotsend geluid en het riet knispert.

De mannen stoppen met praten en lijken ingespannen te luisteren. Even word ik verblind door het licht en denk ik dat alles voorbij is. Ik houd mijn adem in.

'Moeten we de politie bellen?' vraagt de een. De lichtstraal is mij inmiddels gepasseerd.

'En dan?' De man zet de lichtstraal uit. 'Het zal wel een dier zijn geweest.'

'Raar dier,' zegt de ander. 'Misschien was het wel een geest.'

'Hou op,' zegt de eerste. 'Laten we zo snel mogelijk gaan.'

Wanneer de rode lampjes helemaal uit het zicht zijn verdwenen, durf ik pas weer gewoon te ademen. Zo snel als ik kan, zwem ik terug. Wat als ze terugkomen? Wat als ze me gaan zoeken?

Pas als ik voet op Vogeleiland zet, ontspant mijn lichaam.

Het kijkt me aan met die felle ogen in het witte gezicht. Ik houd er niet van als het zo kijkt. Ik wilde dat het me met rust liet.

'Volgende keer moet je overdag gaan,' zegt het. 'Dan is de bakkerij open. Ik vertel je precies waar je moet zijn.'

'Dan pakken ze me,' zeg ik. 'Dat weet je best. Of is dat soms wat je wilt?' Ik houd mijn vinger onder de neus en verwacht dat het naar achteren zal schieten, maar dat doet het niet. Het kijkt strak terug en dat bevalt me niet. Waarom is het niet bang?

'Ze pakken je niet,' zegt het. 'Dat hele wildemensenverhaal heeft Berend je wijsgemaakt en weet je waarom? Omdat híj degene is die je gevangenhoudt! En dat mag niet. Als ze daar in de buitenwereld achter komen, dan...' Het houdt op met praten.

'Dan wat?' Ik hef weer mijn vinger. Nu ruik ik wel de angst.

'Je zou lief zijn,' zegt het. 'Dat heb je beloofd.'

Ik heb er geen zin meer in en draai me om, op zoek naar eten. Beer heeft alleen maar biscuits gebracht en een pak rijst. Volgens hem moet ik beter mijn best doen om eten te vinden op het eiland. Er is immers genoeg. Aardappels, zeeasters, teunisbloemen, rietwortels, paardenbloemen... Bovendien zwemt er vis en kan ik rivierkreeftjes vangen. Alle eieren zijn al uitgekomen, maar ik kan een gans of een eend schieten. Of een kuiken pakken.

'Waarom ben je zo lui?' vraagt hij dan met een boze stem. 'Weet je wel wat het kost als ik alles voor jullie moet kopen?'

Op dat moment wil ik niets liever dan dat ik weer zijn puppy ben en neem ik me voor om beter mijn best te doen. Maar dan vertrekt hij en met hem verdwijnt al mijn goede wil.

Ik heb het pak niet goed dichtgedaan, de biscuits zijn vochtig geworden. Ik neem een hap, maar het smaakt nergens naar, dus spuug ik het uit op de grond. Omdat ik geen zin heb om rijst te koken, raap ik de klodders biscuit op en eet ze. Er zitten stukjes haar en zand in die ik ook maar doorslik. Ik zal toch op een of andere manier mijn maag moeten vullen. Dan ga ik liggen, zo ver mogelijk bij het ding vandaan.

Mijn ogen zijn al dichtgevallen wanneer het zegt: 'Weet je nog dat ik je vertelde dat ik in de buitenwereld heb gewoond. Met mijn zusje Nicole...'

Ik schiet overeind. 'Ik sliep!' roep ik.

'Sorry, sorry,' zegt het snel.

Ik ga weer liggen, maar nu zit dat zusje in mijn hoofd en ik vraag: 'Wat is er met haar?'

'Voel jij je nooit alleen?' vraagt het.

'Hoe bedoel je?'

'Ik had vroeger altijd mijn zusje Nicole. We deden spelletjes, zoals verstoppertje, of tikkertje of we speelden met poppen.'

Weer zie ik mezelf. Ik ren achter een meisje aan over het gras. Ik draai me om en zie iemand in de deuropening van een huis staan. Een vrouwtje. Ze heeft een beker limonade in haar hand. Het is donkerroze en heel zoet. 'Drink maar lekker op, schatje,' zegt ze met een zware stem.

'Nicole en ik waren altijd samen aan het kletsen en aan het lachen,' gaat het verder. 'Zou jij dat niet willen? Iemand met wie je kunt praten? Of samen vissen vangen. Of varen met de boot. Of hutten bouwen, ganzen vangen... Gewoon iemand met wie je het fijn hebt. Een maatje. Zoals de zeearenden. Die zijn toch ook altijd samen?'

'Misschien heb ik ook wel een zusje gehad,' zeg ik.

'Dat heb je niet,' zegt het.

Ik sluit mijn ogen en zoek het zusje, maar ze wordt steeds vager. 'Dronk je limonade?' vraag ik.

'De hele tijd,' zegt het.

En daarmee is het zusje helemaal weg.

'Berend heeft geen zin meer om te komen,' gaat het verder. 'Dat merk je aan alles. Vroeger sliep hij bij ons, daarna kwam hij elke dag en nu komt hij nog maar een of twee keer in de week. Het wordt steeds minder. En als hij komt, gaat hij zo snel mogelijk weer weg. Nog even en hij komt helemaal niet meer en zijn we aan ons lot overgeleverd.'

'Beer is mij niet zat.'

'O nee?' vraagt het. 'Waarom komt hij dan nooit meer?'

'Hou je bek!' schreeuw ik. Ik ram mijn vinger in het neusgat, zo ver als ik kan. 'Hou je bek!'

Het hapt naar adem van de pijn. Als ik mijn vinger terugtrek, begint het bloed te stromen.

'Au, godverdomme!' jammert het.

'Dan moet je niet zo stom doen!' schreeuw ik terug.

Het is aan het huilen en het weet dat ik dat niet kan uitstaan. Ik vraag of het water wil en het knikt.

Ik geef het de beker en het neemt een voorzichtig slokje. 'Zou jij niet een zusje willen hebben?' zegt het als het wat rustiger is. 'Iemand die altijd bij je is. En je nooit in de steek laat.'

'Hoe kom ik eraan?' vraag ik.

'Nicole is in Kampen,' zegt het. 'Als jij ervoor zorgt dat we de sleutel van het hangslot krijgen, dan breng ik je naar haar toe.'

Dus dat is het. Altijd weer hetzelfde liedje. Ik ben te moe om boos te worden. Ik pak de beker uit de handen, ook al is hij nog halfvol en gooi hem op de grond. Dan ga ik liggen en doe mijn ogen dicht.

'Puppie,' zegt het. 'Puppie?'

Ik zeg niets terug en val in slaap.

De volgende ochtend is het al wakker wanneer ik mijn ogen open. Het aait me over mijn haar en het is ergens wel prettig, dus doe ik nog maar of ik slaap en beeld me in dat het Beer is die mij aanraakt.

'Luister naar me,' zegt het. 'Als Beer weer komt, houd ik hem bezig en ga jij naar buiten. Jij pakt de boot en vaart ermee naar de overkant. Je loopt langs de rivier tot je bij de stad komt. Je steekt de brug over en loopt verder aan de andere kant van de IJssel. Op een gegeven moment maakt de weg een bocht en zie je allemaal bootjes liggen. Je bent er dan bijna. Je gaat naar rechts en dan meteen naar links. Op alle huizen staan nummerbordjes. Je loopt door tot je nummer 63 ziet.'

'Hoe ziet dat nummer eruit?' vraag ik. 'Je weet dat ik niet kan lezen.'

'Dan vraag je het aan iemand. Apeldoornseweg 63. Daar moet je zijn. Naast de voordeur zie je een rond knopje en daar moet je op drukken. Dan doet iemand de deur open. Je vraagt naar Nicole. Zeg maar dat Marianne je heeft gestuurd.'

Nog steeds houd ik mijn ogen dicht. Apeldoornseweg 63, denk ik. Nicole. Rechtdoor. Weg over water. Boten in het water. Rechtsaf. Linksaf.

'Puppie?'

'Laat me met rust,' zeg ik.

'Ik weet zeker dat Nicole meteen Kamper Slof met je gaat halen.

En dan neem je haar mee naar het eiland en laat je haar de zeearenden zien. Nicole is dol op vogels.'

Ik open mijn ogen en kijk het aan. Het oogwit is helemaal geel geworden, dat komt doordat het niet vaak genoeg buitenkomt, zegt Beer.

'Ik kan niet naar de buitenwereld en dat weet je best,' zeg ik. 'Dan pakken ze me.'

'Maar niemand hoeft te weten dat jij een wild mens bent,' zegt het. 'Ze kunnen dat niet aan je zien. Jij houdt toch zo van vogels? Stel een vogel vliegt van Vogeleiland naar Kampen en hij gaat daar in een boom zitten. Is hij dan opeens tam?'

'Nee...' zeg ik. Het voelt als een valstrik.

'Datzelfde geldt ook voor mensen. Jij bent wild omdat je hier leeft. Niet omdat je er anders uitziet.'

'Nee, hoor.'

'Bovendien,' gaat het verder, 'is het je niet opgevallen dat tamme mensen overal kunnen gaan waar ze willen? Neem nou Beer. Die komt en gaat zoals het hem uitkomt. Of de mensen in de bootjes op het water. Zitten zij in kooien? Moeten zij maar afwachten wanneer iemand hen eindelijk een keer eten komt brengen?' Het kijkt me doordringend aan met die lelijke ogen.

'Wie is hier nou de gevangene, Pup?'

Pas vier dagen later hoor ik de boot. Ik ren naar de lagune. Wanneer hij naar binnen vaart, roep ik hem meteen: 'Beer!'

'Niet zo hard gillen,' zegt hij. Hij doet zijn schoenen uit, zijn sloffen aan en sleept de boot het riet in. Het lijkt of het hem veel moeite kost, terwijl de boot echt niet zo zwaar is.

'Heb je eten?' vraag ik. Na de muffe biscuits hebben het ding en ik de rijst gekookt en opgegeten en daarna hebben we niets meer gehad. Van het ding moest ik aardappels gaan zoeken, maar daar zaten allemaal scheuten aan en ik had geen zin om te gaan vissen. 'Heb je koekjes? Vlees? Kamper Slof?'

'Begin nou niet meteen zo te zeuren,' zegt hij bars.

'Maar ik heb honger,' zeg ik. 'Hon-ger.'

Zonder iets te zeggen neemt hij de wissel richting de hut. Snelle passen, alsof hij haast heeft. Ik loop achter hem aan. 'Je had de vorige keer gezegd dat je iets lekkers mee zou nemen.'

'Stop nou!' snauwt Beer. 'Er is genoeg te eten hier op het eiland. Het is niet mijn schuld dat jij te lui bent om het te zoeken. Wat zeg ik: je hoeft het alleen maar op te rapen en zelfs dat vind je te veel moeite.'

Ik kijk naar de boze rug die voor me uit beweegt en vraag me af wat ik nou precies verkeerd heb gedaan. Vroeger nam hij altijd lekkers mee en tilde hij me op en zei hij 'Mijn lieve Puppie!' Misschien heeft het ding gelijk. Beer heeft geen zin meer om hier te zijn. Beer heeft geen zin meer in mij. 'Sorry,' zeg ik dan maar. Hij zegt niets terug.

Dan komen we aan bij de hut. Beer opent het nieuwe luik en wil naar binnen stappen.

'Lijk ik op een tam mens?' vraag ik.

Hij blijft stokstijf staan. 'Wat zeg je?'

Ik voel dat ik zenuwachtig word. 'Of ik er hetzelfde uitzie als een tam mens,' herhaal ik.

'Waarom vraag je dat?'

'Gewoon...' Het maakt me bang zoals hij naar me kijkt. Alsof ik iets verkeerds heb gezegd.

Hij zet een stap naar me toe en pakt me stevig bij mijn schouders vast. Hij is toch nog sterker dan ik dacht. 'Heeft Marianne op je ingepraat?'

Ik schud snel mijn hoofd.

'Hoe kom je daar dan bij? Sinds wanneer ben jij geïnteresseerd in tamme mensen?'

Ik probeer me los te wurmen, maar wanneer ik dat doe, verstevigt hij zijn greep. 'Au,' zeg ik. 'Je doet me pijn.'

'Wij moeten met elkaar praten. Jij, Marianne en ik.' Hij duwt me in de richting van het luik. 'Naar binnen.'

Berend

Natuurlijk had ik alle rampscenario's al een keer bedacht. Marianne zou sterven of ontsnappen. Ze zou Pup iets aandoen. Pup zou ernstig ziek worden. Ik zou een ongeluk krijgen en niet meer in staat zijn om hen te verzorgen. Iemand zou hun bestaan ontdekken. Pup zou de overtocht naar de buitenwereld wagen. Al deze mogelijkheden waren reëel en kenden een slechte afloop.

Naarmate de jaren verstreken, was ik gewend geraakt aan de risico's. Ik was als een dompteur die elke dag zijn hoofd in de bek van de leeuw stak en erop vertrouwde dat het goed zou gaan, omdat het de dag ervoor ook was gelukt.

Totdat de leeuw bijt.

'Ga naast elkaar op het bed zitten,' zei ik. 'Ik wil met jullie praten.'

Marianne bleef liggen, alsof ze me niet had gehoord.

'En jij gaat ook zitten,' zei ik tegen haar. Toen ze niet in beweging kwam, trok ik haar ruw overeind. 'Luisteren.'

Pup friemelde zenuwachtig met haar handen. Marianne keek me brutaal aan. Het maakte me nerveus. Na al die jaren had ze nog steeds een bepaalde macht over me. Nog steeds wilde ik haar goedkeuring, hoe belachelijk dat ook was.

'Wat hebben jullie zitten te bekokstoven?' Ik keek ze een voor een scherp aan. Marianne knipperde nog niet eens met haar ogen, maar Pup begon onrustig te draaien. Na een kleine minuut hield ze het niet meer.

'Waarom kan ik niet naar de buitenwereld?' vroeg ze.

Ik voelde de spieren in mijn nek zich aanspannen. 'Waarom zou je daarnaartoe willen?'

'Tamme mensen kunnen alles doen wat ze maar willen. Ze hebben altijd eten. Ze kunnen met elkaar spelen. En ik zit vast op een eiland.'

Ik keek Marianne aan. Die keek inmiddels wat minder zelfverzekerd terug. 'Wat heb jij haar verteld?'

Ze schraapte haar keel. 'Niets.'

'Jij komt hier steeds minder en straks kom je helemaal niet meer en dan zit ik hier alleen met het ding en ga ik dood,' ging Pup verder. Het leek of ze niet kon stoppen met praten. 'Jij zegt dat tamme mensen mij gevangen nemen als ik naar de buitenwereld ga. Maar hoe moeten ze weten dat ik wild ben als ik er hetzelfde uitzie als zij?'

'Godverdomme, Marianne.' Ik ging staan en zette mijn handen aan mijn slapen, alsof dat zou helpen om de situatie beter te kunnen bevatten.

Ik moest aan Bettina denken. Bettina die niets anders had gedaan dan onvoorwaardelijk van mij houden. Die alles voor mij en onze zoon Lucas over had. Het enige wat zij ooit had gewild was een beter leven creëren voor ons gezin. Dat zag ik nu. Mijn toekomst lag bij háár.

Ik keek naar de twee bewoners van Vogeleiland die naast elkaar op het bed zaten. Marianne meer dood dan levend. Pup daarentegen was één brok energie, een bloeiend, gezond, prachtig mens. Ze was alles wat ze moest zijn. Ik kon het haar niet aandoen om net als Marianne de rest van haar leven aan een ketting te moeten doorbrengen. Maar ik kon haar ook niet meer vertrouwen. Nooit meer.

In mijn mond zat een bittere smaak en ik voelde hoe mijn maag zich bijna omkeerde. Mijn blik werd wazig door de tranen in mijn ogen. Ik had geen andere keus dan een einde te maken aan dit avontuur. Het zou op een zachte manier moeten gebeuren. Als ze maar niet hoefden te lijden.

Met de rug van mijn hand veegde ik mijn tranen weg. 'Goed,' zei ik. 'Ik kom morgen terug. Dan kunnen we er verder over praten als volwassenen.'

Ik kon Marianne horen ademen. Nog steeds keek ze me aan met dezelfde intense blik. Ik rommelde in een van de plastic bakken met gereedschap totdat ik een stuk dik touw vond.

'Steek je handen eens uit, Puppie.' Ik glimlachte liefdevol naar haar. Vol vertrouwen deed ze wat ik zei. Haar ogen stonden smekend, als een hondje dat alles wil doen om zijn baas te plezieren.

'Lieve, lieve Pup, toch.' Ik knielde voor haar neer en wilde het touw om haar polsen wikkelen.

Vanaf dat moment ging alles snel. Ik hoorde het gerinkel van de ketting. Voordat ik me realiseerde wat er gebeurde, had Marianne de ketting om mijn nek geslagen. Het metaal striemde in mijn huid en benam me de adem.

'Ren, Pup!' krijste Marianne. 'Ren!'

Pup sprong op, zette een paar stappen naar de uitgang, maar bleef vervolgens staan. Het leek wel of ze niet wist wat ze moest doen. Haar ogen schoten zoekend door de ruimte.

Ik probeerde de ketting los te rukken, maar Marianne was er met haar volle gewicht aan gaan hangen. Ze woog niet veel, maar genoeg om me te verstikken.

Pup had de hut nog steeds niet verlaten. Ze pakte een pan. Een zware gietijzeren koekenpan, zo een die jarenlang meeging en overal tegen bestand was. Ze hief hem omhoog en ik dacht dat ze mij ermee zou raken. Ik sloot mijn ogen en wachtte op de klap. Even later klonk het misselijkmakende geluid van brekend bot. De ketting viel slap naar beneden. Ik hapte naar adem. Het leek of de huid van mijn nek in brand stond. Ik leefde nog.

'Pup,' bracht ik uit. 'Je hebt me gered.'

Ze keek me aan met een blik die ik niet kon begrijpen. Als ik haar niet beter kende, zou ik denken dat ze me op dat moment haatte.

Ze hief de pan nogmaals op. Ik wilde mijn handen uitstrekken om de klap af te weren, maar ik was te laat.

Een doffe dreun.

Daarna niets meer.

Nicole

Het koelt 's avonds niet meer af. Ook al is het huisje erop gebouwd om de warmte buiten te houden met muren van een halve meter dik en kleine ramen, echt aangenaam wordt het niet. Het zou schelen als ik met de ramen open durfde te slapen. Maar zover ben ik nog niet. Ik heb een ventilator aangeschaft, en dat helpt een beetje, maar de beste tactiek is om zo laat mogelijk naar bed gaan wanneer de zon al een tijdje onder is en de aarde de kans heeft gehad om af te koelen, al is het maar een beetje.

Om halftien 's avonds zit ik op het bankje aan de achterzijde van het huis dat uitkijkt op het dal. De zon gaat bijna onder en de hemel kleurt nog donkerroze na. Zwaluwen maken vrolijke capriolen in de lucht op zoek naar insecten. Ik drink water met schijfjes citroen en gember. Het is zelfs te warm om te lezen. Dora ligt hijgend aan mijn voeten. Het beekje onder aan het terrein is helemaal opgedroogd. Ik mis het gezellige, kabbelende geluid. De struiken die groen waren en in bloei stonden toen ik hier begin maart arriveerde, zijn dor en dood. Alsof ze moe zijn van de warmte, net als ik. Ik vraag me af hoe het hier zal zijn in augustus, wanneer het nóg warmer en nóg droger is.

In de verte hoor ik een roofvogel roepen. Er zijn hier veel soorten: haviken, slangenarenden, zelfs Afrikaanse gieren met kale nekken. Ik zie ze regelmatig op de thermiek naar grote hoogtes cirkelen om zich vervolgens naar beneden te storten om een muisje te pakken. Het is onvoorstelbaar hoe scherp hun zicht is. Ik speur de lucht af, maar zie er geen.

Dan hoor ik de vogel opnieuw roepen. Deze keer lijkt zijn roep vanaf een andere plek te komen. Van dichterbij. Ook Dora is alert nu. Waar ze eerder loom aan mijn voeten lag, heeft ze haar kop opgericht. Ze lijkt iets te ruiken.

Iets beweegt in mijn ooghoek. Ik kijk opzij en zie een meisje. Hoe ze daar is gekomen zonder geluid te maken op het grindpad is mij een raadsel. Dora komt met een ruk overeind en ontbloot haar boventanden. Uit haar keel komt een gevaarlijk grommend geluid waarvan ik niet wist dat ze dat kon maken. Ik ben te perplex om iets te zeggen. Elke spier in mijn lichaam spant zich aan. Ik voel de schrik door mijn aderen pompen. Dit is een *meisje*, probeer ik mezelf gerust te stellen.

Ze blijft staan en kijkt naar de hond. Alles is vreemd aan haar. De ongewoon scherpe blik in haar ogen. Het donkere haar dat eruitziet alsof het geknipt is door een kind. Het vormeloze T-shirt dat aan één kant op de naad is ingescheurd. De tot halverwege haar dijen afgeknipte broek waar lange rafels aan hangen. De benen die gespierd zijn als die van een marathonloper en die onder de littekens zitten. De borsten zonder beha. Ze ziet eruit als iemand over wie je in de krant leest. Iemand die is opgegroeid bij een roedel wolven.

Dora gaat staan, nog steeds vervaarlijk grommend. Ik pak haar bij haar halsband vast, omdat het lijkt of ze het meisje elk moment kan aanvliegen.

'Ben jij Nicole?' vraagt ze, haar blik nog steeds gefixeerd op Dora. Ook haar toon is vreemd. Alsof ze de woorden eruit blaft, in plaats van een vraag stelt.

Dora rukt aan de halsband, als een Rottweiler die klaar is voor de aanval. Ze weegt twintig kilo, maar ik kan haar slechts met moeite tegenhouden. 'Ja,' zeg ik. 'Wie ben jij?'

'Pup.'

'Pup?' herhaal ik.

Ze knikt nog steeds zonder haar ogen van Dora af te wenden. Ze lijkt banger dan ik, dat zou een geruststelling moeten zijn.

'Wat kan ik voor je doen?'

Pas nu ontmoet haar blik de mijne. 'Jij bent het zusje,' zegt ze. Om haar lapis lazuli-blauwe irissen zit een donkerblauw randje en ik denk dat ik flauw ga vallen.

Pup

Ik neem niet de wissel, omdat die een omweg maakt, maar ren dwars door het struikgewas. Takken slaan in mijn gezicht, maar ik heb geen tijd om me er iets van aan te trekken.

Ik trek de boot in het water en zwengel de motor aan. Beer liet me vroeger vaak varen. Dat komt nu mooi van pas. Na twee keer trekken komt hij ronkend op gang. Ik vaar de lagune uit, het water op. Ik ken elk polletje in dit gebied, elk takje, elke centimeter, maar nooit eerder heb ik in mijn eentje gevaren. Ik manoeuvreer de boot door de ondiepe slenk tussen Schokkerplaat en Vogeleiland door. Het is alsof Beer tegenover me zit en aanwijzingen geeft. 'Hier moet je oppassen dat je niet vastloopt en er geen fonteinkruid in de motor komt, Pup.' Ik luister goed naar wat hij zegt en hoef niet één keer te stoppen om de boot los te wrikken.

Het is een koude, winderige dag, terwijl het al bijna zomer is, maar mijn bontcape houdt me warm. In de verte glijdt een kano door het water. Nog een paar minuten en ik zal hem passeren. Nu pas realiseer ik me dat ik helemaal rillerig ben. Even overweeg ik om terug te keren naar het eiland. Maar ik weet niet waar het gevaarlijker is nu.

Moet ik doorvaren? Als deze tamme mens niet probeert mij gevangen te nemen, dan weet ik dat het ding gelijk heeft en ik er net zo uitzie als zij. Als het mens dat wel probeert, heeft Beer gelijk en zullen we zien wie van ons de zeearend is en wie de gans.

Mijn hart klopt sneller wanneer ik dichter bij de kano kom. Er zit een jong mannetje in. Hij heeft rood haar. Als ik op een meter of tien bij hem vandaan ben en langzamer ga varen, maakt hij oogcontact en zegt vriendelijk: 'Hoi.'

Ik probeer zijn blik te peilen. Vindt hij me raar? Ziet hij iets aan mij? Moet ik met hem vechten? Maar hij peddelt gewoon door.

Ik kijk naar zijn rug en armen die in een gelijkmatig ritme de peddel door het water laten bewegen en vraag me af wat dit betekent. Is dit hoe tamme mensen elkaar altijd begroeten? Of doet hij alsof? Ik moet het weten. Ik ga langzaam naast hem varen en vraag: 'Zie ik er anders uit?'

'Hoe bedoel je?' Hij heeft allemaal kleine bruine vlekjes in zijn gezicht en groene ogen. Binnen de vogelsoorten zie je ook kleine verschillen; een vlekje dat net iets anders loopt, een kleur die net iets feller of doffer is, net iets groter, net iets kleiner. Maar vanaf een afstand lijken ze allemaal op elkaar.

'Zie ik eruit als een tam mens?' vraag ik.

'Wat bedoel je met "een tam mens"?'

Ik vraag me af of hij zich dom houdt, zoals sommige dieren doen alsof ze dood zijn om niet aangevallen te worden. 'Of ik er normáál uitzie,' zeg ik dan.

Hij begint te lachen. 'Niet veel mensen dragen nog bont tegenwoordig,' zegt hij. 'En al helemaal niet zo'n enorme cape. Maar verder lijk je vrij normaal, ja.'

'O,' zeg ik. Ik blijf nog steeds naast hem varen en denk na over wat hij heeft gezegd. Ondertussen bestudeer ik zijn gezicht. Zijn wenkbrauwen en wimpers hebben dezelfde kleur als zijn haar.

'Wil je nog iets weten?' vraagt hij.

Ik doe mijn bontcape uit. 'En nu dan? Lijk ik nu meer op andere mensen?'

'Ja,' zegt hij. 'Mag ik weer verder? Ik word een beetje nerveus van je.'

'Nog even,' zeg ik. 'Dus als jij mij zo zou zien, zou je dan denken dat je mij gevangen moet nemen?'

'Natuurlijk niet.' Zijn stem klinkt net als Beer wanneer hij genoeg van me heeft. 'Ik wil dat je doorvaart nu.'

'Weet jij eigenlijk wel hoe een wild mens eruitziet?'

'Ga weg of moet ik de politie bellen?'

Ik geef gas richting de vaargeul. Voor me liggen de rietlanden van de buitenwereld. Beer heeft gelogen. Hij heeft me al die tijd voor de gek gehouden, maar nu niet meer. Ik laat me door niets en niemand meer tegenhouden. Ik ga naar de vaste wal en ik zal het zusje vinden.

Dan hoor ik de telefoon overgaan. Beer denkt dat ik niet weet dat hij die onder de achterbank van de boot heeft verstopt, maar ik weet alles. Ik haal de telefoon tevoorschijn uit het plastic zakje en maak een veegbeweging over het scherm, zoals ik Beer ook heb zien doen. Ik moet dat een paar keer proberen voordat ik opeens een vrouwenstem hoor.

'Hallo? Hallo?'

Ik weet niet waarom, maar ik moet opeens heel erg lachen.

'Hallo?' vraagt de stem nog een keer. 'Waar is Berend?'

Ik overweeg wat het beste antwoord is en zeg dan: 'Die is er niet.'

'Wie ben jij?' vraagt de vrouw.

'Wie ben jij?' vraag ik.

'Bettina.' De stem klinkt inmiddels zeer geïrriteerd. 'Kun je Berend even roepen?'

'Nee,' zeg ik. 'Dat gaat niet.'

'Hoezo niet?'

Ik staar even naar de telefoon en weet niet meer wat ik moet zeggen.

'Ik wil nu Berend spreken,' zegt de vrouw. 'Zeg maar dat ik dit niet grappig vind.'

Ik gooi de telefoon in het water.

Het is verder lopen dan ik dacht. En de buitenwereld stinkt. Naar poep, naar motoren en andere geuren die ik niet kan thuisbrengen. Ik heb mijn bontcape achtergelaten in de boot en loop in mijn T-shirt en korte broek langs de IJssel. Aan de overkant liggen de stinkende fabrieken waar ze aan milieuvervuiling doen. In de verte zie ik Kampen liggen.

Regelmatig fietsen er mensen langs. Ze kijken me nieuwsgierig aan en sommigen zeggen 'hallo'. Ik zeg 'hallo' terug. Soms lachen we naar elkaar. Ik krijg er steeds meer plezier in om mensen te begroeten en steeds eerder en uitbundiger roep ik ze toe. 'Hallo! Hallo!' En altijd roepen ze terug en niemand probeert me te pakken.

Soms sta ik even stil om de omgeving in me op te nemen. Ook hier hoor je de auto's in de verte razen, maar er zijn ook andere geluiden en nieuwe geuren om waar te nemen. De smaak van Kamper Slof zit al in mijn mond.

Wanneer de weg breder wordt, rijdt er af en toe een auto langs. Eén keer begint er een te toeteren. Iemand steekt zijn hoofd uit het raam. 'Niet op het midden van de weg lopen, gek!'

'Je bent zelf gek!' roep ik terug.

Na een hele poos lopen zie ik eindelijk de brug. Aan de andere kant ligt de stad. In mijn hoofd zingt het 'Nicole, Apeldoornseweg 63. Nicole, Apeldoornseweg 63.'

Er klopt helemaal niets van de aanwijzingen en ik begin te denken dat het ding me voor de gek heeft gehouden. Misschien ben ik wel een muskusrat die denkt dat hij zijn hol uit zwemt, de wijde wereld in om vervolgens in een kooi terecht te komen en te verdrinken. Ik zie de bootjes in het water liggen, zoals het mij heeft verteld, maar ik kan nergens linksaf slaan. Ik loop een paar keer heen en weer. Inmiddels is de lol ervan af. Ik heb razende honger, ik heb het koud en ben chagrijnig. Waar is die bakkerij? Waar is dat zusje?

'Kan ik je helpen?' vraagt een ouder vrouwtje. Haar haar is al helemaal wit. Ik schrik er gewoon van. Ik had haar al zien zitten op een bankje langs het water en ze zag er ongevaarlijk uit. Maar nu ze zo voor me staat, maak ik me toch zorgen. 'Ik zie je al een tijdje rondlopen hier.'

'Ik zoek het zusje,' zeg ik. 'Nicole. Apeldoornseweg 63.'

Ze glimlacht. 'Je bent er vlakbij.' Ze gaat naast me staan en wijst. 'Zie je die bomen daar? Daar moet je naar rechts en meteen weer naar links.'

'Oké,' zeg ik.

'Loop je altijd op blote voeten?' vraagt ze.

Ik kijk van mijn voeten naar de hare. Mijn voeten zitten onder de modder en hebben overal schrammen. Zelf heeft ze blauwe schoenen aan die haar tenen bloot laten. De nagels van haar tenen zijn rood gekleurd. Nog nooit zag ik zo'n felle kleur, ze lijken wel licht te geven. Prachtig vind ik het. 'Ik mocht nooit schoenen aan,' zeg ik. 'Dat laat te veel sporen achter. En in de winter had ik leren sloffen.'

'O.' Ik houd niet van de manier waarop ze naar me kijkt. Bezorgd. Heel even denk ik dat ze kan zien dat ik wild ben.

'Maar ik heb wel schoenen, hoor,' zeg ik er snel achteraan. 'Straks ga ik ze aantrekken.'

'Het schijnt heel gezond te zijn om op blote voeten te lopen,' zegt het vrouwtje.

'Heb je iets te eten?' vraag ik. 'Ik heb honger.'

Ze kijkt in haar tas en haalt er zowaar een krentenbol uit.

'Daar ben ik dol op!' roep ik uit. 'Die heb ik al heel lang niet meer gehad!'

'Alsjeblieft.' Ze haalt hem uit de plastic zak en geeft hem aan mij.

Ik eet hem meteen op. Als je honger hebt, smaakt alles beter. 'Heb je nog meer?' vraag ik als hij op is.

'Nee, sorry.' Ze kijkt me lang aan waardoor ik er weer aan ga twijfelen of ze te vertrouwen is. 'Krijg je niet genoeg eten thuis?'

'Vaak niet,' antwoord ik. 'Maar nu ga ik naar het zusje en zij gaat Kamper Slof voor me kopen en dan is alles goed.' Nog voordat ze meer vragen kan stellen, loop ik weg. Ik hoor haar 'daag' roepen, alsof ze het net niet zeker weet.

De Apeldoornseweg is één langgerekt huis met allemaal deuren en ik moet een paar keer aanbellen voordat ik nummer 63 heb gevonden.

'Is dit nummer 63?' vraag ik aan het jonge mannetje dat opendoet. Op de achtergrond hoor ik jongen met elkaar spelen. Ze gillen en lijken plezier te hebben. Misschien is daar ook het zusje bij.

'Ja,' zegt hij. 'Wat kan ik voor je doen?'

'Ik kom voor Nicole,' zeg ik. 'Het zusje.'

'Nicole…?' Hij denkt heel lang na. 'Ach ja, díé Nicole. Sorry, die woont hier niet meer. Haar moeder is een tijdje geleden verhuisd naar Dordrecht en volgens mij zit zij zelf in Spanje.'

'Waar is Spanje?'

'Wacht hier, dan zoek ik het even voor je op.'

Hij doet de deur half dicht en loopt weg. Na een paar seconden besluit ik om achter hem aan te gaan. Ik loop door een smalle ruimte met allemaal jassen en schoenen. En er is een trap. Een deur staat open. Daar in een grote ruimte met een tafel in het midden staat het mannetje met zijn rug naar me toe iets op te zoeken in zijn telefoon. Ik zie nu ook de jongen. Het zijn er twee. Ze zijn buiten aan het rennen op het kleine stukje gras achter het huis en het liefst zou ik ook naar buiten gaan om met hen mee te doen.

'Waar is het bed?' vraag ik.

Het mannetje draait zich verschrikt om. 'Had ik niet gezegd dat je buiten moest wachten?'

'Waar slapen jullie?'

'Ik vind dit niet zo prettig,' zegt hij. 'Maar goed, ik heb Nicole gevonden.' Hij laat me zijn telefoon zien. Ik zie een foto van een vrouwtje in een landschap met allemaal stenen en bomen die ik niet ken. 'Sierras de… Dat is een hele lastige naam. Zal ik het voor je opschrijven?'

'Mag ik niet gewoon je telefoon mee?' vraag ik.

'Grapje zeker.' Hij pakt een pen en papier en schrijft het adres op. Dan geeft hij mij het briefje. Ik probeer de letters in me op te nemen.

'Is het ver weg?' vraag ik.

'Een kilometer of tweeduizend hiervandaan, schat ik.'

'Hoe kom ik daar?'

'Met het vliegtuig.'

'Hoe kom ik in een vliegtuig?'

'Wie ben jij?'

Een van de jongen komt huilend binnen. 'Papa,' roept het. 'Ik ben gevallen.' De knie bloedt maar een klein beetje, maar het doet alsof het doodgaat.

'Och jongen, toch.' De vader tilt het jong op en kust het in het haar.

Ik weet niet waarom, maar ik word er droevig van als ik ernaar kijk. Heel even denk ik aan Beer en aan hoe hij vroeger was. Hoe hij mij altijd knuffelde en aaide en zei dat ik lief was.

Ik stop het briefje in mijn zak. Misschien kan ik maar beter weggaan. Zo zachtjes als ik kan sluip ik de kamer uit. Het mannetje is nog steeds geheel verdiept in de verzorging van het jong. In de smalle kamer pak ik een jas en een paar schoenen en loop naar buiten.

De buitenwereld is veel groter dan je denkt. Er zijn ontzettend veel wegen, maar geen enkele gaat rechtstreeks naar de plaats met de moeilijke naam op het briefje. Vanaf het moment dat ik aan iemand in Kampen de weg vraag naar Spanje, zijn er mannetjes die me willen helpen. Je moet de mannetjes hebben met de gele nummerborden, want die spreken dezelfde taal als ik. Ze staren wel heel erg naar de borsten, maar verder zijn ze aardig. Ze zoeken de plek op hun telefoon op, vertellen me tot welk punt ze me mee kunnen nemen en waar ik een nieuwe lift zal kunnen vinden. Soms zeggen ze me dat ik helemaal verkeerd ben gegaan en leggen ze me uit waar wél de goede weg is. En soms rijden ze zelfs voor me om, want het is nogal wat, een meisje alleen dat op zoek is naar het zusje. Ze vragen of ik iemand wil bellen, ze geven me eten, drinken en een keer krijg ik een ijsje met een laag chocolade eromheen. Dat is misschien wel het lekkerste wat ik ooit heb geproefd.

'Is het niet gevaarlijk, een meisje helemaal alleen?' vragen sommigen. En: 'Weten je ouders waar je bent?' Mannetjes blijken als zeearenden te zijn: ze doen alles om een vrouwtje te paaien. Ik hoef alleen maar lief te lachen.

Het is al donker en we staan op een parkeerplaats aan de voet van de bergen. Het landschap is mooi, niet mooier dan de eilanden, maar anders mooi. De zon is al bijna onder en de bergen kleuren donkerblauw in het avondlicht. Het ruikt hier ook anders. Zoeter. Voller.

Dit mannetje, eentje met allemaal tekeningen op zijn armen, heeft al heel wat uren achter elkaar gereden en wil rusten. Hij heeft de vrachtwagen op een stil plekje gezet, ver bij de snelweg vandaan, want daar is het beter, zegt hij. We staan tussen de bomen en er is hier helemaal niemand. Zelfs de weg hoor je niet meer. We eten brood met worst.

'We hebben een leuke klik,' zegt het mannetje. 'Vind je niet?'

Ik zeg maar ja, zoals ik dat op alle vragen die ik niet begrijp antwoord. Dat is het beste, heb ik gemerkt.

Hij kijkt me aan zoals ik naar een ree kijk die ik wil schieten en opeten. Ik begin zo langzamerhand gewend te raken aan dit soort blikken, maar fijn vind ik het niet. Het lijkt wel of alle mannetjes denken dat ik een prooidier ben.

'Hoe oud ben je eigenlijk?'

'Ik geloof een jaar of zestien.'

Hij lacht. 'Je bent goed ontwikkeld voor iemand van die leeftijd.' En dan gaat zijn hand naar een van de borsten en knijpt hij erin.

Aarzelen kan de dood betekenen. Je moet meteen laten zien wie de baas is. Ik ram mijn vinger in zijn neusgat en met mijn andere hand stomp ik hem tegen zijn slaap.

Bloed stroomt uit zijn neus en hij begint te vloeken. Daarna schreeuwt hij dat ik de vrachtauto uit moet, dat ik moet oprotten, maar ik blijf zitten. Ik zeg: 'Wij gaan slapen en morgen breng je mij naar de snelweg in Spanje. Dat heb je beloofd.'

'Eruit!' schreeuwt hij nog een keer.

Ik breng mijn gezicht dicht bij het zijne. 'Stop met schreeuwen en ga slapen,' zeg ik kalm, maar dreigend. In het donker is zijn gezichtsuitdrukking niet goed te zien, maar ik ruik wat ik wil: angst. Het gaat er niet om wie het sterkst is, het gaat erom wie het bangst is. Diegene verliest. Altijd.

'Je bent een psychopaat, een gestoorde psychopaat,' zegt het mannetje. 'Weet je dat?'

'Ja,' zeg ik.

'Je hebt me toch zeker zelf uit zitten lokken?' zegt hij. 'Zoals je daar zit met die dikke tieten.'

Ik houd mijn vinger onder zijn andere neusgat. 'Hou je bek en ga slapen,' zeg ik.

Weer de angst.

'Godverdomme,' zegt het mannetje en hij kruipt naar het bed achter de stoelen. Sommige aardige mannetjes lieten mij daar slapen terwijl zij aan het rijden waren. Dat waren de beste. Ik doe mijn ogen dicht. Heel even denk ik aan Beer en aan het ding en ik vraag me af of ik verdrietig ben.

Ik word die nacht vaak wakker, omdat ik het mannetje dat achter mij ligt te snurken niet vertrouw. Ik kijk in de kastjes van de auto en vind een zak snoepjes die ik helemaal leegeet. Ik hoor iets ritselen in de bosjes en zie een rat wegrennen. Het is geen muskus- of beverrat, maar een soort die ik nog nooit eerder heb gezien.

Eindelijk wordt het licht. Het mannetje klimt zonder iets te zeggen naar buiten. Hij gaat bij een boom staan, even verderop, en plast. Ik moet zelf ook nodig plassen, maar als ik uitstap, rijdt hij vast weg en blijf ik hier alleen achter, ver van de snelweg. Daarom houd ik mijn plas maar op, al krijg ik er buikpijn van.

Het mannetje klimt weer in de cabine zonder mij aan te kijken. Hij start de motor en een poosje later rijden we de snelweg weer op. Al die tijd kijkt hij me niet aan. Het is mooi weer. De zon schijnt en ik zie een auto voorbijrijden zonder dak. Bij een benzinestation rijdt hij de parkeerplaats op en blijft staan. 'We zijn er. Oprotten,' zegt hij.

'Is dit Spanje?'

'Oprotten nou,' zegt hij nog een keer.

Ik stap uit.

Overal zijn groene bergen, bomen en sterk geurende struiken. Ik loop langs de vrachtwagens, laat het briefje zien en vraag of iemand me mee kan nemen. Gewone auto's willen meestal niet en al helemaal niet als er vrouwtjes in zitten. Vrachtwagens vinden het gezellig als er iemand is om mee te praten.

Tot nu toe vond ik altijd wel iemand die mijn taal sprak, maar dat is hier anders. De mannetjes lezen het briefje en beginnen heel snel tegen me te praten met diepe keelklanken. Even later gebaart er een dat ik in mag stappen. Ik ben weer onderweg.

Het is ongelofelijk warm, zelfs 's nachts koelt het niet af en ik ben zo moe dat ik me afvraag of ik er dood aan kan gaan. Er is zoveel lawaai, zoveel stank, en er zijn zoveel mensen, zoveel dingen die ik nog nooit eerder heb gezien. Soms slaap ik rechtop zittend in een vrachtwagen, soms slaap ik aan de kant van de weg. De jas ben ik kwijtgeraakt, dus nu heb ik ook geen hoofdkussen meer. De schoenen waren te klein, dus ook die zijn weg.

Op een gegeven moment kom ik niet meer vooruit. Wie ik ook vraag bij het benzinestation, ze schudden hun hoofd en kijken niet eens meer op hun telefoons. Een man duwt mij zelfs weg. Er gaat een nacht voorbij, twee nachten, drie, vier... Ik heb al lang niets meer gegeten en ik heb dorst. Soms drink ik water in de wc, maar daarvoor moet ik elke keer de sleutel halen bij de man van de benzinepomp. De laatste keer dat ik dat deed begon hij tegen me te schreeuwen en nu moet ik wachten tot mensen flesjes weggooien waar nog een bodempje drinken in zit. Hetzelfde geldt voor eten.

Om het benzinestation heen is alles dor. Er zijn zelfs bijna geen bomen. Ik wilde dat ik terug op Vogeleiland was, maar ik weet ook niet meer hoe ik dáár moet komen.

Dan hoor ik mijn taal praten. Ik spits mijn oren. Het komt van ver, maar ik versta het goed. Aan de andere kant van de parkeerplaats staan twee mannetjes naast een auto. Ik ren ernaartoe. Nu hoor ik ze duidelijker.

'Laat mij nou achter het stuur, dan kun jij slapen.'

'Maar als jij rijdt, krijg ik stress.'

'Als je nou gaat slapen, heb je daar geen last van.'

'Dat is juist het punt: ik kan niet slapen als jij rijdt.'

Ze lijken niet te zien dat ik naast ze sta, dus roep ik heel vrolijk: 'Hallo!'

'Sjezus!' zegt een van de mannetjes geschrokken. 'Wat is dit nou weer?'

'Jullie praten net als ik!' Ik ben zo blij dat ik ze wel wil knuffelen, maar ik weet niet of dat is wat tamme mensen normaal doen. Ik leg ze uit dat ik op weg ben naar het zusje en laat het briefje zien. 'Ik ben al een paar dagen in Spanje en het lijkt of ik niet verder kom. Niemand verstaat me en ik heb honger en dorst.'

Ze kijken elkaar aan. 'Nee, Johan,' zegt de een. 'We gaan geen zwervers meenemen.'

'Het is nog maar een kínd,' zegt het andere mannetje. 'We kunnen haar moeilijk alleen laten.'

'Natuurlijk kunnen we dat.'

'Rijd maar met ons mee,' zegt het mannetje dan tegen mij. Het andere mannetje kijkt nu heel boos. 'Wij wonen vlak bij waar je moet zijn en kunnen je afzetten.'

'Hoe ver is het nog?'

'Twee uurtjes. We zitten een halfuurtje voor Málaga.'

'Dank je wel.'

Hun auto zit veel fijner dan de meeste vrachtwagens. Ik heb de achterbank helemaal voor mij alleen en aai over de zachte gladde stoel. Het mannetje dat zei dat ik mee mocht rijden geeft me een flesje water en een belegd broodje met kaas. 'Eet maar lekker,' zegt hij.

Ik hoor het andere mannetje heel diep zuchten.

We rijden weg en ik schrok het broodje naar binnen.

'God, wat een stank.' Het chagrijnige mannetje doet alle ramen een stukje open en er waait een lekker windje naar binnen. Ik sluit mijn ogen en val in een diepe slaap. Eén keer doe ik mijn ogen open, omdat de auto heel erg aan het slingeren is. Ik zie dat we van de snelweg af zijn gegaan en op een smallere weg door de bergen rijden. Ik word pas wakker wanneer de auto stopt.

'We zijn bij Cómpeta, vlak bij het Nationaal Park met de moeilijke naam,' zegt het ene mannetje. 'Vraag bij de garage naar Adèle. Zij is Nederlandse en kent iedereen hier. Succes.'

Ik kijk naar het huis dat kennelijk garage heet. Er loopt een jongen rond die denk ik net iets ouder is dan ik.

'Ga je nog uitstappen?' vraagt het chagrijnige mannetje.

'O ja,' zeg ik en ik doe de deur van de auto open.

'Een bedankje is wel op zijn plaats, vind je niet?'

'Doe nou niet zo vervelend, Sander,' zegt het andere mannetje. 'Laat dat kind.' En tegen mij zegt hij: 'Zet hem op, hè. Ik hoop maar dat je snel je zusje vindt!'

Ik stap de auto uit en sla de deur dicht. Het briefje in mijn broekzak is inmiddels verfrommeld en vies. De letters zijn bijna niet meer leesbaar. Het is maar goed dat ik het niet meer nodig heb. Ik ben er bijna.

Dat voel ik aan alles.

Nicole

'Marianne,' zeg ik en ik kan niet stoppen met staren naar dit wonderlijke meisje.

'Pup,' verbetert ze mij.

Het bloed raast langs mijn slapen, mijn benen voelen onvast. Dora is nog steeds aan het grommen.

'Is het gevaarlijk?' vraagt het meisje en knikt naar Dora.

'Ze is alleen maar een beetje bang. Ze trekt zo wel weer bij.'

Het meisje knikt en lijkt na te denken. 'Dat komt omdat ik wild ben,' zegt ze dan. 'Ik ben de natuurlijke vijand.'

'Over het algemeen is ze wel gewend aan mensen, hoor.'

'Aan tamme mensen, ja.'

We staan elkaar een tijd onderzoekend aan te kijken. Dora lijkt iets te zijn gekalmeerd en trekt niet meer zo aan haar halsband. Wel staat haar nekhaar nog recht overeind en zijn haar neusgaten wijd opengesperd.

'Je noemde mij het zusje. Ik ben het zusje van Marianne.' Terwijl ik het zeg, voel ik mijn keel dik worden van de spanning. 'Weet jij waar ze is?'

'Het zei dat ik je mee moest nemen om je de zeearenden te laten zien. Het zei ook dat je Kamper Slof voor me zou halen. Maar het zei niet dat je heel ver weg woont. En dat je oud bent. Je ziet er helemaal niet uit als een zusje en al zeker niet als iemand die met mij wil spelen.'

Ik probeer te begrijpen waar ze het over heeft. Hoe langer ik naar haar kijk, hoe meer ik haar op Marianne vind lijken. De opvallend blauwe ogen, de sproetjes, het donkere haar, de hoge jukbeenderen, de intensiteit. Maar ze heeft ook trekken van iemand anders. Een kin die ik niet ken en een smalle mond. Kan dit een dochter van Marianne zijn? Zou, en ik durf er bijna niet aan te denken, zou het kunnen zijn dat Marianne nog leeft?

'Waar is Marianne?' vraag ik nogmaals. 'Wanneer heb je haar gesproken?' Ik ben buiten adem geraakt, blijkbaar adem ik te snel, misschien ben ik zelfs aan het hyperventileren.

'Het heeft gelogen,' concludeert het meisje bozig. 'Ik had het kunnen weten.'

'Marianne, bedoel je?'

'Het!'

Dora gaat meteen weer in de aanvalspositie staan en blaft. Het meisje schiet achteruit. Ik heb de indruk dat ze elk moment weg kan rennen en dat ik haar dan nooit meer zal zien.

Nog steeds is mijn ademhaling veel te snel. Ik moet dit niet verpesten. Voor ik verder vraag naar Marianne, zal ik haar vertrouwen moeten winnen.

'Heb je honger?' vraag ik.

'Ja,' zegt Pup. 'Heb je Kamper Slof?'

Verbaasd zeg ik: 'Nee.'

'Vlees?'

'Sorry, ik ben vegetariër.'

'Maar heb je vlees?' Ze kijkt me indringend aan, haar ogen vernauwen zich tot spleetjes. 'Vlees.' Ze spreekt het woord langgerekt uit.

'Ik heb wel eieren. Lust je die? Dan maak ik eieren met kaas.'

'Kaas is ook goed. Kaas heb ik al heel lang niet meer gehad. Van wie heb je eieren?'

'Hoe bedoel je?'

'Van welke vogel?'

'Eh, van een kip?'

'Die zijn tam, toch?'

'Meestal wel. Loop maar achter me aan naar binnen.' Het valt nog niet mee om de agressief en opgewonden Dora langs haar heen te leiden. Wanneer we in het huis zijn, sluit ik Dora op in de slaapkamer, waar ze het meteen op een blaffen zet. 'Trek je maar niets van haar aan,' zeg ik tegen het meisje dat alles in zich opneemt alsof ze nooit eerder een huis van binnen heeft gezien. Ik doe snel alle lichten aan omdat het opeens een stuk donkerder is geworden. Ik ruik nu ook duidelijk haar lichaamslucht. Het is een dierlijke geur, muskusachtig. 'Wil je douchen terwijl ik je eten klaarmaak?'

'Douchen,' herhaalt ze, alsof het woord haar niets zegt.

De finca heeft een ruime badkamer, waar ook een wasmachine in staat. Hij is net aan het centrifugeren. Pup gaat op haar knieën voor de machine zitten en kijkt door het raampje hoe de bonte was in duizelingwekkende snelheid ronddraait. 'Wat is dit?' vraagt ze dan.

'Je weet niet wat een wasmachine is?' Ik draai de kraan van de douche open.

'Is dit hoe tamme mensen zich wassen?' vraagt ze.

'Klopt. Je gaat eronder staan,' zeg ik.

Ze wil er al onder stappen, dus zeg ik: 'In je blootje.'

'Wat dom van me,' zegt ze. 'Wij wassen ook altijd bloot.' Haar onderbroek is verwassen en in het kruis zitten opgedroogde bloedvlekken. Haar lichaam is één bonk spieren. Geen grammetje vet, al heeft ze voor iemand die zo afgetraind is behoorlijk grote borsten.

'Zal ik je schone kleren geven voor straks?' vraag ik.

Ze antwoordt niet en gaat onder de straal staan. Ze heeft er kennelijk geen moeite mee om naakt te zijn. Haar gezicht ontspant. 'Het water is warm!' roept ze opgetogen uit en draait een rondje om haar as, het water spat alle kanten uit. 'Warm water!'

'Op het randje ligt een stukje zeep als je je wilt wassen.'

'Die hadden we op het eiland ook.' Ze pakt het stuk zeep en begint zich er fanatiek mee in te zepen.

'Welk eiland?' vraag ik zo nonchalant mogelijk.

Ze verstijft. Dan steekt ze de vinger van haar vrije hand op en houdt hem vlak onder mijn neus. Ik weet niet wat ze daarmee wil bereiken, maar ik voel hoe mijn lichaam een shot adrenaline vrijgeeft.

'Oké, ik ga eieren voor je bakken,' zeg ik op een blije stewardessentoon. 'Ik leg zo schone kleren en een handdoek voor je klaar op het krukje.'

Ik doe de badkamerdeur achter me dicht. 'Wat de fuck,' zeg ik hardop. Wanneer ik de deur van de slaapkamer opendoe, wil Dora er meteen vandoor, maar ik kan haar nog net tegenhouden. Ik wilde dat ik mobiel bereik had, zodat ik Christine kon bellen om raad.

Met trillende handen pak ik een schone onderbroek, een schoon T-shirt en een shortje. Het is nog steeds erg warm, maar dat is niet de reden dat het zweet me over de rug loopt. Marianne, klinkt het in mijn hoofd. Opeens voelt ze springlevend en heel dichtbij.

Dora stoot met haar neus tegen mijn knie. Ze kijkt me smekend aan met haar lieve bruine ogen.

'Ik vertrouw het ook niet.' Ik aai haar over haar hoofd. 'Maar we moeten doen alsof er niets aan de hand is, goed? Al ben ik daar misschien iets beter in dan jij.'

Ik laat Dora in de slaapkamer achter en leg de schone kleren en een handdoek op het krukje. 'Warm water!' roept Pup nog een keer verrukt uit.

'Lekker, hè?' zeg ik terug met de overdreven warme klank in mijn stem die Casper zo haatte. 'Ik ga nu eitjes voor je bakken. Kom je er zo uit?'

In de keuken bak ik vier eieren, smelt er een overdadige hoeveelheid kaas overheen en leg de uitsmijter op twee bruine boterhammen met roomboter. Ik zet het op tafel, samen met een groot glas water. Van buiten haal ik de andere stoel en ga zitten wachten tot Pup de badkamer uit komt.

Met schone kleren aan en nat haar lijkt ze al iets meer op een normaal mens. De douche heeft ze laten lopen. Waarschijnlijk is het niet in haar opgekomen om hem uit te draaien of weet ze niet hoe.

'Eet lekker,' zeg ik en ik maak een uitnodigend gebaar naar de tafel.

Terwijl ze de uitsmijter met beide handen oppakt en naar binnen schrokt, loop ik naar de badkamer. Stoom slaat me in het gezicht. Nadat ik de kraan heb dichtgedraaid, zet ik het raam open. Pups vieze kleren liggen achteloos op de grond geslingerd. Ik kijk om het hoekje van de deur of ze me kan zien, maar haar aandacht is volledig gericht op het eten. Kreunend en smakkend werkt ze het naar binnen.

Ik sluit de deur een stukje verder en pak haar shortje op. De stof staat stijf van het vuil, het stinkt vreselijk en ook hier zitten oude bloedvlekken in het kruis. Ik moet iets overwinnen om in de zakken te voelen. Een smoezelig briefje komt tevoorschijn. Ik vouw het open. 'Nicole, Cómpeta, Sierras de Tejeda, Almijara y Alhama, Spanje,' staat erop. Het is het handschrift van een volwassene, niet dat van Marianne, althans, niet zoals ik het me herinner. Verder: geen paspoort, geen geld, geen bankpasje, niks. Wie is dit kind? Waar komt ze vandaan en hoe is ze hier gekomen?

'Zo, hoe voel je je?' vraag ik wanneer ik de badkamer uit kom. 'Beter?'

Ze heeft de boterham al bijna op. Ik geloof niet dat ik ooit eerder iemand zo snel heb zien eten. 'Heb je meer?' vraagt ze.

'Ja, hoor. Zal ik nog wat eieren voor je bakken?'

'Heb je echt geen vlees?'

'Dat zal ik morgen voor je moeten halen. Alle winkels in het dorp zijn nu dicht.' Terwijl ik het zeg, bedenk ik dat Pup hier zal moeten slapen. Het idee staat me tegen, maar ik verman me. 'Ik kan ook gewoon een boterham met kaas maken.'

'Eieren met kaas.'

'Goed.' Ik glimlach naar haar, maar ze glimlacht niet terug. Ze kijkt me strak aan met Mariannes ogen.

Wanneer ik later de keuken uit kom met een nieuwe uitsmijter, eet ze hem iets rustiger op dan de vorige. 'Echt lekker,' zegt ze met volle mond. 'Ik was al bijna vergeten dat kaas bestond. We hadden dat al heel lang niet meer gehad.'

Ik twijfel of ik de kans zal aangrijpen om weer een vraag te stellen, maar bedenk dat het beter is om dat niet te doen. 'Kaas is geweldig,' zeg ik. 'Mijn lievelings.'

'Ik dacht dat je lievelings Kamper Slof was?'

'Dat was die van Marianne. Maar ik vind het ook lekker, hoor.' Ik zeg het zo nonchalant mogelijk. Toch is de spanning in mijn stem hoorbaar. 'Ik heb al heel lang geen Kamper Slof gehad. Jij?'

Ze haalt haar schouders op. 'Ik weet het niet meer. Is het waar?' vraagt ze dan. 'Is het waar dat het samen met jou in een huis woonde en dat jullie zusjes waren?' Het eten heeft haar duidelijk in een beter humeur gebracht. Toch voel ik dat ik nog steeds niet te veel vragen moet stellen.

'Ja,' zeg ik. Ik laat het deze keer uit mijn hoofd om haar erop te wijzen dat Marianne geen hét is.

'Klopt het dat jullie samen speelden? Met poppen en auto's en dat de een zich ging verstoppen en de andere ging zoeken? En dat jullie samen in één bed sliepen, maar dat mocht niet van jullie moeder, maar het kwam dan stiekem bij je?'

Ik voel mijn keel dik worden en kan even niets uitbrengen.

'Wat is er?' vraagt Pup. 'Ben je verdrietig?'

'Ja. Ik mis Marianne heel erg.'

Ze denkt even na. 'Het kwam ook altijd tegen mij aan liggen en dat was best fijn. Maar je moet het nooit vertrouwen, want je weet niet wanneer het liegt en wanneer het de waarheid spreekt. En je weet ook nooit wanneer het wat wil proberen.'

Ik hoop dat ze doorpraat, terwijl ik steeds ongeruster word over de dingen die ze zegt. In wat voor situatie Marianne zich ook bevindt, het kan nooit een goede zijn. Maar Pup zegt niets meer. In plaats daarvan laat ze een luide boer. Ze legt haar handen op haar buik en sluit haar ogen. Even later laat ze haar hoofd vallen en lijkt het of ze zittend in slaap is gevallen.

'Wil je nog iets eten?' vraag ik.

Ze schudt haar hoofd. Dan richten haar ogen zich op mijn voeten. Ze kijkt blij verheugd alsof ze iets bijzonders heeft ontdekt.

‘Wat is er?’

Ze gaat op haar knieën voor me zitten en raakt mijn teennagels aan. Er zit nog een restje nagellak op van zeker anderhalve maand oud. Smaragdgroen.

‘Zo mooi,’ zegt ze. ‘Hebben alle tamme mensen gekleurde nagels?’

Ik schiet in de lach. ‘We hebben het niet van nature. We verven dit.’

Ze kan maar niet stoppen met kijken. Er schiet me te binnen dat ik nog ergens een flesje nagellak moet hebben liggen.

‘Wil jij dat ook?’

Ze knikt verheugd.

‘Ga maar even op de stoel zitten.’

Even later kom ik terug met een flesje donkerroze nagellak. ‘Hoe vind je deze?’

‘Mooi.’

Ik kniel voor haar neer en lak geduldig haar nagels. Ze zijn lang en opgekruld en haar voeten zien eruit als die van een dinosaurus.

‘Wacht,’ zeg ik en haal een nagelknipper uit de badkamer. ‘Ik ga van jouw voeten prachtige tammemensenvoeten maken, oké?’ Met moeite knip ik de keiharde nagels af en vijl ze bij tot ze een acceptabele vorm hebben. Daarna lak ik ze een voor een. Pup kijkt ernaar als een bruid die zichzelf voor het eerst in de spiegel ziet.

‘Wie is je vader eigenlijk?’ vraag ik terwijl ik bezig ben.

Ze trekt haar voet met een ruk weg waardoor ik uitschiet met de nagellak en ze maakt een grommend geluid. Achter de slaapkamerdeur begint Dora te blaffen.

‘Ik zal niets meer vragen, oké? Geef je voet maar terug.’ Mijn stem trilt.

Ze kijkt me nog een keer dreigend aan, maar steekt dan toch weer haar voet uit.

‘Zo,’ zeg ik als ik klaar ben. ‘Nu niet bewegen, het moet nog even drogen. Wat vind je ervan?’

Ze slaat onverwachts haar armen om mijn nek en drukt zich tegen me aan. 'Dank je wel, dank je wel!' Het lijkt of ze al haar eerdere boosheid alweer is vergeten.

Ik geef haar een geforceerd klopje op haar schouder.

'Ik ben zo moe,' zegt ze dan. 'Waar is het bed?'

'Je mag op de bank slapen.' Ik pak haar hand. Ze heeft opvallend kleine handen die aanvoelen als schuursponsjes. Ze laat zich naar de bank leiden en gaat erop liggen. Het is te warm om een deken over haar heen te leggen, dus laat ik het zo. Haar ogen vallen meteen dicht.

Ik adem in en blaas lang en zacht uit, terwijl ik mijn gedachten probeer te ordenen. Wat nu? Ik besluit om met de auto naar een plek te rijden waar ik bereik heb en Christine kan bellen. Zij zal me vertellen wat ik moet doen.

Op mijn tenen loop ik naar de eettafel waar mijn tas ligt. Ik haal mijn autosleutels eruit. Het maakt een zacht rinkelend geluid.

'Blijf bij me,' zegt Pup zo plotseling dat ik ervan schrik. Ze kijkt me fel aan en haar toon is dwingend.

'Natuurlijk,' zeg ik. 'Ik moet alleen even naar buiten om iets te doen. Ik ben zo terug.'

'Kom bij me zitten.'

'Oké...'

Ze maakt ruimte voor me. Ik ga zitten en ze vleit zich tegen me aan. Ik voel me ongemakkelijk zoals ze haar vrouwenlichaam ferm tegen me aandrukt, maar zelf lijkt ze nergens last van te hebben. Ze geeft me een kopje, alsof ze een poes is.

'Ik vind je echt heel, heel lief,' zegt ze dan. Het klinkt ontwapenend en niet te rijmen met de agressie die ze eerder liet zien. Ik onderdruk de neiging om haar over haar hoofd te aaien.

Ze doet haar ogen weer dicht en even later hoor ik de zware ademhaling van iemand die slaapt. Ik kijk naar haar hartvormige gezicht, naar de lange wimpers en de sproeten op haar neus. Een kind nog.

Mariannes kind.

Wanneer haar lichaam zwaar en slap is van de slaap, lukt het me om haar hoofd op te tillen en me onder haar vandaan te wurmen. Onder haar oogleden schieten haar oogbollen snel heen en weer. Ze kreunt. 'Beer,' zegt ze in haar slaap. En dan opnieuw: 'Beer.'

Ik ben zo bang om haar wakker te maken dat ik zelfs niet meer durf te ademen. Ik pak mijn autosleutels van tafel, een zacht rinkelend geluid is onvermijdelijk, en sluip naar de voordeur. Ik heb nooit de deurklink gesmeerd, omdat ik het een veilig idee vond dat ik het zou horen als iemand hem in het holst van de nacht naar beneden zou duwen. Maar nu ben ik zelf diegene. De deurklink piept en kraakt, hoe behoedzaam ik hem ook beweeg. Ik bid dat Pup er niet wakker van wordt. Ik blijf staan en wacht.

Niets.

Ik kijk om de hoek van de woonkamer. Ze ligt nog steeds vredig te slapen. Voor de zekerheid doe ik het licht uit, zodat ze ook daar niet door verstoord zal worden. Ik wacht op een reactie.

Weer niets.

Buiten klinkt het gemoedelijke getjilp van krekels. De wind ruist zachtjes door de bomen. De sterren vormen een deken van licht en boven me zweeft een satelliet langs. Voor het eerst ben ik niet bang voor het donker buiten. Ik ben bang voor wat zich binnen bevindt.

Ik start de motor. Het is een kleine tien minuten rijden naar het eerste punt waar ik ontvangst heb. Nooit eerder heb ik in het donker over het bergweggetje gereden. Ik probeer er niet aan te denken dat naast mij een ravijn ligt van enkele honderden meters diep. Wat je niet ziet lijkt altijd gevaarlijker dan wat je wel ziet.

Als het licht is, kun je al makkelijk verdwalen op de bergweggetjes zonder bewegwijzering. In het donker zie ik alleen de zandweg met droge begroeiing aan weerszijden. Een tijd lang vraag ik me af of ik niet ergens een verkeerde afslag heb genomen. Er zijn enkele zijweggetjes, sommige lopen dood, sommige gaan naar andere afgelegen huizen, sommige voeren je nog dieper het Nationaal Park in.

Een konijn steekt onverwachts over. Ik kan net op tijd remmen. Even blijf ik staan. Mijn voet trilt op het rempedaal. Ik haal diep adem en rijd verder. Dan klinkt eindelijk de verlossende ping. Mijn telefoon heeft een bericht ontvangen. Ik heb bereik. Onder me zie ik de lichten van Cómpeta en Archez.

De telefoon gaat een paar keer over en dan krijg ik Christines voicemail. Ik bel haar nog een keer met hetzelfde resultaat. Ik besluit om haar een *voice message* te sturen. Zo helder mogelijk probeer ik haar de situatie uit te leggen. 'Kom alsjeblieft hiernaartoe,' zeg ik. 'Ik weet niet wat ik moet doen.'

Stapvoets rijd ik terug naar huis. Het is inmiddels twee uur 's nachts. De adrenaline giert door mijn lichaam en tegelijkertijd ben ik doodmoe.

De deur gaat krakend open. Op mijn tenen sluip ik de kamer binnen. Vaag ruik ik een ammoniakgeur die ik niet kan plaatsen. Omdat ik de luiken niet heb dichtgedaan, wordt de kamer zachtjes verlicht door de maan. Op de bank zit Pup. Ze zegt niets. Haar ogen flikkeren in de duisternis. Ik ben volledig alert. 'Ben je wakker?' vraag ik zo rustig mogelijk.

'Ja,' zegt ze.

'Mooi.' Ik doe het licht aan. Pup slaat haar handen voor haar gezicht en kreunt alsof ze pijn heeft. 'Niet zo fel!'

Snel doe ik het grote licht uit en knip een schemerlamp aan. 'Is dit beter?' vraag ik.

Nog steeds met haar handen gedeeltelijk voor haar gezicht zegt ze: 'Beter.'

Dan zie ik dat de deur naar mijn slaapkamer openstaat. Als bevroren staar ik naar de opening. 'Waar is Dora?' vraag ik.

Pup antwoordt niet, maar kijkt me aan met een schuldbewuste blik.

Ik wil niet kijken, maar ik weet dat ik geen keus heb.

Dora ligt op haar zij, naast het bed. Zo op het eerste gezicht zou je denken dat ze ontspannen ligt te slapen, ware het niet dat er een plas urine om haar heen ligt. Haar tong hangt uit haar mond. Haar ogen staren in het niets. Ik kniel naast haar neer en leg voorzichtig mijn hand op haar hoofd. 'Dora?'

Mijn maag knijpt zich samen en ik voel gal opkomen. Ik vlij mezelf over haar zachte, nog warme vacht heen en houd haar vast. Uit mijn mond komt jammerend haar naam: 'Dora, Dora, Dora, Dora, Dora.' Alsof ik haar daarmee tot leven zal kunnen wekken.

'Ik zocht je en toen ik de deur opende, viel het me aan,' zegt Pup achter me. Ze hurkt naast me neer en geeft me een zenuwachtig kopje. 'Het spijt me.'

Ik duw haar hard van me af, zodat ze met een klap tegen de deurpost aanvalt. Ze krabbelt overeind, vlucht naar de bank en gaat daarop zitten met haar armen om haar knieën heen geslagen. Ze wiegt zachtjes heen en weer. Alsof ze een kleuter is die er spijt van heeft dat ze een glas water over haar tekening heen heeft gegooid.

Iets in mij wil naar de bank lopen en mijn handen op haar keel zetten. Blijf rustig, zeg ik tegen mezelf. Denk na.

Ik til Dora op, haar prachtige vacht nog steeds glanzend, maar haar ledematen zijn slap en ze begint af te koelen.

'Open de deur,' zeg ik tegen Pup. 'En loop mee naar de tuin.'

In het maanlicht lopen we naar beneden, richting de groentetuin. De grond hier is rotsachtig. We zullen het graf moeten uithakken. Onder een olijfboom blijf ik staan en leg Dora voorzichtig neer. Als ik me laat gaan zal ik in duizend stukken uit elkaar vallen, maar het lukt nog steeds om mezelf bij elkaar te houden.

Ik haal een pikhouweel uit de schuur en geef hem aan. 'Hakken,' zeg ik. 'We moeten haar op minstens een halve meter diep begraven.' Zo duidelijk en autoritair heb ik mezelf nog nooit horen praten.

Pup gaat zonder te protesteren aan het werk. Ze is sterk en snel.

Ik aai over Dora's zachte vacht, waar een onmiskenbare lijklucht vanaf begint te komen. Het gaat kennelijk snel in deze warmte. 'Doorgraven.'

Na een halfuur bikken is het gat groot genoeg. Ik leg Dora erin. Nog steeds hoop ik dat ze zich zal oprichten en me kwispelend aan zal kijken met haar trouwe ogen. Met mijn blote handen gooi ik zand en stukjes rots over haar heen. Steeds minder bruine vlekken en lieve stippeltjes in het wit. Haar romp en poten zijn bedolven nu. Alleen haar kop steekt nog uit.

Ik voel het zand tussen mijn vingers door glippen terwijl ik moed verzamel om het over haar kopje heen te gooien. Ik kan de gedachte dat dit het laatste is wat ik van haar zal zien niet verdragen.

Ik voel dat ik bijna breek nu. Mijn adem klinkt schokkerig. Niet nadenken, niet nadenken, zeg ik tegen mezelf. Verstand op nul. Doen wat je moet doen.

Ik trek mijn T-shirt uit en vlei het over haar hoofd heen, zodat ik me niet hoef af te vragen of er zand in haar ogen zal komen, of in haar mond. Ik gooi een paar handjes zand over haar heen en pak daarna een schep om de rest van de aarde over haar heen te verdelen.

Als ik klaar ben, zoek ik een grote steen en leg hem op het graf om te voorkomen dat wilde dieren haar vinden. Nog een keer kijk ik om naar het graf. Ik zou 'Rust zacht, lieve Dora' willen zeggen, maar krijg het niet over mijn lippen.

Wanneer we terug zijn in het huis, trek ik mijn vieze short en ondergoed uit, neem een douche en dweil de slaapkamer. Al die tijd zit Pup stilletjes op de bank. Ik probeer haar niet aan te kijken. Ik kan haar niet verdragen. Als ik klaar ben, trek ik de slaapkamerdeur achter me dicht en ga uitgeput in bed liggen. Met mijn neus in de lakens probeer ik Dora's geur nog op te snuiven. Ik kruip in elkaar als een gewond dier.

De deur gaat open en ik schiet overeind. Woedend kijk ik Pup aan.

Ze krimpt in elkaar. 'Het spijt me zo,' zegt ze. 'Nu wil je zeker nooit meer met me mee naar Vogeleiland.'

'Naar wát?'

'Naar Vogeleiland. Waar de zeearenden zijn.'

Kortsluiting in mijn hoofd. Ik stop met ademen.

Pup blijft me smekend aankijken.

Vogeleiland. Opeens weet ik waar ze het over heeft. Een eiland in het Zwarte Meer. Ik heb het op de kaart zien liggen, maar het nooit bezocht. 'Is dat ook waar Marianne is?' vraag ik.

Het is een minimale hoofdbeweging, maar onmiskenbaar knikt ze.

Berend

Het voelde alsof ik aan het verdrinken was in een kilometers diepe poel en naar de oppervlakte probeerde te zwemmen. Heel soms zag ik een sprankje licht. Soms schrok ik van mijn eigen ademhaling, maar meestal was alles om me heen zwart.

Toen ik uiteindelijk in staat was om mijn ogen te openen, was het nog steeds donker. Verward knipperde ik een paar keer. Het duurde even voordat ik me realiseerde dat het al nacht was.

De volgende gewaarwording was er een van pijn. Ik vond een forse bult op mijn hoofd. Langzaam kwamen alle beelden terug. Ik tastte naast me in het duister tot ik iets kouds aanraakte. De geur rook ik toen ook.

Mijn mond vulde zich met braaksel. Met moeite slikte ik het weer in. Daarna dacht ik aan Bettina en wat ik haar zou moeten vertellen.

'Godverdomme,' zei ik hardop.

Toen ik ging staan werd het me weer zwart voor de ogen. Ik gebruikte de kleine tafel als houvast totdat de vlekken voor mijn ogen waren verdwenen en ik durfde te lopen. De boot was weg – uiteraard. Ik vroeg me af hoelang het zou duren voordat Pup aan iemand zou vertellen wat er gaande was op Vogeleiland en hoelang het zou duren voordat ze mij zouden vinden.

Ik waadde door het lauwe water, zwom de vaargeul over en liep naar huis. Elke stap kostte moeite. Af en toe moest ik even in de berm gaan zitten om uit te rusten. Twee keer probeerde ik een lift te krijgen, maar de automobilisten keken me aan alsof ik een ontsnapte gek was. Uren later belde ik bij de bovenwoning aan, waar mijn huissleutels gebleven waren, wist ik niet. Zodra het nieuwe huis zou worden opgeleverd, zou Bettina daarnaartoe verhuizen met Lucas. Voorlopig woonden we nog samen in ons oude huis, al sliep ik op de bank.

Bettina deed met een ruk de deur open. 'Waar was je!' schreeuwde ze. 'Ik heb de hele avond en nacht op je zitten wachten. Ik was doodongerust!'

Ik keek haar alleen maar aan. Iets in mijn ogen moet haar hebben geraakt, want ze spreidde haar armen en zei: 'Kom maar, jongen. Kom maar.'

Als een kind liet ik me door haar naar binnen voeren. Ik was nog steeds nat en trilde over mijn hele lichaam. Ze zette me onder de warme douche en maakte thee. Ik onderging het allemaal.

'Wat was er nou gebeurd?' vroeg ze. 'En waar is je telefoon? Ik belde je en kreeg een heel raar mens aan de lijn. Het leek wel een kind.'

Even overwoog ik om de waarheid te vertellen. Misschien zou ze het begrijpen. Maar waarschijnlijk niet.

'Ik weet niet precies wat er is gebeurd,' zei ik toen. 'De boot liep onverwachts vast en ik moet overboord zijn geslingerd. Ik moet heel lang buiten westen zijn geweest, want toen ik wakker werd in het riet, was het al donker.'

'Maar waar is je boot dan?' vroeg ze.

Nu ze me leek te geloven, groeide ik in mijn rol. Ik haalde mijn schouders op. 'Weg.'

'Je had wel dood kunnen zijn. Stel dat je in het water terecht was gekomen. Dan was je verdronken!' Ze pakte mijn beide handen vast en keek me geëmotioneerd aan.

'Ik heb ontzettend veel geluk gehad,' beaamde ik.

We omhelsden elkaar. Daarna pakte ik haar beide handen vast en keek haar ernstig aan. 'Het spijt me van de afgelopen tijd. Ik beloof je dat ik van nu af aan een betere man voor je zal zijn. Wil je me alsjeblieft een nieuwe kans geven?'

Haar schouders schokten, haar mond trilde, ze hoefde al niets meer te zeggen, want op dat moment wist ik dat we bij elkaar zouden blijven.

Elke dag dat ik niet werd opgepakt, gaf me hoop. Er kon wel van alles met Pup zijn gebeurd. Misschien leefde ze niet eens meer. Misschien hadden ze haar gedrogeerd en opgesloten in een psychiatrische instelling. Misschien hield ze zich ergens schuil.

Met een wasknijper op mijn neus tegen de geur, omwikkelde ik Mariannes lichaam met vuilniszakken en ik verzwaarde het met grote stenen. Ik voer naar een diepe plek in het IJsselmeer en gooide het pakket overboord. Misschien had ik verdrietig moeten zijn, maar wat ik voelde was opluchting. Ik was bevrijd.

Ik haalde de hut helemaal leeg. Het was onmogelijk om geen sporen achter te laten tijdens het verslepen van de spullen. Het enige waar ik op kon hopen was dat tegen de tijd dat ze zouden gaan zoeken, de sporen vervaagd zouden zijn. Ik leende de pick-uptruck van een collega om alles naar de vuilstortplaats in Lelystad te brengen. Toen ik wegreed van de vuilstort, keek ik nog een keer achterom: de bontkleden, het spijlenbed, de tafel, de Perzische tapijten, de plastic bakken met spullen. Zeventien jaar geschiedenis. Nog even en alles zou worden verbrand door de gemeentereinigingsdienst. Ons leven op Vogeleiland zou nooit hebben plaatsgevonden.

Er was inmiddels een week verstreken. Ik spitte de kranten door, keek op alle nieuwswebsites, maar nog altijd was er geen bericht verschenen over een meisje zonder identiteit. Bettina en ik sliepen weer samen in één bed.

Ik demonteerde het dak van de hut. Verspreidde de boomstammen en takken over diverse plekken op het eiland. Ik goot een dikke laag chloor over de kale grond waar vroeger de bontdekens en tapijten hadden gelegen en schepte de hut weer vol met aarde. Ik plantte er engelwortel overheen en hoopte dat het snel aan zou slaan.

Het universum was mij gunstig gezind. Nadat ik de hut en alles wat erbij hoorde had weggevaagd, regende het twee weken lang onafgebroken. Ik wist dat mijn sporen snel zouden worden uitgewist en dat de engelwortel zich in rap tempo zou uitbreiden. Ik nam Bettina als verrassing mee naar de woonboulevard om een bank voor het nieuwe huis uit te zoeken. We hadden zelfs weer een keer seks.

Nog twee weken verstreken. Ik begon te vertrouwen op een goede afloop. Tot ik op een dag bij de servicebalie van de supermarkt de krantenkop zag: GROOTSCHEEPSE ZOEKACTIE OP VOGELEILAND.

Ik kocht de krant en liep ermee naar een bankje in het park.

Drie rechercheteams. Honden. Forensisch specialisten. Mijn zicht werd wazig. Ik vroeg me af of ik niet beter mijn spullen kon pakken en moest maken dat ik wegkwam uit Kampen. De opsporingstechnieken waren tegenwoordig zo verfijnd, DNA kon op de gekste plekken worden teruggevonden en het kon niet anders of ik had iets over het hoofd gezien. Over Pup werd met geen woord gerept, maar wie anders zou over Vogeleiland verteld kunnen hebben?

Mijn oog viel op een overzichtskaart naast het artikel. Ik kon het bijna niet geloven. Ik wilde het wel uitschreeuwen.

Vogeleiland.

Het officiële Vogeleiland in het Zwarte Meer.

Nicole

We doen er vier dagen over om Nederland te bereiken. Het liefst had ik willen vliegen, maar Pup heeft geen paspoort. Dus rijden we in Willy's oude jeep met maximaal negentig kilometer per uur over de snelweg. Een van de ramen sluit niet helemaal, waardoor het lawaaierig is in de auto en praten moeizaam gaat. Pup kijkt al die tijd verwonderd uit het raam. Ik houd mijn ogen strak op de weg en probeer niet aan Dora te denken.

Tijdens de pauzes in wegrestaurants, waar Pup er maar niet over uit kan hoeveel eten er is en alles van het menu wil uitproberen, houdt Christine me op de hoogte van de zoekactiviteiten. Een forensisch team met honden is elke vierkante centimeter van het eiland aan het uitkammen. Tot nu toe is er nog niets gevonden. 'Maar we geven niet op,' zegt ze monter. 'We gaan door tot we haar hebben gevonden.'

's Nachts slapen we in snelweghotels. Als Pup denkt dat ik slaap, sluipt ze haar bed uit en gaat ze tegen me aan liggen. Ik ben te moe om haar weg te duwen. En soms als ik bijna slaap, is het net of Marianne weer bij me is.

Het enige wat er op het eiland wordt aangetroffen aan menselijke sporen is wat afval rondom een oude vogeluitkijkpost. Lege pakjes sigaretten en bierblikjes. De uitkijkpost is jaren geleden ingestort en nu komt er niemand meer. Verder niets. Geen sporen van afgravingen, etensresten, vuur, menselijke uitwerpselen. Geen voetstappen, geen afval, niets wijst erop dat het eiland wordt bewoond. Als Marianne zich al op het eiland bevindt, heeft ze zich erg goed verstopt.

Regelmatig vraag ik aan Pup: 'Weet je zeker dat Marianne op Vogeleiland zit?'

Boos kijkt ze me aan. 'Ja, natuurlijk.' Ze omschrijft een hut, deels onder de grond in het midden van het eiland met tapijten aan de wanden, een oud bed en een kleine tafel. Daarna schakelt ze over op zeearenden, roerdompen en karekieten: dingen die haar écht interesseren.

Ik heb al nachten niet meer goed geslapen, ben uitgeput van het autorijden en emotioneel leeg. Tegen de tijd dat we Kampen binnenrijden, zitten mijn ogen boven mijn kop en zijn mijn hersenen gefrituurd. Ik voel me meer zombie dan mens.

Ook de jeep van Willy heeft het zwaar. Hij rammelt aan alle kanten en ik heb de olie al vier keer bij moeten vullen. Dat kan nooit een goed teken zijn.

We rijden langs de statige huizen langs de IJssel. 'Gaan ze mij gevangen nemen?' vraagt Pup opeens.

Mijn handen klemmen zich om het stuur. 'Waarom zouden ze?' vraag ik.

Ze begint zenuwachtig met haar handen te friemelen. 'Omdat ik een wild mens ben,' zegt ze dan. 'Dat weet je toch?'

Ik verzamel mijn laatste krachten en zeg: 'Niemand wil je gevangen nemen. Ze willen alleen maar dat jij helpt om Marianne te vinden. Dat is alles.'

'Gaan we samen naar Vogeleiland?'

Ik houd mijn ogen strak op de weg. 'Ja,' zeg ik. 'Jij gaat mij de zeearenden laten zien, toch?'

Christine staat me met enkele collega's op te wachten bij een hotel aan de IJssel. Ik zet de auto aan de kant van de weg.

'Wie zijn deze mensen?' vraagt Pup. 'En waarom stoppen we hier? We zijn toch nog niet bij het eiland?'

Het is het lafste wat ik kan doen, maar zonder iets te zeggen of haar nog aan te kijken, stap ik uit de auto. Christine slaat haar armen om me heen. 'Meisje, toch,' zegt ze. 'Wat heb jij allemaal moeten doorstaan.' Als een lappenpop hang ik in haar armen.

Ondertussen opent een van haar collega's de passagiersdeur en ontfermt zich over Pup.

'Kom,' zegt Christine. 'Ik breng je naar je kamer.'

Ik loop met haar mee, mijn benen stram van de dagenlange autorit. Christines arm beschermend om me heen. En dan kijk ik toch achterom.

'Waar ga je naartoe?' vraagt Pup. Haar ogen staan wijd open. Ik wil haar troosten, maar ik wil ook zo hard als ik kan bij haar vandaan rennen en haar nooit meer zien.

Ik slik moeizaam en probeer mijn stem opgewekt te laten klinken. 'We gaan even een nachtje apart van elkaar slapen, goed? Ik ben moe en heb rust nodig. Ik beloof je dat we elkaar snel weer zien.'

Ik weet dat zij weet dat ik lieg.

Haar ogen sperren zich nog meer open nu. Ze wil naar me toe rennen, maar de agente heeft haar arm vast. Een van haar collega's schiet haar te hulp en grijpt Pup bij haar andere arm.

'Laat me niet alleen!' roept ze. 'Neem me mee!' Ze probeert zich los te rukken.

'Kom,' zegt Christine weer tegen me. 'Ik begrijp dat dit heel moeilijk is.' Ik laat me door haar meevoeren naar de ingang van het hotel waar een nieuwsgierige vrouw ons al staat op te wachten.

Voordat ik naar binnen loop, kijk ik nog een keer om. Inmiddels zijn er drie man nodig om Pup vast te houden. In mijn hoofd is het alsof ik Marianne hoor krijsen.

'Ik kan haar niet in de steek laten,' zeg ik dan. 'Kan ze niet gewoon bij me blijven?'

'Je moet nu even aan jezelf denken.' Zachtjes duwt Christine me het hotel binnen. In de marmeren hal voel ik hoe mijn benen wankel worden en mijn hoofd licht.

'Wat gaat er met haar gebeuren?' vraag ik.

'We zullen haar goed behandelen,' zegt Christine. 'Er is een speciale cel voor minderjarigen die ze niet hoeft te delen met een comfortabel bed en een televisie. Morgen beginnen ze met het verhoor.'

Weer blijf ik staan.

Christine legt haar hand op mijn arm. 'Probeer het even los te laten.'

We nemen de lift naar de bovenste verdieping en ze opent een kamerdeur. Het is een ruime kamer, alles is wit. Neutraal terrein. Ik laat me op het bed vallen en kijk naar het plafond. Als ik wakker word, is het vierentwintig uur later en heb ik honger. Het ontbijtbuffet is allang gesloten, maar de eigenaresse van het hotel bakt speciaal voor mij een enorme omelet. Ik zie een ontzag in haar ogen dat me stoort, maar op dit moment misschien ook wel prettig is.

Pups ogen staan dof en ze reageert nauwelijks wanneer ze me ziet. Ze draagt een te ruim zittende beige broek en een donkerblauw shirt. Haar rafelige haar is gekamd in een scheiding. Ze draagt zelfs schoenen. Ik sla mijn armen om haar heen. 'Puppie,' zeg ik. 'Lieve Puppie, ben je oké?'

Gelaten laat ze zich door mij vasthouden.

Dan stappen we in het bootje dat ons naar Vogeleiland zal brengen. Ik zit naast Pup op het bankje en pak haar hand. Haar huid voelt koud aan, slecht doorbloed. Nog steeds heeft ze geen woord gezegd. Misschien is dit haar manier om mij te straffen.

'We varen verkeerd,' zegt ze opeens, wanneer we afslaan om onder de Ramspolbrug door te varen.

'Hoe bedoel je?' vraagt Christine, de enige die naast de schipper ook aanwezig is. Het leek het team beter om alleen met mensen te gaan die Pup al kent.

'We moeten die kant op.' Pup wijst richting de eilanden in het Keteldiep. 'Dáár is Vogeleiland.'

Christine en ik wisselen een blik. 'Maar Vogeleiland ligt toch dáár?'

Christine wijst in de richting van het Zwarte Meer.

'Nee, hoor.' Pup wijst geïrriteerd de andere kant op.

Christine slaat haar hand voor haar mond. Dan herpakt ze zich. 'Jij weet het natuurlijk het beste.'

De schipper maakt rechtsomkeert en Pup loodst ons om het eerste en grootste eiland heen en dan door een ondiepe geul tussen twee eilanden door. We komen aan bij een deel waar de bomen hoger lijken te zijn dan bij de andere eilanden.

'Hier is het,' zegt Pup. Ze lijkt helemaal tot leven gekomen te zijn en wijst de schipper aan hoe hij de lagune in moet varen en vertelt hem waar hij de boot moet aanleggen. 'In het riet, zodat niemand hem kan zien.'

We willen uit de boot stappen. 'Eerst schoenen uit,' zegt Pup streng. 'Je mag hier alleen op je blote voeten lopen.'

'Waarom is dat?' vraagt Christine.

'Niemand mag weten dat we hier zijn,' zegt Pup.

We doen wat ze zegt. Zelf worstelt ze met het losmaken van haar veters. Ik help haar. Dan fronst ze haar wenkbrauwen en wijst naar de grond. 'Hier is iets vreemds gebeurd.'

'Wat dan?' vraag ik.

'Kijk naar deze sporen.' Ik kijk naar de grond en zie wat vage vegen in de aarde. 'Niet van een dier.'

Dan rent ze opeens weg. 'Waar is ze nou naartoe?' vraagt Christine.

Overal om ons heen is dezelfde weelderige begroeiing.

Ik zie iets bewegen. 'Daar,' wijs ik. Er blijkt een spoor te zijn door de hoge graspluimen door.

In hoog tempo lopen we over het pad. Ik moet de neiging onderdrukken om niet te gaan rennen. Ik weet dat ik geen hoop mag hebben, maar toch kan ik Marianne bijna voelen. Ik stel me voor hoe ze als een hippie-vrouw met een kaftan aan boven een kampvuurtje thee trekt van door haarzelf verzamelde kruiden. Ze zal opkijken en glimlachen. 'Hey, zusje,' zal ze zeggen. 'Je komt precies op tijd.'

Het pad is langer dan je denkt. We lopen dieper het struikgewas in en het lijkt steeds waarschijnlijker dat niemand je ooit zou vinden hier. Na een aantal minuten treffen we Pup weer aan bij een kleine open plek met een zandophoping. Geen hut. Geen kampvuur. Geen kruidenthee. Geen Marianne.

Pups schouders hangen laag. Ze ziet er ontredderd uit. 'Alles is weg,' zegt ze.

'Wat is weg?' vraagt Christine rustig, voorzichtig, precies op de toon zoals je met Pup moet praten.

'De hut.' Pup kijkt vertwijfeld om zich heen. 'Kijk, hier was het dak. Je kon het niet goed zien omdat er engelwortel overheen groeide en hier was de ingang.' Ze wijst de plekken aan.

'Kan het zijn dat de hut ergens anders ligt?' vraagt Christine. 'Het is best een groot eiland en alles lijkt op elkaar.'

'Ik ken elke centimeter hier. Mijn voeten weten en zien alles. De hut is weg!'

Christine en ik kijken elkaar even aan. We hebben allebei geen idee wat we moeten zeggen.

Pup trekt een plant uit de grond. Aan de wortel hangen een paar gekrompen aardappels. 'Kijk, het aardappelveldje. Geloof je me nu wel dat de hut hier was?'

Christine legt haar hand op haar schouder. 'Ik geloof je,' zegt ze.

Onverwacht klampt Pup zich als een drenkeling aan haar vast. 'Waar moet ik nou wonen?' vraagt ze. 'Waar moet ik nou naartoe als ik geen hut heb en geen bed en geen primusgasje en geen pijl en boog?'

'Het komt wel goed,' zegt Christine en ze aait haar over haar hoofd. 'Het komt wel goed.'

Dan maakt Pup zich los van Christine en ze kijkt naar de lucht. Ze luistert ingespannen. Alleen het zachte ruisen van de wind is te horen, maar zij lijkt iets anders waar te nemen. Ze zet haar handen aan haar mond en roept: 'Ke-kieuw! Ke-kieuw!'

Een tijdje is het stil. Maar dan wordt in de verte haar roep beantwoord. Pups ogen beginnen te stralen. 'Ke-kieuw!' roept ze nog een keer.

We kijken allemaal naar de lucht.

Een ontzagwekkend grote vogel vliegt over ons heen.

Pup

In mijn kamer staan een bed, een bureau en een stoel. Ik weet nooit hoe warm het buiten is, omdat de ramen niet open kunnen. Ze zijn bang dat ik zal springen, al is dit de zesde verdieping. Aan de muur hangen posters van zeearenden en andere vogels. 'Dat vind je vast mooi,' zeiden ze.

We eten drie keer per dag in de gezamenlijke eetzaal en als je tussendoor honger hebt, zijn er automaten met snoep. Snickers, Bounty, Mars, ik kan nooit kiezen, dus neem ik ze allemaal. 'Je wordt te dik,' zeggen ze. Maar wat maakt het uit? Ik hoef geen ganzen te vangen, me niet te verstoppen, nergens voor weg te rennen, ik hoef helemaal niets.

'Probeer er wat van te maken,' zeggen ze. 'Je hebt nog een heel leven voor je. Je kunt leren lezen en schrijven, je kunt vrienden maken, misschien word je ooit wel verliefd.'

Maar de pillen die ze me geven maken me te sloom om ook maar iets te ondernemen.

Soms komt Nicole op bezoek. Ze praat tegen me met zo'n opgewekte stem, maar we weten allebei dat zij degene is die mij in deze val heeft gelokt. Op een dag neemt ze een speelgoedbeest voor me mee. 'Hier,' zegt ze. 'Ik dacht dat jij dit wel leuk zou vinden. Vroeger had ik er precies zo een. Alleen miste hij een oog en had ik er een pleister overheen geplakt.'

Ik heb net nieuwe pillen ingenomen, waardoor haar stem ver weg klinkt.

'Je had het een keer over een beer,' zegt ze. 'In je slaap.'

Ze zet hem op tafel.

Ik weet wat ik moet zeggen, al voel ik me sloom en wil ik het liefste mijn hoofd op tafel leggen en slapen. 'Ik ken geen Beer.'

'Wat grappig, ik heb je het toch echt horen zeggen.'

Met mijn arm veeg ik de beer van tafel.

Dan heb je Toni die bijna elke dag langskomt. De eerste keer dat ze me zag, rende ze naar me toe en sloeg haar armen om me heen. Ik moest haar van me af duwen. Ze kijkt me de hele tijd op een rare manier aan en vaak begint ze te huilen. Ze zegt dat ze blij is dat ze mij tenminste nog heeft. Soms noemt ze me 'Marianne'.

Nicole en Toni vragen de hele tijd wat ik wil. 'Wil je naar buiten, zullen we een eindje wandelen, lijkt het je leuk om een taart te bakken? Zullen we tekenen, wil je een natuurfilm zien, zal ik even lekker je haar borstelen?'

Maar ook dat wil ik allemaal niet.

Zij weten heel goed wat ik wél wil, maar ze zeggen dat dat niet kan. Je mag niet terug naar Vogeleiland, zeggen ze. Je bent maar een meisje, in je eentje, en bovendien is het beschermd gebied. Misschien kunnen we er binnenkort een keer langsvaren. Maar wanneer, dat zegt niemand.

Berend heeft toch gelijk gekregen. De tamme mensen hebben mij gevangengenomen. Elke dag vraag ik me af hoe ik zo dom kan zijn geweest. Waarom heb ik niet naar hem geluisterd? Hij is de enige die ooit voor mij heeft gezorgd, die ooit van mij heeft gehouden. Wat ze ook beweren over het ding, zij is nooit mijn moeder geweest.

Maar ik had wél een vader.

Ik houd me aan de afspraak en zal hem nooit verraden.

Nicole

Forensisch onderzoek, duizenden tips die worden nagetrokken, een buurtonderzoek, een oproep om vrijwillig DNA af te staan, maar het levert niets concreets op. Wat wel onomstotelijk wordt vastgesteld is dat Marianne de moeder van Pup is. De focus ligt nu op het zoeken naar haar vader. Haar DNA wordt vergeleken met duizenden profielen, maar er is nog geen match.

'Marianne is op Vogeleiland, ik voel het,' zegt mijn moeder de hele tijd met koortsachtige ogen. 'Ze is heel dichtbij nu.' Het liefst zou ze zelf het hele eiland afgraven.

Er worden vreemde ontdekkingen gedaan. Op de plek die Pup heeft aangewezen treft men op anderhalve meter diepte een hoge chloorconcentratie aan. Een zelfgemaakte pijl en boog wordt gevonden met Pups DNA erop. Onzichtbare deeltjes van een Perzisch tapijt langs het hele spoor van de 'hut' naar de lagune.

Als Marianne al op dat eiland is geweest, heeft ze weinig sporen achtergelaten. 'We geven niet op, hoor,' blijft Christine zeggen. Maar we zijn al weken verder. Het enige wat we concreet aan bewijs hebben is een boos meisje dat de helft van de tijd gedrogeerd is en dan nog steeds haar lippen stijf op elkaar houdt.

Ik probeer niet aan mijn leven in Spanje te denken. Aan Dora die ligt te vergaan onder een steen. Aan mijn groentetuin die nu ongetwijfeld verpieterd is. Aan de rust en het zelfvertrouwen dat ik eindelijk had opgebouwd. Adèle vindt dat ik terug moet komen. Maar ik kan de gedachte aan het lege huis niet verdragen.

Op een donderdagavond loop ik door de winkelstraat. Normaal mijd ik de drukte en vooral op koopavond, maar ik moet mijn moeders schoenen ophalen bij de schoenmaker. Ze heeft ze morgen nodig en zelf kan ze zich al helemaal niet in het openbaar vertonen. Het is nog erger dan in de begindagen van Mariannes verdwijning. We zijn een wandelende attractie.

Ik draag een baseballpet en onopvallende donkere kleding. Maar toch hoor ik mijn naam roepen. 'Nicole!' Het is een mannenstem die ik niet herken. Een wat oudere man, ik schat hem achter in de veertig, komt naar me toegelopen. Hij heeft de gebruinde huid van iemand die veel buiten is. Het duurt even voordat ik de man van Bettina herken. Iets in zijn gezicht lijkt veranderd, of zie ik iets wat me nog niet eerder was opgevallen?

Hij is duidelijk van plan om een gesprek met mij aan te knopen.

'Wat een ontwikkelingen allemaal,' zegt hij. 'Hoe gaat het met je?'

'Niet zo goed natuurlijk.'

'Sorry, domme vraag, sorry.' Hij doet een poging om oprecht meelevend te kijken. 'Weten ze al iets meer?'

Ik zet een stap naar achteren omdat hij net iets te dicht bij me staat. Er zit een beetje spuug in zijn mondhoeken. Gretig kijkt hij me aan en ik bedenk dat Marly gelijk had: hij is inderdaad een engerd. Ik begrijp niet waarom ik hem op eerdere gelegenheden aardig vond.

'Hoe wisten ze eigenlijk dat ze moesten zoeken op Vogeleiland?' Hij kijkt me gespannen aan.

Ik ben gewend geraakt aan dit soort gesprekken, aan opdringerige vragen, aan mensen die denken dat ze het recht hebben om alles te weten, maar iets in zijn stem maakt dat alle kleine haartjes in mijn nek overeind gaan staan. Hij kijkt alsof hij het antwoord met een vacuümpomp uit me zou willen trekken.

Ik zet nog een stap naar achteren. 'Ik moet ervandoor,' zeg ik. Terwijl ik doorloop, voel ik dat hij me nakijkt.

Hoe heette hij ook alweer? Opeens lijkt zijn naam van cruciaal belang, als een rood lampje dat begint te flikkeren op een dashboard.

Verschillende mogelijkheden schieten me te binnen, maar de juiste zit er niet bij. Ik overweeg zelfs om Bettina te bellen en het haar te vragen.
Pas wanneer ik bij het hotel ben, schiet het me te binnen: Berend.

Beer.

Berend

De verhuislift wordt uitgeschoven. Ik neem Lucas op mijn schouders zodat hij alles goed kan zien. Bettina staat voor het raam op de eerste verdieping en zwaait.

'Zie je mama?' vraag ik. 'Zwaai maar terug.'

Onze verhuisdozen komen een voor een naar beneden rollen. Lucas vindt het prachtig. Samen kijken we toe hoe onze spullen in een kleine verhuiswagen worden geladen. We waren van plan om niet veel mee te nemen, maar uiteindelijk hadden we toch meer dan we dachten. Even later staat Bettina beneden. 'Alles is eruit. Zullen we samen voor de laatste keer de deur op slot doen?'

Vroeger had ik dit aanstellerig gevonden, maar inmiddels weet ik hoe belangrijk dit soort dingen voor Bettina zijn. Ik zet Lucas op de grond. We leggen alle drie onze handen op de sleutel en draaien hem om in het slot. Bettina trekt hem eruit en stopt hem in haar zak. 'Zo,' zegt ze. 'Ik ben blij dat we dit achter ons kunnen laten.'

Ik kus haar op haar wang, zodat ze weet dat ik haar begrijp.

We rijden achter de verhuiswagen aan naar het nieuwe huis. Daar wachten het nieuwe bed, de bank en de eettafel. We stoppen voor de nog kale voortuin. Bettina kijkt even opzij. 'We zijn thuis,' zegt ze nadrukkelijk.

Het huis ruikt nog naar verf, de geur van een nieuw begin. Lucas rent meteen door naar de tuin, waar we alvast een glijbaantje hebben neergezet. Samen met de verhuizers zet ik alle dozen in de woonkamer. Bettina maakt koffie met het ingebouwde espressoapparaat. Ik betrap mezelf erop dat ik loop te fluiten.

Wanneer de verhuizers weg zijn, beginnen we met uitpakken. Bettina ruimt de keuken in en ik ga naar boven om een kast in elkaar te zetten, zodat we straks onze kleren kwijt kunnen.

De deurbel gaat. Ik glimlach. Wat Bettina niet weet is dat ik bloemen voor haar heb besteld.

Ik hoor haar beneden praten in de gang. Even later roept ze: 'Berend! Kun je even komen?'

Ik leg de elektrische schroevendraaier op de vensterbank. 'Zijn ze mooi?' vraag ik, terwijl ik de trap af loop.

In de hal staan een man en een vrouw. Ze zien er niet uit als bloemisten. De vrouw werpt een blik naar boven. Ik blijf staan.

'Berend?' vraagt Bettina. 'Kom je nog?'

Iets in mij zegt dat er gevaar dreigt, ik aarzel nog steeds, maar toch loop ik door. Pas wanneer ik beneden sta en de vrouw recht kan aankijken, realiseer ik me dat ik haar eerder heb gezien. Het borreltje na de begrafenis van Mariannes vader. Mijn mond wordt droog, mijn spieren spannen zich aan. Een seconde overweeg ik om weer naar boven te rennen en uit het raam aan de achterkant te springen.

'Berend van Nudorp,' zegt de vrouw, 'u wordt aangehouden op verdenking van de ontvoering en mishandeling van Marianne van Dijk.'

'Nee,' zegt Bettina. 'Dat kan niet.' Ze kijkt me onzeker aan. Het raakt me om te zien dat ze oprecht gelooft dat dit een vergissing is.

Ik wil haar vertellen dat het allemaal iets gecompliceerder ligt, dat ik nog steeds haar Berend ben, dat dit niets afdoet aan mijn liefde voor haar, maar ik weet niet waar ik moet beginnen. De vrouw draait het standaardriedeltje af over rechten, en ik kan alleen maar hulpeloos Bettina aanstaren.

'Dit kan toch niet zomaar,' zegt Bettina, terwijl ik naar buiten word geleid. 'Mijn man heeft hier niets mee te maken.' Ze dribbelt achter ons aan. 'Hij is een geweldige echtgenoot en vader en...' Ze stopt met praten alsof ze zich opeens iets herinnert.

Aan weerszijden van onze auto staan een personenauto en twee politieauto's geparkeerd. 'U gaat mee in de achterste auto,' zegt de vrouw, alsof we gewoon een gezellig ritje gaan maken.

Terwijl ik op de achterbank van de politieauto wordt gezet, komt een man aangelopen met een enorm boeket bloemen. Witte rozen, Bettina's favoriete bloemen. 'Doe maar alles wat jullie op voorraad hebben,' had ik gezegd. Het bleken zesenzeventig stuks te zijn, maar ik heb geen krimp gegeven.

Hij is nu vlak bij ons huis en kijkt op zijn bon of dit het juiste huisnummer is.

Terwijl we wegrijden, zie ik uit het achterraam dat hij Bettina aanspreekt.

Dan slaan de emoties toe. Een snik welt op vanuit mijn keel en ik kan niet langer meer naar haar kijken. Ik concentreer me op mijn handpalmen en mijn nagels die tot bloedens toe in het vlees drukken.

Aan het einde van de straat kijk ik nog één keer om.

De stoep is bezaaid met rozen.

Nicole

Met een huurauto kom ik aan bij de finca. Het jeepje van Willy staat al een tijdje weg te roesten op een Nederlandse schroothoop, niet meer in staat om de lange terugreis te maken. Ik heb lange tijd getwijfeld of ik dat zelf wél was, maar hier ben ik dan.

Het is bijna twee jaar geleden dat ik de eerste keer bij de finca aankwam. Anders dan toen is het nu zwaarbewolkt en lijkt het erop dat het elk moment kan gaan regenen. Ik zet de auto in de eerste versnelling en trek de handrem aan zodat hij niet van de steile helling af zal rollen.

Ik kan me er nauwelijks toe zetten om uit te stappen. Ik hoef niet bang te zijn voor de staat waarin ik het huis zal aantreffen. Adèle heeft de boel geregeld gecontroleerd en het huisje schoongemaakt voor mijn komst. 'Dat is zoveel fijner thuiskomen,' zei ze. Maar ik weet niet of dit mijn thuis nog wel is.

Mijn lichaam voelt zwaar en onwillig. Ik sluit mijn ogen en verzamel moed. Dan open ik het portier en stap ik uit. Een vlaag koude bergwind slaat in mijn gezicht. Ik haal mijn koffer uit de kofferbak.

Het paadje is schoongeveegd. De luiken staan uitnodigend open. De bougainvillea is bijgesnoeid. Witte irissen staan in bloei. Ik zet een paar aarzelende stappen, bang voor de leegte achter de voordeur.

Het slot lijkt pas gesmeerd. De deur zwaait open zonder te kraken. Op de drempel blijf ik staan. Ik weet dat Dora er niet zal zijn, maar toch slaat haar afwezigheid me keihard in het gezicht.

Mijn koffer laat ik in het halletje staan. Mijn jas houd ik aan. Behoedzaam loop ik door het huis, alsof de vloer van glas is. De kou is tot diep in de dikke muren getrokken en het ruikt vochtig.

Voor de openhaard ligt het kleedje waar Dora zo graag op lag. Ik probeer er niet naar te kijken. Misschien had ik Adèle moeten vragen het weg te gooien, net als alle andere hondenspullen. In de haard zelf liggen keurig in ruitvorm gestapelde houtblokken met een paar aanmaakblokjes eronder. Een doosje lucifers ligt klaar op de schoorsteenmantel. Ik neem er een lucifer uit, sta er een tijdje mee in mijn handen. Stop hem weer terug in het doosje.

Ik vervolg mijn ontdekkingstocht door het vreemde, stille huis. De keuken is opgeruimd en in de koelkast vind ik verse kaas, eieren, melk en enkele tomaten; in de trommel zit een vers brood van het bakkertje in Cómpeta.

De wastafel is schoongeveegd, de kraan glanst en het kleine spiegeltje dat erboven hangt ook. Aan het rek hangt een schone handdoek.

Het bed is opgemaakt met beddengoed dat naar de lente ruikt. Ik doe de kast open en kijk naar de stapel T-shirts met grappig bedoelde opdrukken, spijkerbroeken met versleten knieën en de warme truien in felle kleuren. De kleding van iemand die er nog zin in had. Het enige wat ik tegenwoordig nog draag is zwart. Ik ben ermee begonnen tijdens de rechtszaak en heb nog geen reden gevonden om dat te veranderen. Je zou denken dat nu de rechtszaak van Marianne is afgewikkeld en haar beul voor de rest van zijn leven gevangenzit, een last van mijn schouders is gevallen. Pup is ondergebracht in een huis waar ze begeleid kan wonen. Ze heeft aangegeven dat ze geen contact meer wil hebben met mij of mijn moeder. Wel bezoekt ze regelmatig Berend in de gevangenis. Ik heb nog een paar pogingen gedaan, maar onze ideeën van wie de dader en wie het slachtoffer is lopen te veel uiteen. Misschien draait ze ooit nog bij.

'Nu kun je eindelijk door met de rest van je leven,' zeggen mensen goedbedoeld. Alsof dat zo'n aanlokkelijk idee is.

Maar toch ben ik hier, in het huis dat van mij is.

Dan valt mijn oog op een nieuwe foto die tussen mijn andere foto's staat. Een wat oudere vrouw die van opzij is gefotografeerd. Ze kijkt tevreden voor zich uit als een kasteelheer over zijn landgoederen. Er ligt een briefje bij.

Lieve Nicole,

Ooit vroeg je me iets te vertellen over Willy. Ik heb je vraag toen vluchtig beantwoord, maar ik denk dat het fijn voor je is om te weten wie ze was.

Ze zei altijd dat ze na haar jeugd in Kampen maar één ding wilde en dat was onafhankelijkheid. Hier in de natuur voelde ze zich vrij en gelukkig.

Ik vermoed dat ze voor jou hetzelfde heeft gewild. Waarom denk je anders dat zij haar huis aan jou heeft nagelaten?

Liefs,
Adèle.

Ik leg het briefje terug bij de foto. Ik neem opnieuw een lucifer uit het doosje. Deze keer strijk ik hem af. Het oranje vlammetje flikkert in de schaars verlichte ruimte. Ik maak van mijn hand een beschermend kommetje en breng de brandende lucifer bij het aanmaakblokje. Het vlammetje slaat over. Wordt groter.

Ik zit op mijn knieën voor de open haard en wacht tot het vuur oplaait.

Dank aan

Mijn man Chris Meijer, die zowel een opdracht voorin als een bedankje achterin verdient voor zijn liefde en geduld.

Jelle Kuiper, mijn allereerste meelezer. Jouw enthousiasme was zeer motiverend en het was geweldig om met je over de plot te brainstormen.

Femmetje de Wind, Susan Smit en Elle van Rijn voor jullie waardevolle feedback.

Nienke Beintema voor het delen van haar kennis over zeearenden. Lees vooral ook haar boek *De zeearend*.

Hugo Vernhout, Jolanda van Tuinen en Mieke Kosters voor jullie 'inside information' over het leven in Kampen.

Jan Visscher, alias Jan de IJsseldeltaman, en Marjolein Kalter jullie hebben me onmisbare informatie gegeven over de eilanden en het vangen van ratten. Voor wie de eilanden zelf wil bekijken, boek een excursie op natuurexcursiesijsseldelta.nl.

Loes Leeman voor haar expertise over vermissingszaken.

Richard Eikelenboom van Independent Forensic Services. Stomverbaasd was ik dat zo'n internationale grootheid prompt mijn mail met vragen beantwoordde. Dank je wel!

Het geweldige team van the House of Books: Jasper Henderson, Jochem Bouwens, Martijn Griffioen, Tomás Kruijer en Meike Wensink, Ruurd, Lenneke, Julia, Willem, Maartje, Anne, Melanie en Emilie. Dank voor jullie vertrouwen, vakkundigheid en support.